立川文庫セレクション

立川文庫セレクション

Ikkyu-zenshi Tonchi Kidan

Nobana Sanjin

野花散人◉著

一休禅師頓智奇談

論創社

一休禅師頓智奇談　目次

一休禅師頓智奇談

◎風《かぜ》に任《まか》してじゃ

九重《ここのえ》の雲深《くもふか》き竹《たけ》の園生《そのう》の御身《おんみ》を捨《す》て、僅《わず》か七歳《さい》の時《とき》から出家得道《しゅっけとくどう》せられて茲《ここ》に三十余《よ》年《ねん》、磨《みが》きに練《みが》いた難行苦行《なんぎょうくぎょう》は性来《せいらい》の目《め》から鼻《はな》へ抜《ぬ》ける聡明《そうめい》の気《き》と相優《あいま》って益々光《ますますひかり》を添《そ》え、天《あ》ッ晴名僧智識《ぱれめいそうちしき》となられた小僧《こぞう》の宗純《そうじゅん》は、恩師華叟禅師入滅《おんしかそうぜんしにゅうめつ》の後《のち》、其眼鑑《そのめがね》によって都《みやこ》の名《めい》刹《さつ》、紫野《むらさきの》の大徳寺《だいとくじ》を譲《ゆず》られ、名《な》も一休《きゅう》禅師《ぜんし》と名《なづ》けられることゝなった。

是《こ》れが為《た》めさらでも響《ひび》きわたった宗純《そうじゅん》の名《な》は洛中洛外《らくちゅうらくがい》は元《もと》より近畿地方《きんきちほう》の信徒不信徒《しんとふしんと》に伝《つた》えられ、「ヤレ生仏様《いきぼとけさま》を拝《おが》みたい」「大徳寺《だいとくじ》の今度《こんど》の和尚様《おしょうさま》は中々《なかなか》豪《えら》い御人《おひと》だから一生《しょう》の内《うち》に一度《ど》は是非《ぜひ》に拝《おが》まねばなるまい」と云《い》う風《ふう》に大徳寺《だいとくじ》の名《な》は禅師《ぜんし》の名《な》によっていよ〳〵高《たか》く日々参詣《ひびさんけい》をするもの引《ひ》きも切《き》らぬ有様《ありさま》。

けれども、兎角世《とかくよ》の中《なか》は三分《ぶ》五厘《りん》、笑《わら》うも一生泣《しょうな》くも一生《しょう》、米《こめ》の飯《めし》は何《ど》うせ糞《くそ》となるもの、糞《くそ》は米《こめ》の肥料《こやし》となるもの、人間《にんげん》は貴《たっと》いも賤《いや》しいも死《し》ねば同《おな》じ土《つち》になるものと大悟徹底《たいごてってい》せられた禅師《ぜんし》は少《すこ》しも得意《とくい》の色《いろ》も無《な》い。来《く》るものは味噌《みそ》も糞《くそ》も一緒《しょ》、貴人高家《きじんこうげ》も屁《へ》とも思《おも》われず、乞食癩人《こじきかったい》も人並《ひとなみ》に扱《あつ》かわれたが、遂《つい》には夫《そ》れも五月蠅《うるさく》思《おも》われたか、或日《あるひ》気《き》に入《い》りの仏弟子《ぶつでし》道意《どうい》を側近《そばぢか》く呼《よ》んで突然《とつぜん》に「道意《どうい》、什麼《そもさん》か」と云《い》われた。

是《こ》れは禅家《ぜんけ》の問答《もんどう》に使《つか》う言葉《ことば》で、此《こ》の宗《しゅう》の問答《もんどう》は寝《ね》ても覚《さ》めても何時《なんどき》如何《いか》なる場合《ばあい》に仕《し》掛《か》けられるかも知《し》れぬもの。殊《こと》に禅師《ぜんし》は其弟子《そのでし》に向《むか》って突然《とつぜん》に仕掛《しか》けられることは珍《めず》らしく無《な》いから弟子《でし》の人々《ひとびと》もかねぐ〵心得《こころえ》ておる。

そこで今突然《いまとつぜん》に尋《たず》ねかけられた道意《どうい》、ハイと思《おも》うたが取《と》り敢《あ》えず「説破《せっぱ》ッ」と叫《さけ》んだ。是《こ》れも尋《たず》ねかけられた時《とき》には「宜《よろ》しい、返答《へんとう》をします」と云《い》うような意味《いみ》になるのである。

禅師《ぜんし》は是《こ》れを聞《き》いてニッコと笑《わら》われ「風《かぜ》吹《ふ》かば如何《いかん》」「ハッ……」、道意《どうい》は其心《そのこころ》を解《げ》しかねたので暫《しば》らく返答《へんとう》に躊躇《ちゅうちょ》して居《お》ると禅師《ぜんし》は重《かさ》ねて「浮世《うきよ》の風《かぜ》は免《のが》れざりけり」と言《ことば》をつがれる。といよ〵考《かんが》えた道意《どうい》、暫《しば》らくあって「都《みやこ》も鄙《ひな》もおしなべて……」と上《かみ》の句《く》を付《つ》けた。

「ハヽヽヽ、道意《どうい》、夫《そ》れは何《な》んと思《おも》うて付《つ》けた」「ハッ……別《べつ》に……」「ナニ、別《べつ》に何《なん》だ」「別《べつ》に是《こ》れと云《い》う意味《いみ》はございませんが、お師匠様《ししょうさま》が浮世《うきよ》の風《かぜ》は免《のが》れざりけりと仰《おお》せられましたので、ツイ何心《なにごころ》なく……」「コレ〳〵、斯様《かよう》の事《こと》は自分《じぶん》の心《こころ》を現《あら》わすものじゃ。然《しか》らば今《いま》一応尋《おうたず》ねる。風吹《かぜふ》かば如何《いかん》」「ハッ……」「出家得道如何《しゅっけとくどういかん》」「ハッ……栄華必滅会者定離《えいがひつめつえしゃじょうり》、三界《がい》に家《いえ》なきは出家《しゅっけ》の身《み》にござります」「フム、然《しか》らば風吹《かぜふ》けば如何《いかん》」「ハッ……只《た》だ風《かぜ》に任《まか》すより仕方《しかた》ございませぬ」「善哉《よいかな》〳〵、用意《ようい》をせい」「ハッ、何《なん》と仰《おお》せられます」「ハヽヽヽ、其方《そち》はまだ得道《とくどう》をせぬと見《み》えるの。是《こ》れを見《み》よ」と傍《かたわ》らの硯《すずり》を取《と》り出して料紙《りょうし》に認《したた》めたのは、

此《こ》の庵《いおり》は清《きよ》き住居《すまい》と思《おも》いしに
浮世《うきよ》の風《かぜ》は免《のが》れざりけり

「道意《どうい》、何《ど》うじゃ、此《こ》の意味《いみ》は判《わか》ったか」「ハッ……」「乃公《わし》は浮世《うきよ》の風《かぜ》は嫌《きら》いじゃ。此処《ここ》も此節《このせつ》は大分風《だいぶんかぜ》が吹《ふ》く。暫《しば》らく収《おさ》まるまでは何辺《いずく》にか免《のが》れようノ」「夫《そ》れでは御師匠様《おししょうさま》には……」「其方《そち》は伴《とも》をせい。誰《た》れにも秘《ひ》しておくがよかろう」「ハッ……」「用意《ようい》をせい、判《わか》ったか」「では只今《ただいま》から」「元《もと》よりのこと、出家《しゅっけ》は三界《がい》に家《いえ》なし。風吹《かぜふ》かば行《ゆ》け、吹《ふ》かずば止《とま》れ真帆片帆《まほかたほ》、浪《なみ》に任《まか》して風《かぜ》に任《まか》してじゃ」「ハッ、畏《かしこ》まりました」

道意《どうい》は庫裡《くり》の方《かた》へ馳《は》せ去《さ》ったが暫《しば》らくすると、足《あし》には脚絆《きゃはん》掛《か》け、首《くび》には頭陀袋《ずだぶくろ》、手《て》には

網代笠《あじろがさ》さえ携《さ》げて「お師匠様《ししょうさま》大《おお》きに遅《おそ》くなりました」と出《で》て来《き》たが、禅師《ぜんし》はと見《み》ると相変《あいかわ》らず其儘座《そのままずわ》って居《お》られる。「お師匠様《ししょうさま》、夫《そ》れでは御供《おとも》を致《いた》しまする」「フム、ではボツ〳〵出掛《でか》けよう」「ですが御師匠様《おししょうさま》、貴方《あなた》の御用意《ごようい》は……」「ハヽヽヽ、出家《しゅっけ》は三界《がい》に家無《いえな》しじゃ。人間《にんげん》は生《うま》れる時《とき》にも裸身《はだか》なれば十万億土《まんおくど》の旅《たび》も裸身《はだか》じゃ。まして暫《しば》しの間《あいだ》の旅《たび》に用《よう》意《い》なぞは要《い》るか。其方《そち》に用意《ようい》と申《もう》したのは弥陀《みだ》の御前《ごぜん》に暫《しば》しの御別《おわか》れをするようと申《もう》したのである。全体其風体《ぜんたいそのふうてい》は何《な》んじゃ」「恐《おそ》れ入《い》ります。夫《そ》れでは是《こ》れを置《お》いて参《まい》りましょう」「アヽ待《ま》て〳〵、其《その》まゝでもよい。其袋《そのふくろ》の中《なか》へ餅《もち》なりとも入《い》れて行《ゆ》け。途中《とちゅう》喰《た》べるのに丁度《ちょうど》よかろう、ハヽヽヽ」

禅師《ぜんし》には道意《どうい》を伴《つ》れて其《その》まゝ大徳寺《だいとくじ》を飄然《ひょうぜん》と立《た》ち去《さ》られたが、夥多《あまた》の寺僧《じそう》は気《き》がつかなんだ。が其夕《そのゆうべ》である。一人《ひとり》の寺僧《じそう》が慌《あわ》たゞしげに同僚《どうりょう》に向《むか》って「ヤッ、お師匠様《ししょうさま》が、御留《おる》守《す》じゃ。何処《どこ》へ御越《おこ》しになられたのだろう。黙念《もくねん》さん貴方《あなた》お師匠様《ししょうさま》知《し》りませんか」と云《い》うと、其同僚《そのどうりょう》は怪訝《けげん》な顔付《かおつ》き。「エッ、お師匠《ししょう》さん、そんなことがあるものか。お師匠様《ししょうさま》は今日《きょう》は何処《どこ》へも御越《おこ》しになられぬ筈《はず》じゃ」「でも御部屋《おへや》にも御在《おいで》になられず本堂《ほんどう》にも御《お》在《いで》じゃない」「夫《そ》れでは御庭《おにわ》へ御越《おこ》しになったのであろう」「インヤ、最前《さいぜん》から彼方此方《あちこち》お探《さが》し申《もう》しあげたが何処《どこ》にも御姿《おすがた》が見《み》えんぜ」「そんなことがあるものか。夫《そ》れでは平助《へいすけ》さんに聞《き》けば判《わか》るであろう」「違《ちが》い無《な》い。では一応《おう》聞《きい》て見《み》よう」と、寺男《てらおとこ》の部屋《へや》へ走《はし》って「平助《へいすけ》さん、お前《まえ》さんはお師匠《ししょう》さんを知《し》ってるか」「是《こ》れは鈍念《どんねん》さん、阿呆《あほ》らしい。私《わたし》のようなものでもお師匠《ししょう》さんは存《ぞん》じて居《お》ります」「エッ、知《し》ってる。夫《そ》れでは何処《どこ》へお越《こ》しになられた」「さア、何処《どこ》へ御越《おこ》しになったか知《し》りません」「でも今《いま》知《し》ってると云《い》うたじゃないか」「ヘエ〱、無論《むろん》存《ぞん》じて居《お》りますとも。憚《はば》かりながら私《わたく》しも大徳寺《だいとくじ》の寺男《てらおとこ》でございます。大徳寺《だいとくじ》の一休禅師《きゅうぜんし》さんと云《い》えば今《いま》では日本国中《にっぽんこくじゅう》で知《し》らぬものも無《な》い名僧智識《めいそうちしき》のお方《かた》でございますぜ。夫《そ》れがお寺《てら》に斯《こ》うして居《お》る私《わた》しが知《し》らん筈《はず》はありますものか」「オイ〱そんなことを聞《きい》て居《お》るのじゃ無《な》い。今日《きょう》お師匠《ししょう》さんは何処《どこ》へお越《こ》しになられたと云《い》うのじゃ」「エッ、今日《こんにち》……今日《こんにち》は何処《どこ》へもお出《で》ましじゃございますまい。お出《で》ましの時《とき》には私《わたく》しがお伴《とも》をすることに極《きま》って居《お》るのでございますから。多分《たぶん》お居間《いま》でございましょう」「処《ところ》が御居間《おいま》にも本堂《ほんどう》にも御庭《おにわ》にも御見《おみ》えにならぬからお前《まえ》さんに聞《きい》て居《お》るのじゃ」「イヤ、私《わたく》しは一向《こう》存《ぞん》じません」

寺男《てらおとこ》の言葉《ことば》にいよ〱訝《いぶ》かしく思《おも》った鈍念《どんねん》は夫《そ》れでは此事《このこと》を兎《と》も角《かく》兄弟子《あにでし》の道意《どうい》に伝《つた》え

ようと思《おも》う処《ところ》から道意《どうい》の部屋《へや》へ走《はし》って行《い》ったが道意《どうい》も禅師《ぜんし》と同《おな》じく一向姿《こうすがた》を見《み》せぬので寺中《じちゅう》の誰《た》れ彼《か》れに其旨《そのむね》を伝《つた》える。と初《はじ》めの内《うち》は別《べつ》に心《こころ》に止《と》めなんだ人々《ひとびと》も遂《つい》には怪《あや》しんでソロ〳〵禅師《ぜんし》の居間《いま》へ行《い》って見《み》ると驚《おどろ》いた。夫《そ》れも道理床間《どうりとこのま》の壁《かべ》に墨黒々《すみくろぐろ》と、人間《にんげん》の寿命《じゅみょう》に定《さだ》まりあり、無常《むじょう》の風《かぜ》吹《ふ》かば逝《ゆ》き、浮世《うきよ》の風《かぜ》吹《ふ》かば去《さ》る、我《わ》れは今浮世《いまうきよ》の風《かぜ》に吹《ふ》き飛《と》ばされたり、逆風《ぎゃくふう》吹《ふ》かば帰《かえ》り、無常《むじょう》の風《かぜ》吹《ふ》かば更《さ》らに十万億土《まんおくど》に赴《おもむ》くべし。「ヤッ、えらいこッちゃ」「大変《たいへん》じゃ」「お師匠《ししょう》さんが風《かぜ》に飛《と》ばされた」と忽《たちま》ち上《うえ》を下《した》への大騒動《おおそうどう》。

◎さア施行《せぎょう》じゃ〳〵

禅師《ぜんし》は道意《どうい》を伴《つ》れて大徳寺《だいとくじ》を後《あと》にブラリと出《で》られたが、道意《どうい》は供《とも》についてるものゝ心《こころ》が一向落《こうお》ち付《つ》かぬ様子《ようす》。「モシお師匠《ししょう》さん、是《こ》れから何処《どこ》へ参《まい》りますので」「ハヽヽヽ、道《どう》意《い》、漸《ようや》く寺《てら》を離《はな》れた今《いま》からそんなことを申《もう》すようでは得道《とくどう》が出来《でき》るか。出家《しゅっけ》の身《み》は行《ゆ》く雲《くも》、流《なが》れる水《みず》と同様《どうよう》じゃ。殊《こと》に風《かぜ》に吹《ふ》かれて出《で》ると申《もう》した以上《いじょう》は先《ま》ず風《かぜ》の吹《ふ》き工合《ぐあい》で行《ゆ》くより外《ほか》はあるまい」「ハッ、それでは北風《きたかぜ》が吹《ふ》けば南《みなみ》へ、南風《みなみかぜ》が吹《ふ》けば北《きた》へまいりますか」「オヽ勿論《もちろん》のこと、今《いま》は乾《いぬい》の風《かぜ》だから先《ま》ず近《ちか》くは都路《みやこじ》、遠《とお》くは伊勢参宮《いせさんぐう》かナ」「ヘヽン、それで若《も》し伊勢参宮《いせさんぐう》を済《す》まして尚《なお》も乾《いぬい》の風《かぜ》が吹《ふ》きますれば如何《いか》ようなされます。聞《き》き及《およ》びますにお伊勢様《いせさま》から巽《たつみ》の方向《ほうこう》は海辺《うみべ》とやら申《もう》しますが」「ハヽヽヽ、其時《そのとき》は海《うみ》に飛《と》び込《こ》むより仕方《しかた》はあるまい」

冗談半分《じょうだんはんぶん》でブラ〱と都《みやこ》の三条通《じょうどお》りを通《とお》りかゝり、是《こ》れから東《ひがし》へ向《むか》おうとする途中《とちゅう》、三条大橋《じょうおおはし》の東詰《ひがしづめ》に何事《なにごと》か大層《たいそう》な人《ひと》が群《たか》って居《お》る。禅師《ぜんし》は橋《はし》の上《うえ》を歩《あゆ》みながらフト是《こ》れに目《め》を付《つ》けられ「道意《どうい》、何《な》んだか大層人群《たいそうひとだか》りだが何《な》んだろう。一応見《おうみ》とゞけてまいれ」「畏《かし》こまりました」

道意《どうい》はスタ〱走《はし》っていったが軈《やが》て引《ひ》ッ返《かえ》して「お師匠《ししょう》さん、ツマラぬことでございます」「ホヽ……、何《な》んじゃ」「外《ほか》でもございませんが橋《はし》の降《お》りつめに紅葉屋《もみじや》と申《もう》す煎餅屋《せんべいや》がございます」「フム〱、如何《いか》にもある。中々大《なかなかおお》きな煎餅屋《せんべいや》じゃ。それが何《ど》うした」「ハッ、其煎餅屋《そのせんべいや》の主人《しゅじん》と家内《かない》が何事《なにごと》からか存《ぞん》じませんが夫婦喧嘩《ふうふげんか》を初《はじ》めましたので、近所《きんじょ》の人々《ひとびと》が仲裁《ちゅうさい》を致《いた》して居《お》りますが両人《りょうにん》とも焦気《やっき》となって中々聞《なかなかき》きません様子《ようす》でございます。

夫《そ》れを通《とお》りがゝりの人々《ひとびと》等《ら》珍《めず》らしそうに見《み》て居《お》りますので」「ハヽヽヽ、夫婦喧嘩《ふうふげんか》か、そりゃ面白《おもしろ》い。何《ど》うじゃ道意《どうい》、一つ仲直《なかなお》りをしてやろうか」「御廃《およ》し遊《あそ》ばせ。常《つね》に顔《かお》を見《み》合《あわ》して居《お》る近所《きんじょ》の人々《ひとびと》でさえ仲裁《ちゅうさい》を仕兼《しか》ねて居《お》ります位《くら》いでございますから迂闊《うかつ》に手出《てだ》しをなさって傍杖《そばづえ》を喰《くら》ってはツマリませんから」「ハヽヽヽ、打《う》たれた処《ところ》で膨《ふく》れこそすれ減《へ》るようなことは無《な》い。マア〳〵見《み》ておれ、乃公《わし》が仲裁《ちゅうさい》をしてやろう」

禅師《ぜんし》は足《あし》を早《はや》めツカ〳〵と紅葉屋《もみじや》の表《おもて》へ行《い》って見《み》ると、表《おもて》はギッシリ人群《ひとだか》り。夫《そ》れを押《お》し分《わ》けて「ハイ〳〵一寸御免下《ちょっとごめんくだ》され、モシ一寸《ちょっと》お通《とお》し下《くだ》され」と云《い》いながら漸《ようや》く店先《みせさき》へ出《で》ると、中《なか》では如何《いか》にも夫婦《ふうふ》が大立廻《おおたちまわ》りをやって居《お》る。「己《おの》れ此《こ》の悪性男《あくしょうおとこ》め、さア殺《ころ》すなら殺《ころ》して見《み》なされ」「オヽ云《い》わずとも殺《ころ》してやる。貴様《きさま》のようなドスベタは何疋《なんびき》あっても仕《し》方《かた》は無《な》いから」「そらそうでしょう。妾《わた》しを殺《ころ》して後《あと》へ勝手《かって》に好《す》きな女《おなご》を入《い》れるつもりでしょうが、何《ど》うして思《おも》い通《どお》りにさすものか。身体《からだ》は殺《ころ》されても魂《たまし》いは残《のこ》って取《と》り殺《ころ》してやるからさア殺《ころ》せ。さア殺《ころ》さんか助平男《すけべいおとこ》め」「何《なに》ッ、何時《いつ》でも殺《ころ》してやるが殺《ころ》されたら生命《いのち》は無《な》いぞ」「そんなことは知《し》ってます。さア早《はや》く殺《ころ》して下《くだ》さい」

亭主《ていしゅ》は煎餅《せんべい》の粉《こ》を摺《す》る連木《れんぎ》を振《ふ》りあげておると、女房《にょうぼう》は摺鉢《すりばち》を振《ふ》り被《かぶ》って居《お》るが、流石《さすが》は京都《きょうと》だけに口先《くちさき》では喧《いさか》いをして居《お》るけれども一向両方《こうりょうほう》から手《て》を下《くだ》すこともようせぬ。と夫《そ》れを近所《きんじょ》の人《ひと》であろう二三人《にん》の男《おとこ》は「マア〳〵」で両方《りょうほう》へ別《わ》けて居《お》る、側《そば》には其家《そのや》の職人《しょくにん》が是《こ》れも四五人《にん》マゴ〳〵して居《お》るばかりで何方《どっち》が何方《どっち》とも定《さだ》めかねて居《お》る様子《ようす》。

が夫婦《ふうふ》の者《もの》は挨拶《あいさつ》をされゝばされるほど尚更《なおさら》猛《たけ》り立《た》って居《お》るばかり。すると表《おもて》では此《こ》の様《さま》を見《み》て居《お》る弥次馬連中《やじうまれんちゅう》はワア〳〵云《い》うて居《お》る中《なか》にも「オイ何方《どっち》も負《ま》けるな、シッカリ〳〵」なぞと茶化《ちゃか》すものもある。

禅師《ぜんし》は此《こ》の様《さま》を見《み》てニコ〳〵笑《わら》いながら物《もの》をも云《い》わずツカ〳〵と店先《みせさき》へ上《あが》りこんだ。が夫婦《ふうふ》の者《もの》は夫《そ》れに気付《きづ》く様子《ようす》も無《な》い。双方《そうほう》から相変《あいかわ》らず負《ま》けず劣《おと》らず罵《のの》しり合《お》うて居《お》る。禅師《ぜんし》は暫《しば》し是《こ》れを聞《きい》て居《お》られて、俄《にわ》かに何思《なにおも》われたか店先《みせさき》に並《なら》べてある煎餅《せんべい》の箱《はこ》の蓋《ふた》を開《ひら》き、表《おもて》の方《かた》に向《むか》って「さア施行《せぎょう》じゃ〳〵誰《た》れでもやるから拾《ひろ》え〳〵」と中《なか》の煎餅《せんべい》を両手《りょうて》で摑《つか》んでは表《おもて》の方《かた》へバラ〳〵ッと投《な》げ出《だ》し、其箱《そのはこ》が空《から》になると次《つ》ぎの箱《はこ》、夫《そ》れも無《な》くなると又《ま》た次《つ》ぎの箱《はこ》と云《い》う風《ふう》に見《み》るまに五箱《はこ》ばかりの煎餅《せんべい》を撒《ま》き出《だ》したから表《おもて》は忽《たちま》ち大混《だいこん》乱《らん》。

最初《さいしょ》の内《うち》こそ「モシ、此《こ》の煎餅《せんべい》は拾《ひろ》ってもよいでしょうか」「さア、折角撒《せっかくま》いてくれるのでございますによって拾《ひろ》いましょうよ」「そうでしょうかナ」「此《こ》んなものを拾《ひろ》わぬのは勿体《もったい》のうございますぜ」「成程《なるほど》、では拾《ひろ》いましょう。喧嘩《けんか》よりも此《こ》のほうが結構《けっこう》ですな」「そうです〳〵喧嘩《けんか》も面白《おもしろ》いが此《こ》のほうが結構《けっこう》」なぞと拾《ひろ》って居《お》ったが、遂《つい》には「モシ、此処《ここ》へも投《ほ》って下《くだ》さい」「私《わた》しのほうへ……」「イヤ此処《ここ》じゃ〳〵」と群《たか》った人々《ひとびと》は餅撒《もちまき》の餅《もち》でも拾《ひろ》うような気《き》でワーッ〳〵と騒《さわ》ぎ出《だ》したから、今《いま》までは焦気《やっき》となって居《お》った夫婦《ふうふ》のものもフッと気《き》がついた。

見《み》ると何時《いつ》の間《ま》に来《き》たか、一人《ひとり》の坊《ぼう》さんが衣《ころも》の袖《そで》をかゝげて一生懸命《しょうけんめい》店先《みせさき》の煎餅《せんべい》を大道《だいどう》へ撒《ま》いて居《お》るので驚《おどろ》いて喧嘩《けんか》どころでは無《な》い。今《いま》までの敵同志《かたきどうし》は一つになって禅師《ぜんし》の後《うしろ》から引《ひ》ッ捕《つか》まえた。「モシ、無《む》ッ、無茶《むちゃ》をして貰《もら》っては困《こま》ります。是《こ》れは私《わた》し方《かた》の商売《しょうばい》の品《しな》でございますぜ」「貴方《あなた》は一体何処《たいどこ》の坊《ぼう》さんか知《し》りまへんが、誰《た》れに答《こた》えて夫《そ》んな無茶《むちゃ》なことをなさいます」

夫婦《ふうふ》のものは禅師《ぜんし》と云《い》うことを気《き》が付《つ》かぬから、両方《りょうほう》から衣《ころも》の袖《そで》を摑《つか》んで大変《たいへん》な権幕《けんまく》。罷《まか》り違《ちが》えば役人《やくにん》の手《て》に渡《わた》しかねん有様《ありさま》だったが、禅師《ぜんし》は一向平気《こうへいき》なもの。「ハヽヽヽ、それで夫婦喧嘩《ふうふげんか》は何《ど》うなりました」「ナニッ……」「治《おさ》まったかナ、夫《そ》れなれば結構《けっこう》。まア〱此後《このの ち》ともに仲《なか》よくするがよい」「ボッ、坊《ぼう》さん、そんなことは貴方《あなた》の厄介《やっかい》になりまへん。それよりも此《こ》の煎餅《せんべい》は何《ど》うしてくれます」「ハッ〱〱、煎餅《せんべい》は表《おもて》の見物衆《けんぶつしゅう》へ遣《や》りました」「タッ、誰《た》れに答《こた》えて……」「怒《おこ》りなさんな。商売人《しょうばいにん》は怒《おこ》れば利益《とく》にならん。まア座《すわ》らっしゃい」「ズッ、図々《ずうずう》しい坊《ぼう》さんじゃ。お前《まえ》さんは一体何《たいなん》じゃ」「ハッ〱〱、乃公《わし》かな。乃公《わし》は見《み》る通《とお》り出家《しゅっけ》じゃ」「出家《しゅっけ》は判《わか》って居《お》る。ドッ、何処《どこ》から来《き》た」「云《い》うまでも無《な》い表《おもて》からじゃ」「馬《ば》ッ、馬鹿《ばか》にしなさんな。一体家《たいうち》は何処《どこ》じゃ」「出家《しゅっけ》は三界《がい》に家《いえ》なし、寺《てら》は預《あずか》って居《お》るが家《うち》は無《な》い」「そッ、その寺《てら》は何処《どこ》じゃ」「煎餅代《せんべいだい》を取《と》りにくるかナ。よし〱それじゃ寺《てら》へ来《く》れば払《はら》ってやるが乃公《わし》のほうからも貰《もら》わねばならぬものがあるぞ」「ナッ、何《なに》がじゃ」「何《な》んでも無《な》い。お前《まえ》さん等《ら》の仲裁料《ちゅうさいりょう》は何《ど》うなりますかナ」「ナニッ……」「お前《まえ》さん方《がた》の喧嘩《けんか》を僅《わず》か煎餅《せんべい》の三箱《はこ》や四箱《はこ》で仲裁《ちゅうさい》が出来《でき》れば安《やす》いものじゃ。誰《た》れも仲裁《ちゅうさい》するものが無《な》かったなれば終《しまい》には店《みせ》を廃業《たたん》で仕舞《しま》わねばなりますまい。夫《そ》れとも強《たっ》て煎餅代《せんべいだい》がほしいと云《い》うのなれば少々遠方《しょうしょうえんぽう》で気《き》の毒《どく》であるが紫野《むらさきの》の大徳寺《だいとくじ》へ行《い》って宗純《そうじゅん》がそう云《い》うたと云《い》いなさい。さすれば代物《だいもつ》は払《はら》うであろうから」「エッ……」

大徳寺《だいとくじ》の宗純《そうじゅん》と聞《きい》て紅葉屋《もみじや》の主人《しゅじん》はヒョッと見《み》ると、かね〲名高《なだか》い一休禅師《きゅうぜんし》であるから驚《おどろ》いたの何《ど》うのじゃ無《な》い。今《いま》までの勢《いきお》いは何処《どこ》へやら、其場《そのば》へピタリと平駄張《へたば》って「是《こ》れは〱一向存《こうぞん》じませぬことゝは申《もう》せ誠《まこと》に失礼致《しつれいいた》しまして申《もう》し訳《わけ》はございません。其処《そこ》は端近《はしぢか》でございますによって兎《と》に角何《かくど》うか奥《おく》へお通《とお》りを願《ねが》います。コレ〱おきぬ、何《な》んと云《い》う失礼《しつれい》をする。さ、御挨拶申《ごあいさつもう》し上《あ》げぬか。此《こ》のお方《かた》は紫野《むらさきの》の生仏様《いきぼとけさま》じゃ。さ、早《はや》く御挨拶《ごあいさつ》を申《もう》し上《あ》げて座敷《ざしき》へ御案内《ごあんない》をせんか」「ハッ〱〱、夫《そ》れには及《およ》ばぬ。何《ど》うじゃ、是《こ》れで喧嘩《けんか》が治《おさ》まったかナ」「ドッ、何《ど》うも誠《まこと》に恐《おそ》れ入《い》りまする」「喧嘩《けんか》は治《おさ》まれば結構《けっこう》〱。兎《と》角《かく》一家《か》の盛衰《せいすい》は家内《かない》の不和《ふわ》にある、家内《かない》の不和《ふわ》は色《いろ》にある。お前《まえ》さんも見《み》ればよい年《とし》じゃ、慎《つつ》しみなさい」「誠《まこと》に申《もう》し訳《わけ》はございません」「処《ところ》で煎餅《せんべい》は四箱半《はこはん》ばかり撒《ま》いたようじゃ。代物《だいもつ》は何《ど》れほどになりますかナ」「メッ、滅相《めっそう》も無《な》い。決《けっ》して、決《けっ》して左様《さよう》な義《ぎ》には……兎《と》も角今日《かくこんにち》は計《はか》らずいろ〱の御厄介《ごやっかい》になりまして申《もう》し訳《わけ》はございませぬ。何《ど》うか奥《おく》へ御通《おとお》りを御願《おねが》いいたしまする。何《なに》かと御礼《おれい》を申《もう》し上《あ》げとうございますれば」「イヤ〱夫《そ》れには及《およ》びませぬ。お前《まえ》さん方《かた》が今後仲《こののちなか》よく暮《くら》せば乃公《わし》へ対《たい》する礼《れい》じゃ。それとも此後又々夫婦喧嘩《こののちまたまたふうふげんか》が出来《でき》るようなことがあれば今度《こんど》は店《みせ》の代物《しろもの》をスッカリ撒《ま》くから忘《わす》れぬようにしておきなさい。な、判《わか》りましたか、判《わか》ったらばさらばじゃ」

紅葉屋《もみじや》の主人《しゅじん》は一句《く》も無《な》く平駄張《へたば》って御礼《おれい》を述《の》べて居《お》る内《うち》に、禅師《ぜんし》はサッサと門口《かどぐち》へ下《お》り立《た》ち呆《あき》れて立《た》って居《お》る道意《どうい》を見返《みかえ》り「さア道意《どうい》行《い》こう、大変手間《たいへんてま》が取《と》ったナ」

◎春《はる》の屁《へ》は面白《おもしろ》い

さて禅師《ぜんし》には三条通《じょうどお》りをズン〳〵東《ひがし》に、蹴上《けあ》げも過《す》ぎ、程《ほど》なく走井《はしりい》の立場《たてば》へかゝられる。

頃《ころ》は人《ひと》の気《き》も浮《う》き立《た》つ弥生空《やよいぞら》、人《ひと》は浮《う》かれて行《ゆ》きから中《なか》にも此処《ここ》は走井餅《はしりいもち》の名物茶屋《めいぶつちゃや》、都在勤《みやこざいきん》の侍《さむら》いなぞが近江名所《おうみめいしょ》を見物《けんぶつ》しての帰《かえ》り路《じ》らしく、此処《ここ》の床几《しょうぎ》に腰打《こしう》ちかけたのが数人《すにん》、ホロ酔《よ》い機嫌《きげん》に瓢《ふくべ》に残《のこ》った酒《さけ》を傾《かたむ》けては何事《なにごと》か打《う》ち語《かた》ろうて居《お》る。

禅師《ぜんし》は此《こ》の様《さま》をチラリと見《み》たまゝ此処《ここ》にも休《やす》まれず、相変《あいかわ》らずブラリ〳〵と歩《あゆ》まれて、侍《さむら》い等《ら》の休《やす》んで居《お》る側《そば》を一二間《けん》打《う》ち過《す》ぎたと思《おも》う時《とき》、俄《にわ》かにプッと音《おと》を立《た》てゝ放屁《ほうひ》一発《ぱつ》、又《ま》た一発《ぱつ》。夫《そ》れさえあるに手《て》を打《う》って、「ハッ〳〵〳〵」と大声《おおごえ》に笑《わら》われながらも平《へい》気《き》で足《あし》を運《はこ》んで行《ゆか》れたから、侍《さむら》いは烈火《れっか》のように怒《おこ》った。

「是《こ》りゃ坊主《ぼうず》待《ま》てッ、無礼者《ぶれいもの》めが」其内《そのうち》の一人《にん》は刀《かたな》の鯉口《こいぐち》すら寛《くつろ》げて居《お》る。が禅師《ぜんし》はニタリと笑《わら》って立《た》ち止《どま》られた。「是《こ》れは〳〵、愚僧《ぐそう》に対《たい》して何《なに》か御立腹《ごりっぷく》の様子《ようす》。自体何事《じたいなにごと》でございますかナ」「黙《だま》れ、今其方《いまそのほう》は何《なに》を致《いた》した」「愚僧《ぐそう》が………はてな何《なに》も貴方方《あなたがた》へ無礼《ぶれい》を致《いた》しました覚《おぼ》えはございませんが」「ダッ〳〵黙《だま》れ、今音《いまおと》を立《た》てたのは彼《あ》れは何《な》んじゃ」「ハッ〳〵〳〵、彼《あ》れでございますか。彼《あ》れは貴方《あなた》がたも御承知《ごしょうち》の筈《はず》、放屁《ほうひ》と申《もう》して身体《からだ》の気《き》を尻《しり》から抜《ぬ》きましたので中々気持《なかなかきもち》がよくございまするテ」「無《ぶ》ッ、無礼《ぶれい》もの。其方《そち》は拙者共《せっしゃども》を愚弄致《ぐろういた》すか。尚夫《なおそ》れさえあるにさも嘲弄致《ちょうろういた》すように高声《こうせい》を発《はっ》して笑《わら》うとは何事《なにごと》じや。第《だい》一放屁《ほうひ》は他人《たにん》に対《たい》して無礼《ぶれい》なる仕打《しう》ちと心得《こころえ》ぬか。返答《へんとう》によれば出家《しゅっけ》とても容赦《ようしゃ》は致《いた》さぬぞ」「是《こ》れは存外《ぞんがい》の御言葉《おことば》。何《なに》を以《もっ》て貴方《あなた》がたに無礼《ぶれい》を致《いた》しましょう。殊《こと》に放屁《ほうひ》は無礼《ぶれい》の致《いた》し方《かた》とは愚僧初《ぐそうはじ》めて承《うけたま》わりまする。御見受申《おみうけもう》せば貴方《あなた》がたは禁裏御守衛《きんりごしゅえい》のようにございまするが、さすれば失礼《しつれい》ながら歌道《かどう》の御心得《おこころえ》もございましょう。武骨《ぶこつ》一遍《ぺん》の方々《かたがた》なれば兎《と》に角《かく》、歌道《かどう》に御心得《おこころえ》のある方々《かたがた》として是《こ》れを御咎《おとが》めになられるのは尚更《なおさ》ら以《もっ》て意外《いがい》に心得《こころえ》まする」「ナヽッ、何《な》んと云《い》う……」「愚僧《ぐそう》の考《かんが》えでは御咎《おとが》めどころか反《かえ》って御悦《およろこ》びのことゝ存《ぞん》じましたが」「コリャッ、何処《どこ》の国《くに》にか屁《へ》を放《へ》りかけられて悦《よろこ》ぶものがある。

いよ〱以《もっ》て武士《ぶし》を愚弄致《ぐろういた》すな」「是《こ》れは甚《はなは》だ以《もっ》て迷惑至極《めいわくしごく》の御言葉《おことば》。元《もと》より愚僧《ぐそう》は心《こころ》あって放屁致《ほうひいた》しましたるものではございませんが、俗《ぞく》に出物腫《でものは》れ物所嫌《ものところきら》わずとか申《もう》しますほど、殊《こと》に昨今《さっこん》の屁《へ》は最《もっと》も面白《おもしろ》しと聞《き》き及《およ》んで居《お》りまするから、貴方《あなた》がたが此処《ここ》で御休《おやす》みになって居《お》られるのを幸《さいわ》い、出家《しゅっけ》は人《ひと》を恵《めぐ》むもので自分独《じぶんひと》りで楽《たの》しむよりも御歴々《おれきれき》の方《かた》にも御聞《おき》かせ申《もう》してはと存《ぞん》じ斯《かく》の始末《しまつ》」「ケッ、怪《けし》からぬ申《もう》し情《じょう》。此上《このうえ》は出家《しゅっけ》とて容赦《ようしゃ》は致《いた》さぬ。コリャッ坊主覚悟《ぼうずかくご》せいッ」

一人《ひとり》の侍《さむら》いは大層腹《たいそうはら》を立《た》てゝ今《いま》にも切《き》って掛《かか》らん権幕《けんまく》。すると側《そば》に居《お》った友達《ともだち》の一人袖《にんそで》引《ひ》きとめて「コレ青木氏《あおきうじ》待《ま》たっしゃい。相手《あいて》は高《たか》が乞食坊主同前《こじきぼうずどうぜん》だ。彼様《かよう》のもの切《き》り捨《す》てた処《ところ》で仕方《しかた》はござるまい」「イヤ近藤氏《こんどううじ》、お放《はな》し下《くだ》され。恐《おそ》れ多《おお》くも禁裏御守衛《きんりごしゅえい》の我《わ》れ〱を愚弄致《ぐろういた》す悪《にっ》くき売僧《まいす》……」「イヤ、先《ま》ず拙者《せっしゃ》に御任《おまか》せ下《くだ》され。万《まん》一彼《か》れ返答《へんとう》の出来《でき》ぬ時《とき》には如何《いか》ようとも致《いた》し方《かた》がござるから」と押《お》し止《とど》めておいて禅師《ぜんし》に向《むか》われた。「コリャ〱坊主《ぼうず》、其方《そのほう》は放屁《ほうひ》を致《いた》して我《わ》れ〱に楽《たの》しませると申《もう》したナ。確《しか》と相違《そうい》は無《な》いか」「ハヽヽヽ、如何《いか》にも其通《そのとお》り。禁裏御守衛《きんりごしゅえい》の方々《かたがた》に是《こ》れくらいのことを御判《おわか》りにならぬとは実以《じつもっ》て怪《け》しからぬことでございます」「フム、然《しか》らば其訳《そのわけ》を申《もう》して見《み》よ。其上《そのうえ》にて許《ゆる》して遣《つか》わす」「ハッ〳〵〳〵、別《べつ》に許《ゆる》す許《ゆる》さぬと云《い》うようなことではございますまい。兎《と》に角謡《かくうたい》の文句《もんく》に何《な》んとございます」「何《なに》が何《ど》うしたと……」「春《はる》の屁《へ》は昔《むかし》からよく〳〵面白《おもしろ》いものと思《おも》われたればこそ、アナ面白《おもしろ》の春《はる》のへゝや、あな面白《おもしろ》のはるのへゝやと二度《ど》まで繰《く》り返《かえ》してございますから、愚僧《ぐそう》も同《おな》じ放《へ》るのなればと心得《こころえ》て二発放《はっはな》ちましたが、イヤモー心持《こころもち》のよいことゝ申《もう》せばハッ〳〵〳〵〳〵」

意外《いがい》な返答《へんとう》に流石《さすが》の侍《さむら》いも呆《あき》れて居《お》ると、禅師《ぜんし》は此《こ》の間《ま》にと云《い》わぬばかりに「さ、道意《どうい》、早《はや》く行《い》こう」とスタ〳〵道《みち》を急《いそ》がれた。

◎横槌《よこづち》はあるか

道《みち》を急《いそ》がれた禅師《ぜんし》は間《ま》も無《な》く大津《おおつ》に着《つ》かれると、かねぐ禅師《ぜんし》に帰依深《きえふか》かった三谷屋治《たにやじ》右衛門《うえもん》と云《い》うものゝ宅《たく》を訪《と》われた。

何分突然《なにぶんとつぜん》のことなので治右衛門《じうえもん》の驚《おどろ》きと悦《よろこ》びは非常《ひじょう》なもの。「是《こ》れは〳〵、禅師《ぜんし》にはよくこそ御越《おこ》し頂《いた》だきました。何《ど》うか此度《このたび》はゆるりと御逗留《ごとうりゅう》を願《ねが》いまする」「イヤ治右衛門《じうえもん》、構《かま》わっしゃるな。此度《このたび》は俄《にわ》かに思《おも》い立《た》って出掛《でか》けて来《き》たまで。今宵《こよい》は厄介《やっかい》になるが、明日《あす》は都合《つごう》によれば早朝《そうちょう》から出立《しゅったつ》するかも知《し》れませぬ」「夫《そ》れは余《あま》りに本意《ほい》ない仰《おお》せ方《かた》。せめて一夜《いちや》は有《あ》り難《がた》いお話《はな》しを土地《とち》の者《もの》にゆる〳〵御聞《おき》かせ願《ねが》いとう存《ぞん》じまする」「オヽ、そのことなれば態々《わざわざ》日《ひ》を延《の》ばすまでも無《な》い。今晩早速致《こんばんさっそくいた》してやろう」「今晩《こんばん》……夫《そ》れは余《あま》りに恐《おそ》れ入《い》ります。今晩《こんばん》は定《さだ》めて御疲労《おつかれ》でもございましょうから、何《ど》うか二三日御滞在《にちごたいざい》の上《うえ》でゆる〳〵御話《おはな》しを頂《いただ》きますれば誠《まこと》に結構《けっこう》でございます」

治右衛門《じうえもん》のいろ〳〵云《い》う言葉《ことば》に禅師《ぜんし》も其気《そのき》になられて、それでは明日《あす》一日滞在《にちたいざい》すると云《い》うことになったから治右衛門《じうえもん》はいよ〳〵悦《よろこ》んで其夜《そのよ》は何《なに》かと待遇《もてな》し、さて翌朝《よくちょう》になると、夜《よ》の明《あ》けるのを待《ま》ちかね、彼方此方《あなたこなた》へ言《い》い触《ふら》したから、忽《たちま》ち土地《とち》一面《めん》の大噂《おおうわさ》。「何《な》んと弥《や》五平《へい》どん、かね〴〵噂《うわさ》の大徳寺《だいとくじ》の生仏《いきぼとけ》さまが、治右衛門殿《じうえもんどの》の家《うち》へ御越《おこ》しになって今晩御《こんばんご》説教《せっきょう》があるといな」「さればさ、前刻《せんこく》治右衛門《じうえもん》がわざ〳〵知《し》らして下《くだ》さったが、有難《ありがた》いことじゃテ。何《なに》を置《お》いても聞《き》かせて頂《いただ》かねばなりますまい」「左様々々《さようさよう》、滅多《めった》に此《こ》んなことはございますまいから私《わたく》しも是非出掛《ぜひでか》けようと思《おも》って居《お》ります」なぞと寄《よ》ると触《さわ》ると禅師《ぜんし》のことが話《はな》しの種《たね》となって居《お》った。

処《ところ》が此《こ》の地《ち》に正教寺《しょうきょうじ》と云《い》う真宗《しんしゅう》の寺《てら》がある。其処《そこ》の住職《じゅうしょく》は持《も》ったが病《やま》いの猜疑根性《へんねじこんじょう》で、常々人《つねづねひと》の賞《ほ》められる噂《うわさ》を聞《きい》ては嫉《ねた》んで絶《た》えられぬところから何《なに》かと是《こ》れを凹《へこ》まそうとするのは一つの癖《くせ》となって居《お》った。そして世《よ》の中《なか》には自分《じぶん》ほど豪《えら》いものは無《な》いと平常《いつ》も高慢《こうまん》ちきな顔《かお》をして居《お》ったが、さア禅師《ぜんし》の話《はなし》を聞《きい》ては例《れい》の根性《こんじょう》がムラ〳〵と湧《わ》いて絶《た》えられぬ。殊《こと》に自分《じぶん》は真宗《しんしゅう》、禅師《ぜんし》は禅宗《ぜんしゅう》ときておるからさらでも鼻《はな》を折《お》ろうと云《い》うので、早速檀家《さっそくだんか》の誰《た》れ彼《か》れを招《よ》び集《あつ》めて「時《とき》に大徳寺《だいとくじ》の一休《きゅう》が今度此地《こんどこっち》へ来《き》たそうだが、夫《そ》れに付《つ》いて皆《みな》の衆《しゅう》に頼《たの》みがある。と云《い》うのは外《ほか》では無《な》い。土地《とち》の人々《ひとびと》は一休《きゅう》を生仏《いきぼと》けのように有難《ありがた》がって居《お》るけれども、仏教《ぶっきょう》の内《うち》で禅宗《ぜんしゅう》は先《ま》ず人間《にんげん》で云《い》えば狂人《きょうじん》じゃ。禅宗《ぜんしゅう》ではヤレ問答《もんどう》だとか何《な》んとか八釜《やかま》しく云《い》うが問答《もんどう》と云《い》うのは我《わ》れ〳〵の真宗《しんしゅう》では先《ま》ず小供《こども》の手習《てならい》くらいのもので、お経《きょう》の内《うち》に書《か》いてあることを尋《たず》ね合《あ》うのであるから夫《そ》れで答《こた》えが出来《でき》たからと云《い》うて何《なに》が豪《えら》い。大体僧侶《だいたいそうりょ》はお経《きょう》を知《し》らねば出来《でき》ぬものじゃわ。其《その》お経《きょう》の事《こと》を豪《えら》そうに尋《たず》ね合《あ》うようでは一寸《ちょっと》も豪《えら》く無《な》いじゃ無《な》いか。先《ま》ず我《わ》れ〳〵に云《い》わすと寺小屋《てらこや》の弟子《でし》が師匠《ししょう》に試験《しけん》を受《う》けて居《お》るようなもので其上罷《そのうえまか》り違《ちが》えば如意《にょい》で頭《あたま》をコツンとお見舞《みまい》するなぞは全《まった》く沙汰《さた》の限《かぎ》りである。此《こ》んなものが此地《こっち》へ来《き》たからと云《い》うて一同《どう》の人々《ひとびと》は有難《ありがた》がるのは乃公《わし》は心《しん》外《がい》に絶《た》えぬ次第《しだい》。イヤ、有難《ありがた》がるようでは土地《ところ》の恥《はじ》になるのだから、是《こ》れから一ツ皆《みな》さんに御苦労《ごくろう》を願《ねご》うて一休《きゅう》を凹《へこ》ませようと思《おも》うが皆《みな》さんの御意見《ごいけん》は何《ど》うでございましょう」

そろ〳〵奥《おく》の手《て》を持《も》ちかけると正直《しょうじき》な檀家《だんか》の人々《ひとびと》は常々《つねづね》住職《じゅうしょく》を信《しん》じて居《お》るだけに異議《いぎ》のありそうな筈《はず》は無《な》い。「ヘエ〳〵、そんなことでございますれば全《まった》く土地《とち》の為《た》めに是非《ぜひ》凹《へこ》まして頂《いた》だけば結構《けっこう》でございます。併《しか》しお住職様《じゅうしょくさま》、聞《き》き及《およ》びますには一休様《きゅうさま》は中々立派《なかなかりっぱ》な賢《かしこ》い御方《おかた》で生仏《いきぼとけ》とまで申《もう》されて居《お》りますが……」「ハヽヽヽ、それはお前《まえ》さん方《がた》がそう思《おも》うのは無理《むり》も無《な》い。成程禅宗同志《なるほどぜんしゅうどうし》では生仏《いきぼとけ》と云《い》われるだろうが真宗《しんしゅう》の僧侶《そうりょ》、殊《こと》に我《わ》れ〳〵の足許《あしもと》へも寄《よ》り付《つ》く筈《はず》はありません。兎《と》に角御《かくご》一同《どう》に御立会下《おたちあいくだ》されば乃公《わし》は一つ難問《なんもん》を出《だ》しまして充分凹《じゅうぶんへこ》ませてやりましょう」「ヘエ〳〵、夫《そ》れ程《ほど》に仰言《おっしゃ》るのなれば是非何《ぜひど》うかお願《ねが》いを致《いた》しまする。就《つ》きましてはお住職《じゅうしょく》さま何《ど》うでございましょう、其《その》ナンモンとやらを我《わ》れ〳〵ばかりではございませず、土地《ところ》の者等《ものら》一般《ばん》に御聞《おき》かせ頂《いた》だきましては……一休《きゅう》さんを同《おな》じ凹《へこ》ますのでございますれば成《なる》べく沢山《たくさん》の前《まえ》で御《お》やりになって、夫《そ》れからその……ニューとかニョイとかで一休《きゅう》さんの頭《あたま》をコツンと御見舞《おみま》い申《もう》せば面白《おもしろ》うございましょう」「ハヽヽヽ、そりゃ結構《けっこう》、何《なに》も乃公《わし》は進《すす》んで一休《きゅう》を凹《へこ》ましたくは無《な》いが何分《なにぶん》にも土地《ところ》の為《た》めじゃでナ」「ヘエ〳〵御尤《ごもっと》もでございます。夫《そ》れでは早速皆《さっそくみな》の衆《しゅう》に知《し》らしてやりましょう」

廃《よ》せばよいのに住職《じゅうしょく》が高慢《こうまん》チキに云《い》う言葉《ことば》を真《ま》に受《う》けて檀家《だんか》の面々《めんめん》は早速彼方此方《さっそくあちこち》へ言《い》い触《ふ》らしたから是《こ》れも忽《たちま》ち大評判《おおひょうばん》。「オイ、聞《きい》たか」「何《なに》がじゃ」「正教寺《しょうきょうじ》のお住職《じゅうしょく》さんが大徳寺《だいとくじ》の生仏《いきぼとけ》さんの頭《あたま》をコツンだとよ」「フン〳〵、今《いま》しがた聞《きい》たが、何方《どっち》が勝《か》つだろう」「そりゃ判《わか》った話《はなし》だ。生仏《いきぼとけ》さんなぞと云《い》うて居《お》るものゝ、お住職《じゅうしょく》さんの目《め》から見《み》れば子供《こども》だとよ。だからコツンは訳《わけ》は無《な》いとさ」「そうかな、矢《や》っ張《ば》りお住職《じゅうしょく》さんは豪《えら》いな。だがナンモンとかをするんだと云《い》うが何《ど》んなことをするのだろう」「さア、己等《おいら》も知《し》らんから一ッ見《み》に行《い》こうと思《おも》うて居《お》るのじゃ」「フム、己《おれ》も行《い》こうと思《おも》うのだがコツンとやられては生仏《いきぼとけ》さんも台《だい》なしじゃな」「無論《むろん》のことじゃ。今晩《こんばん》の説教《せっきょう》より此《こ》のほうが余《よ》ッ程面白《ぼどおもしろ》いぜ」「そうだ〳〵、兎《と》も角《かく》お昼過《ひるす》ぎからと云《い》うから御飯《ごはん》を喰《た》べたら出掛《でか》けようかい」

此《こ》んな噂《うわさ》がバッと立《た》ったので驚《おどろ》いたのは治右衛門《じうえもん》。早速禅師《さっそくぜんし》の前《まえ》へ飛《と》び込《こ》んだ。「モシ、大変《たいへん》なことが持《も》ちあがりました」「ホヽー、治右衛門殿《じうえもんどの》には大分慌《だいぶんあわ》てゝ居《お》られる様子《ようす》。何《な》んとせられました」「ヘッ、外《ほか》でもございませんが斯《か》よう〳〵の噂《うわさ》が致《いた》して居《お》ります。就《つ》きましてはお昼過《ひるす》ぎから出掛《でか》けて参《まい》ることゝ存《ぞん》じますが、如何致《いかがいた》しましょう」「ハッ〳〵〳〵、気《き》の毒《どく》なことじゃ。がまア仕方《しかた》が無《な》い。夫《そ》れでは打《う》ち盤《ばん》の槌《つち》を用意《ようい》しておいて下《くだ》されや」「エッ、槌《つち》を何《な》んに遊《あそ》ばします」「さア、其正教寺《そのしょうきょうじ》の住職《じゅうしょく》とやらは多分乃公《たぶんわし》を凹《へこ》まして問答《もんどう》に勝《か》った上《うえ》は乃公《わし》の頭《あたま》をコツンと打《う》つゝもりだろう」「アモシ、夫《そ》れでは貴君《あなた》の御頭《おつむり》を其槌《そのつち》でゞございますか」「ハヽヽヽヽ、乃公《わし》が負《ま》ければじゃ。処《ところ》が勝《か》てば此方《こっち》から御見舞《おみま》いをせねばなるまい」「ナッ、ナール程《ほど》……」「夫《そ》れが同《おな》じ禅家《ぜんけ》の問答《もんどう》であれば如《にょ》意《い》でよいが、相手《あいて》が真宗《しんしゅう》とすると先《ま》ず他流試合《たりゅうじあい》じゃ。他流試合《たりゅうじあい》で負《ま》けた以上《いじょう》は生命《いのち》を取《と》られても申《もう》し分《ぶん》は無《な》い筈《はず》。だから何方《どっち》が負《ま》けても横槌《よこづち》で嫌《いや》と云《い》うほど打《ぶ》たれる覚悟《かくご》をして居《お》らねばなるまい」「ヤッ、御尤《ごもっと》もでございます。では何《ど》うかシッカリ負《ま》けぬように御願《おねが》いいたします」「ハヽヽヽ、まア〳〵其時《そのとき》の都合《つごう》にしよう」

◎化物《ばけもの》は宙《ちゅう》にブラリ

禅師《ぜんし》は笑《わら》いながら待《ま》って居《お》る内《うち》、いよ〳〵昼過《ひるす》ぎとなると、正教寺《しょうきょうじ》の住職《じゅうしょく》は檀家《だんか》の面々《めんめん》を先《さ》きに立《た》て、大手《おおで》を振《ふ》って治右衛門《じうえもん》の宅《たく》へ乗《の》り込《こ》む後《あと》から土地《とち》の誰《た》れ彼《か》れがワア〱囃《はや》し立《た》てながら附《つ》いて来《く》る。

「ヤア治右衛門殿《じうえもんどの》、承《うけたま》わればお前《まえ》さんのほうに大徳寺《だいとくじ》の一休殿《きゅうどの》が見《み》えられて居《お》るようじゃの。就《つ》いては宗旨違《しゅうしちが》いであるが一ツ問答《もんどう》を試《こころ》みたいと思《おも》う。禅家《ぜんけ》では問答《もんどう》を申《もう》し込《こ》まれては決《けっ》して否《いな》まれぬと聞《きい》て居《お》るが、夫《そ》れとも一休殿《きゅうどの》には早《はや》くも何《いず》れへかへ逃《に》げられたかナ」と云《い》う言葉《ことば》に流石《さすが》の治右衛門《じうえもん》もムカッとして「是《こ》れはお住職様《じゅうしょくさま》にはよくこそ御越《おこ》しなされました。実《じつ》は今朝来《こんちょうらい》の噂《うわさ》を禅師《ぜんし》の御耳《おみみ》へ入《い》れましたる処大変《ところたいへん》なお悦《よろこ》びで先刻来非常《せんこくらいひじょう》に御待《おま》ちかねでございます」「ナニ、乃公《わし》の来《く》るのを待《ま》って居《お》る。ハッ〱〱〱、遉《さす》がは禅坊主《ぜんぼうず》だけに糞度胸《くそどきょう》が座《すわ》って居《お》るな。ヨシ〱夫《そ》れでは案内頼《あんないたの》むぞ」「さア、何《ど》うか御《お》通《とお》り下《くだ》さい」

治右衛門《じうえもん》が先《さき》に立《た》って奥《おく》の広間《ひろま》へ案内《あんない》をすると上手《かみて》の処《ところ》へ一段高《だんたか》く床《ゆか》を拵《こしら》え其上《そのうえ》に二ツの敷物《しきもの》を敷《し》いて禅師《ぜんし》は既《すで》に其《その》一つの上《うえ》に座《すわ》られ、前《まえ》には樫《かし》の木《き》で拵《こしら》えた頑丈《がんじょう》な横槌《よこづち》まで置《お》いてある。

「お住職様《じゅうしょくさま》には何《ど》うか彼《あ》れへお座《すわ》り頂《いただ》きとう存《ぞん》じます」と治右衛門《じうえもん》は今《いま》一ツの敷物《しきもの》を指《さし》

ますにつれ傲然《ごうぜん》と夫《そ》れに上《あが》り込《こ》んだ。「オヽ是《こ》れは一休《きゅう》どのでござるか。愚僧《ぐそう》は正教寺《しょうきょうじ》の住職《じゅうしょく》、今日御意《こんにちぎょい》を得《え》たのは余《よ》の儀《ぎ》でもござらぬが、一休殿《きゅうどの》には当代稀《とうだいまれ》なる名僧《めいそう》と承《うけたま》わり、宗門違《しゅうもんちが》いにはござれど、一応問答《おうもんどう》を致《いた》したく」「是《こ》れは〳〵よくこそ御訪《おたず》ね下《くだ》された。名僧《めいそう》なぞとは恐《おそ》れ入《い》るが、兎《と》も角問答《かくもんどう》は禅宗《ぜんしゅう》の慣《なら》い。如何《いか》にも御尋《おたず》ねによって御答《おこた》えを致《いた》しましょう」「フム、面白《おもしろ》い。処《ところ》で前以《まえもっ》て御尋《おたず》ねを致《いた》すが、承《うけた》まわれば禅宗《ぜんしゅう》では答《こた》えにつまった時《とき》には如意《にょい》を以《もっ》て頭《あたま》を破《わ》られるとも申《もう》し分《ぶん》は無《な》いとか。夫《そ》れは全《まった》くでござるか」「ホヽー、御念《ごねん》には及《およ》びませぬ」「処《ところ》が愚僧《ぐそう》は何分真宗《なにぶんしんしゅう》のことでござれば如意《にょい》の持《も》ち合《あわ》せはござらぬにより、茲《ここ》に吐羅《どら》の撥《ばち》を持参致《じさんいた》したが、万《まん》一愚僧《ぐそう》が打《う》ち勝《か》つ時《とき》には是《こ》れを以《もっ》て如《にょ》意《い》に代《か》えても宜《よろ》しゅうござるか」

衣《ころも》の袖《そで》をめくって懐中《ふところ》から取《と》り出《だ》したのは直径《ちょっけい》二寸《すん》ばかりもあろうと云《い》う先太《さきふと》の樫《かし》の撥《ばち》。随分乱暴《ずいぶんらんぼう》な坊主《ぼうず》があればあったもの。が禅師《ぜんし》は是《こ》れを見《み》てニッコリ笑《え》まれた。「ホヽー、御用意周到《ごよういしゅうとう》なのには一休《きゅう》ホト〳〵感服致《かんぷくいた》しました。元《もと》より器《うつわ》は撰《えら》みませぬが、何分《なにぶん》にも他宗《たしゅう》の試合《しあい》とござれば武門《ぶもん》に於《おい》ても一命《めい》を賭《と》するとさえ承《うけたま》わる。さすれば夫《そ》れくらいのものでは今《いま》一ツ心《こころ》もゆきかねるでござろう。就《つ》いては前刻来当家《せんこくらいとうけ》の主人《しゅじん》に申《もう》し付《つ》け、用意《ようい》を致《いた》させた是《こ》れなる横槌《よこづち》。セメテ是《こ》れ位《くら》いのもので無《な》くては骨身《ほねみ》にこたえますまい」「エッ、横槌《よこづち》……」

是《こ》れには如何《いか》な住職《じゅうしょく》もギョッとしたが元来《がんらい》が己《おの》れから言《い》い出《だ》した程《ほど》の徒者《しれもの》、軈《やが》て是《こ》れもニッコと笑《わろ》うた。「ホヽー、如何《いか》さま是《こ》れは中々《なかなか》の思《おも》い付《つ》き。就《つ》いてはいよ〳〵お尋《たず》ねを致《いた》す」「さ、何《なん》なりとも御発言《ごはつげん》を」「什麼《そもさん》か」「説破《せっぱ》」「世俗《せぞく》に云《い》う化物《ばけもの》の存在如何《そんざいいかん》」

禅師《ぜんし》を困《こま》らそうといろ〳〵考《かんが》えた末《すえ》の難問《なんもん》。万一有《まんあり》と云《い》えば見《み》せよと云《い》おう、無《な》しと云《い》えば無《な》いものなれば世間《せけん》で何故有《なにゆえあ》るらしく云《い》うかと何方《どっち》に転《ころ》んでも一本《ぽん》キメ込《こ》もうと思《おも》い定《さだ》めた住職《じゅうしょく》は、先《ま》ず問《と》い試《こころ》みて返答如何《へんとういか》にと待《ま》ち構《かま》えると、早《はや》くも其心《そのこころ》を覚《さと》られた禅師《ぜんし》は考《かんが》える間《ま》も無《な》く答《こた》えられた。「化物《ばけもの》は宙《ちゅう》にブラリ」「ナニ……」「ハッ〳〵〳〵〳〵、化《ばけ》物《もの》は宙《ちゅう》にブラリじゃ」

是《こ》れには尋《たず》ねたほうの住職《じゅうしょく》は一向《こう》に意味《いみ》がわからぬから又《また》もや「世俗《せぞく》に云《い》う化物《ばけもの》の存在《そんざい》如何《いかん》」と繰返《くりかえ》す、と「化物《ばけもの》は宙《ちゅう》にブラリじゃ。有《あ》りと云《い》えば無《な》しと云《い》われよう。無《な》しと云《い》えば有《あ》りと云《い》われよう。さすれば有《あ》ると無《な》しとの間《あいだ》に立《た》って宙《ちゅう》にブラリじゃ、判《わか》ったか」

禅師《ぜんし》はキッと云《い》われたので「フム……」と云《い》うたまゝ住職《じゅうしょく》は言葉《ことば》が詰《つま》って二の句《く》が出《で》かね

た。と禅師《ぜんし》は重《かさ》ねて「後《あと》は何《ど》うじゃ」と尋《たず》ねたから、住職《じゅうしょく》は焦気《やっき》となって「マッ、まだある、その……ウーその……オー夫《そ》れ〳〵、夫《そ》れでは平《ひら》ったく聞《き》くが地獄極楽《じごくごくらく》は現世《げんせい》で見《み》られるか何《ど》うじゃ」「ハ、、、、妙《みょう》なことを尋《たず》ねるナ。如何《いか》にも見《み》られる」「ナニ、見《み》られる。夫《そ》れでは直《ただ》ちに見《み》せて貰《もら》いたい」「オ、、易《やす》いことである」

禅師《ぜんし》の声《こえ》の終《おわ》ると見《み》るまに右手《みぎて》の拳《こぶし》を固《かた》めて住職《じゅうしょく》の左《ひだり》の頬《ほお》をイヤと云《い》うほどパチリと打《ぶ》ったので住職《じゅうしょく》は怒《おこ》ったの怒《おこ》らぬのじゃ無《な》い。火《ひ》のようになって「コッ、是《こ》れは怪《け》しからぬ何故《なにゆえ》あって愚僧《ぐそう》の横面《よこづら》を御叩《おたた》きになられた。地獄極楽《じごくごくらく》より先《ま》ず其訳《そのわけ》を申《もう》されい」

住職《じゅうしょく》が怒《おこ》るに反《はん》して禅師《ぜんし》は腹《はら》を抱《かか》えて笑《わら》いながら「ハッ〳〵〳〵〳〵それ〳〵、それこそ地獄《じごく》の門口《かどぐち》じゃ。まだ〳〵奥《おく》の院《いん》まで行《ゆ》くには大分《だいぶん》あるが辛抱《しんぼう》が出来《でき》まい。又《ま》た極《ごく》楽《らく》は今《いま》の愚僧《ぐそう》じゃ。快《こころ》よく笑《わら》って居《お》る内《うち》は気《き》も心《こころ》もサッパリして是《こ》れほど極楽《ごくらく》は無《な》いぞ」

是《こ》れにもグッと詰《つま》った住職《じゅうしょく》は怒《おこ》るにも怒《おこ》られず泣《な》くにも泣《な》けず、殊《こと》に彼方《あなた》に聞《き》いて居《お》る沢山《たくさん》な土地《とち》の者《もの》の手前《てまえ》もあるから顔《かお》をカッカッとさせて居《お》ると、今度《こんど》は禅師《ぜんし》から問《と》いを初《はじ》めた。「什麼《そもさん》、ツブダミアムナ、是《こ》れ如何《いかん》」

さア大変《たいへん》、住職《じゅうしょく》は真赤《まっか》になって考《かんが》えたがサッパリ解《わか》らん。「ツブダミアムナ……はてな……ツブダミ……フー……」「何《ど》うじゃ、ツブダミアムナ、返答出来《へんとうでき》ぬか」「イヤ、出来《でき》る、待《ま》った。ツブダミ……ツブダミ……アイヤ一休殿《きゅうどの》、斯様《かよう》なものは仏語《ぶつご》の内《うち》にござらん」「無《な》いことは無《な》い。弥陀《みだ》の御守《おもり》を致《いた》す僧侶《そうりょ》としては是《こ》れほどのことを知《し》らぬようでは仕方《しかた》があるまい。ツブダミアムナだツブダミアムナ、ツブダミアムナ、さア何《ど》うじゃ。ツブダミアムナが判《わか》らんか」

◎コツンは何《ど》うなります

急《せ》かされれば急《せ》かされるほどいよ〳〵判《わか》らん住職《じゅうしょく》は遂《つい》には蒸《ふ》かしたての薩摩芋《さつまいも》宜《よろ》しくと云《い》わんばかりに頭《あたま》からポッポと湯気《ゆげ》をたてゝ「フム……」と考《かんが》えこんだまゝ少《すこ》しも返答《へんとう》がない。そうすると今《いま》までジッと聞《き》いておった土地《とち》の人々《ひとびと》は判《わか》らんながらもソロ〳〵八釜《やかま》しく云《い》い初《はじ》めた。「なア与三公《よさこう》お住職《じゅうしょく》さんは豪《えら》そうに云《い》うても生仏《いきぼとけ》さんにかゝっては矢《や》ッ張《ば》り劣《まけ》だな。第《だい》一横面《よこづら》を酷《ひど》ッく叩《たた》かれても仕返《しかえ》しが出来《でき》んじゃ無《な》いか。其上《そのうえ》何《ど》うじゃ生仏《いきぼとけ》さんが何《な》んとか言《い》うたらジッと考《かんが》えこんでグウの声《こえ》も出《で》んでは無《な》いか」「ほんまに気《き》の毒《どく》なものやなア。一体是《たいこ》れは何《ど》うなるだろう」「何《ど》うも斯《こ》うもあるものか、敗《ま》けた時《とき》には約束《やくそく》通《どお》り彼《あ》の横槌《よこづち》でコツンだ」「エッ、横槌《よこづち》で……そいつアたまったものでは無《な》い。第《だい》一最初《さいしょ》はお住職《じゅうしょく》さんが生仏《いきぼとけ》さんの頭《あたま》をコツンの筈《はず》じゃ無《な》いか」「サア処《ところ》がその……ナンモンと云《い》う奴《やつ》で敗《ま》けたほうはコツンと頂戴《ちょうだい》せねばならぬのじゃもの。可哀《かわい》そうにお住職《じゅうしょく》さんは今《いま》にお見舞《みまい》を受《う》けねばなるまい」なぞと耳《みみ》に這入《はい》ったので住職《じゅうしょく》はいよ〱真赤《まっか》になって居《お》ると禅師《ぜんし》はカラ〱と笑《わら》って「此《こ》んなものを返答《へんとう》が出来《でき》ぬようでは丸《まる》ッ切《き》り小供同様《こどもどうよう》ではないか。それから今《いま》一ツ尋《たず》ねるから答《こた》えて見《み》なさい。観無量寿経《かんむりょうじゅきょう》の使《つか》ってある文字《もじ》の総数《そうすう》は何《ど》れほどある」

是《こ》れには住職《じゅうしょく》もいよ〱困《こま》った。一つの難問《なんもん》すら解《と》き得《え》ぬ内《うち》に又一《またひと》つ、然《しか》も後《あと》の難問《なんもん》は判《わか》ったようで尚更《なおさら》判《わか》らぬ。観無量寿経《かんむりょうじゅきょう》は如何《いか》にも毎日《まいにち》〱見《み》て居《お》るが真逆《まさか》夫《そ》れを一字々々《じいちじじ》字数《かず》を数《かぞ》えたことは無《な》いから、此《こ》んなことは恐《おそ》らくお釈迦《しゃか》さまでも御存《ごぞん》じあるまい。遂《つい》には「ウーム〱」とうなり出《だ》した。

「ハヽヽヽ、宗門《しゅうもん》こそ違《ちが》え仏《ほとけ》の御弟子《みでし》で是《こ》れくらいのことを知《し》らずに何《ど》うなる。禅門《ぜんもん》では一句《く》すら詰《つま》った時《とき》には鉄如意《てつにょい》で御見舞《おみまい》を申《もう》すのは規定《おきて》でござるが他宗《たしゅう》だけに許《ゆる》しましょう。殊《こと》に此《こ》んな横槌《よこづち》で御見舞《おみまい》を申《もう》せば如何《いか》に千枚張《まいばり》の頭《あたま》でもたまるまい。夫《そ》れとも御約束《おやくそく》通《どお》り進上《しんじょう》しましょうかな」

禅師《ぜんし》の一句《くいっく》々々は癪《しゃく》に触《さわ》るが、云《い》われゝば云《い》われるほど心《こころ》が焦《いら》つばかり。遂《つい》には其場《そのば》へペタリと平伏《へいふく》して「ハッ、恐《おそ》れ入《い》りました」「ハッ〳〵〳〵、恐《おそ》れ入《い》るには及《およ》びませぬ。元《もと》より禅宗《ぜんしゅう》ならぬ其方《そなた》、問答《もんどう》に馴《な》れぬは尤《もっと》も至極《しごく》。先《ま》ず此度《このたび》のところは横槌《よこづち》を預《あず》かっておきましょう」「誠《まこと》に申《もう》し訳《わけ》ございませぬ」

住職《じゅうしょく》は初《はじ》めの勢《いきお》いは何処《どこ》へやら、遂《つい》には座《ざ》にも得絶《えた》えぬか、何時《いつ》の間《ま》にかコソ〳〵と逃《に》げ帰《かえ》ったから立会《たちあい》に来《き》て居《お》った土地《ところ》の者《もの》はいよ〳〵禅師《ぜんし》の大評判《おおひょうばん》、「ハア何《ど》うも流石《さすが》は生仏様《いきぼとけさま》は豪《えら》い、お住職《じゅうしょく》さまさえ凹《へこ》ました」「何《ど》うも違《ちが》ったものじゃな。何《なに》か知《し》らぬが一言《こと》二言《こと》くらいでお住職《じゅうしょく》さんが一句《く》も出《で》ぬようじゃ余《あん》まり腑甲斐《ふがいな》無いな」「左様々々《さようさよう》。処《ところ》でコツンの口《くち》は何《ど》うなりますのやろう」「さア、生仏《いきぼとけ》さんが預《あずか》ると仰言《おっしゃ》ったから先《ま》ず預《あず》かるのでしょう」「何《ど》うも残念《ざんねん》ですな。私《わた》しゃ坊《ぼう》さんの頭《あたま》をコツンとやるのを拝《おが》みに来《き》たのに其奴《そいつ》が拝《おが》めませんかナ」「モシ〳〵、冗談《じょうだん》じゃございませんぜ。如何《いか》に物好《ものずき》だからと云《い》うてそんなものを拝《おが》んで何《な》んになります」「さア、何方《どっち》も有難《ありがた》い坊《ぼう》さん同士《どうし》でございますからコツンとやれば多分《たぶん》御光《ごこう》が出《で》ましょう」「へ、、、、併《しか》し坊主《ぼうず》が破《わ》れたら四光《こう》が滅《め》茶《ちゃ》々《め》々《ちゃ》ですがナ」

真逆《まさか》そんなことは云《い》うまいが、一休《きゅう》さんが豪《えら》い、是《こ》れでは是非《ぜひ》とも今晩《こんばん》の御説教《ごせっきょう》を聞《き》かねばなるまいと口々《くちぐち》に讃《そや》しながら思《おも》い〱に一先《まず》引《ひ》きあげた。

◎成仏《じょうぶつ》とは屁《へ》のようなもの

処《ところ》が前刻《せんこく》来《らい》気遣《きづか》わし気《げ》に控《ひか》えて居《お》った治右衛門《じうえもん》は一同《どう》の立《た》ち去《さ》るのを待《ま》って嬉《うれ》しそうに禅師《ぜんし》の側《そば》へ駈《か》け寄《よ》って「何《ど》うも何日《いつ》もながらの御問答《ごもんどう》、誠《まこと》に小気味《こきみ》よくございました。常々《つねづね》高慢《こうまん》な住職《じゅうしょく》でございますによって兎《と》てものことに此《こ》の横槌《よこづち》で一ツ御見舞《おみまい》を願《ねが》わしゅうございましたに」「ハ、、、、地獄極楽《じごくごくらく》で一ツ進上《しんじょう》したから此上横槌《このうえよこづち》は余《あま》りに可哀《かわい》そうじゃ」「処《ところ》で卒爾《そつじ》ながら私《わたく》し今後《こののち》の為《た》め御伺《おうかが》い致《いた》しますが、前刻御問答《せんこくごもんどう》の節《せつ》、何《なに》か呪文《じゅもん》ようの儀《ぎ》を御尋《おたず》ね遊《あそ》ばしましたが、彼《あ》れは一体何《たいなん》でございます」「ナニ、呪文《じゅもん》ようの儀《ぎ》、はてな……」「住職《じゅうしょく》へ最初御問《さいしょおとい》になられたツブダ何《な》んとか仰《おお》せられました儀《ぎ》にございます」

治右衛門《じうえもん》の尋《たず》ねに禅師《ぜんし》は俄《にわ》かにカラ〳〵と笑《わら》われた。「アッハッ〳〵〳〵其儀《そのぎ》か。治右衛門《じうえもん》、其方《そち》も判《わか》らぬか」「ハッ、頓《とん》と解《げ》しかねまする」「ホヽー夫《そ》れでは夫《そ》れを逆《さか》さに読《よ》めば何《な》んとなる」「ハイ……」「ツブダミアムナの七文字《もじ》を逆《さか》さに読《よ》んで見《み》い」「ツブダミアムナ……ナムアミ……ナムアミダブツ……ハヽッ、判《わか》りましてございます。ナッ、ナール程《ほど》」「何《ど》うじゃ一寺《じ》の住職《じゅうしょく》として南無阿弥陀仏《なむあみだぶつ》の名号《みょうごう》を存《ぞん》ぜぬものはあるまい。だが如何《いか》な住職《じゅうしょく》が真逆転倒《まさかてんとう》して読《よ》むとは思《おも》わなんだであろう。ハッ〳〵〳〵」「処《ところ》で今《いま》一ツ御伺《おうかが》いを致《いた》しまするが、次《つ》ぎに御問《おと》い遊《あそ》ばした観無量寿経《かんむりょうじゅきょう》の文字数《もじかず》は一体《たい》何《ど》れほどございます」「サア、何《ど》れほどあるだろうかナ」「ヘーン、ですが禅師様《ぜんしさま》から御問《おと》いを御《お》かけ遊《あそ》ばしたではございませんか」「フム、乃公《わし》から尋《たず》ねた」「では定《さだ》めて禅師様《ぜんしさま》には御存《ごぞん》じでございましょう」「イヤ、乃公《わし》は数《かず》を数《かぞ》えたことは無《な》いから知《し》らんぞ」「ヘーン……」「是《こ》れには住職《じゅうしょく》も定《さだ》めて弱《よわ》ったろう。ハッ〳〵〳〵」「ですが夫《そ》れを万《まん》一先方《せんぽう》から尋《たず》ねた時《とき》には如何《いか》ような御返答《ごへんとう》を遊《あそ》ばします」「其時《そのとき》は又《ま》た其時《そのとき》の考《かんが》えがある」「ヘーン、夫《そ》れでは私《わたく》しから改《あらた》めて御尋《おたず》ねを致《いた》しまするると何《ど》うなります」「フム、面白《おもしろ》い。では治右衛門《じうえもん》」「ハイ」「其方《そち》の頭《あたま》の毛《け》の数《かず》は何《ど》れほどある」「ハッ……」「判《わか》るまい。さ、此処《ここ》じゃ、自分《じぶん》の身《み》の廻《まわ》りを知《し》らずに貴《たっと》い経巻《きょうかん》の文字《もじ》を調《しら》べるには及《およ》ばぬぞ」「恐《おそ》れ入《い》りました」「ハッ〱〱、何《ど》うじゃ横槌《よこづち》を御見舞申《おみまいもう》そうかな」

禅師《ぜんし》は輿《きょう》に乗《の》って戯《たわむ》れられて居《お》る処《ところ》へ恐《おそ》る〱罷出《まかりで》た一人《ひとり》の取次《とりつ》ぎ。「申《もう》し上《あ》げます。只今地頭様《ただいまじとうさま》から御使《おつか》いが見《み》えまして申《もう》されますには禅師様《ぜんしさま》には此度当地《このたびとうち》へ御越《おこ》し遊《あそ》ばされたのは幸《さいわ》い、地頭様《じとうさま》に於《おい》て是非《ぜひ》に仏道《ぶつどう》を聴聞致《ちょうもんいた》しとうございますから何《ど》うか御越《おこ》し頂《いただ》きたいとございます」と云《い》う言葉《ことば》の終《おわ》らぬ内《うち》、側《そば》に居《お》った治右衛門《じうえもん》は引《ひ》き取《と》って「恐《おそ》れながら申《もう》し上《あ》げます。当地《とうち》の地頭《じとう》は至《いた》って心《こころ》の曲《ねじ》けましたるばかりか前刻《せんこく》の住職《じゅうしょく》とは至極懇意《しごくこんい》に致《いた》し居《お》りますれば是《こ》れには何《なに》か仔細《しさい》のあることゝ存《ぞん》じます。就《つ》きましては御出向御見合《ごしゅっこうおみあわ》せは然《しか》るべきかと心得《こころえ》まする」と云《い》うのを聞《きい》て禅師《ぜんし》はニッコリ笑《わら》われた。

「ホヽー治右衛門《じうえもん》、それは一段《だん》と面白《おもしろ》い。殊《こと》に仏道《ぶつどう》を聴聞致《ちょうもんいた》したいとあれば尚《なお》のこと。是非《ぜひ》に参《まい》るであろう」と言葉《ことば》を切《き》って取次《とりつぎ》に向《むか》い「夫《そ》れでは早速参《さっそくまい》るよう伝《つた》えて下《くだ》され」と云《い》う言葉《ことば》に取次《とりつ》ぎは彼方《あなた》へ去《さ》る。

話《はな》し代《かわ》って正教寺《しょうきょうじ》の住職《じゅうしょく》は凹《へこ》まそうとした禅師《ぜんし》の為《た》めに反《かえ》って散々《さんざん》に凹《へこ》まされ這々《ほうほう》の体《てい》で逃《に》げ帰《かえ》ったが何《ど》う考《かんが》えても残念《ざんねん》でたまらぬ。夫《そ》れのみか土地《とち》のものゝ手前此儘《てまえこのまま》泣《な》き寝入《ねい》りとなっては大々《だいだい》の面目《めんもく》を踏《ふ》み潰《つぶ》す訳《わけ》と云《い》うところからいろ〳〵思案《しあん》の末《すえ》、フト思《おも》いついたのは此地《このち》の地頭《じとう》である。地頭《じとう》とは日頃至《ひごろいた》って昵懇《じっこん》の間柄《あいだがら》であるから、今度《こんど》は地頭《じとう》の手《て》を借《か》りて禅師《ぜんし》を苦《くる》しめ、万《まん》一返答《へんとう》に困《こま》るようなことがあれば其時《そのとき》こそ大《おおい》に腹癒《はらい》せをしようと考《かんが》えた。

夫《そ》れで早速《さっそく》地頭《じとう》の由利弥太夫《ゆりやだいふ》の許《もと》へ駈《か》け付《つ》け、有《あ》ること無《な》いこと散々《さんざん》告《つ》げ口《ぐち》をした上《うえ》「さて斯様々々《かようかよう》にございます為《た》め此《こ》ま〻捨《す》ておいては土地《とち》の名折《なおれ》とも相成《あいな》りまする。就《つ》きましては地頭様《じとうさま》の御威光《ごいこう》を以《もっ》て斯様々々《かようかよう》に御計《おはから》いを願《ねが》いますれば必《かなら》ず返答《へんとう》に困《こま》りまするは必定《ひつじょう》。其時《そのとき》売僧《まいす》の名《な》を以《もっ》て充分《じゅうぶん》に御懲《おこら》しめになられ〻ば誠《まこと》に此上《このうえ》も無《な》き悦《よろこ》び」と吹《ふ》き込《こ》んだから、根《ね》がねじけ根性《こんじょう》のところへ昵懇《じっこん》にして居《お》る正教寺《しょうきょうじ》の住職《じゅうしょく》の言葉《ことば》に「夫《そ》れでは早速《さっそく》取《と》り計《はか》らおう」と云《い》うことになって治右衛門《じうえもん》の宅《たく》へ使《つか》いを立《た》てると、禅師《ぜんし》には直様《すぐさま》参《まい》られるとあったので其用意《そのようい》に取《と》りか〻って居《お》った。

ところへ間《ま》もなく見《み》えたのは禅師《ぜんし》である。取次《とりつぎ》の案内《あんない》によって道意《どうい》と治右衛門《じうえもん》を供《とも》につれられたま〻設《もう》けの座敷《ざしき》へ通《とお》ると程《ほど》なく夫《そ》れへ現《あら》われたのは由利弥太夫《ゆりやだいふ》。軈《やが》て座《ざ》が定《さだ》まり一通《とお》りの挨拶《あいさつ》も済《す》むと弥太夫《やだいふ》から改《あらた》まって口《くち》を開《ひら》いた。

「時《とき》に卒爾《そつじ》ながら禅師《ぜんし》に御伺《おうかが》いを致《いた》します。拙者《せっしゃ》もかねぐ〲仏道《ぶつどう》に志《こころ》ざしては居《お》りますが、何《ど》うしても解《げ》しかねることがございます。何《ど》うか禅師《ぜんし》の御力《おちから》によって御教《おおし》えを頂《いただ》きとうございますが……」「是《こ》れはく〱御叮嚀《ごていねい》なる御言葉《おことば》。愚僧《ぐそう》も元《もと》より深《ふか》くは御返答《ごへんとう》を出来《でき》かねまするが、存《ぞん》じたることでござれば御答《おこた》えを仕《つかま》つろう」「有《あ》り難《がと》うございます。実《じっ》は余《よ》の儀《ぎ》にございませぬ。世《よ》に成仏《じょうぶつ》と申《もう》すことを申《もう》し伝《つた》えまするが、彼《あ》れは念仏《ねんぶつ》の功徳《くどく》によって出来《でき》得《う》るものでございましょうが、生前《せいぜん》には無学文盲《むがくもんもう》の者《もの》でも死《し》したる後《のち》は経巻《きょうかん》の字《じ》句《く》を耳《みみ》に致《いた》し夫《そ》れが為《た》め成仏《じょうぶつ》の出来《でき》るほど得道《とくどう》するとは実以《じつもっ》て信《しん》じ難《がた》きことにございます。此儀《このぎ》は年来《ねんらい》何《ど》うも解《げ》しかねまするので何《ど》うか御教示《ごきょうじ》に預《あずか》りとうございますが」

禅師《ぜんし》はニッコリと笑《え》まれて「ホヽー、何事《なにごと》かと思《おも》えばそんなことでござるか。ハヽヽヽ、如何《いか》にも誰人《たれびと》と雖《いえど》も平等《びょうどう》に成仏《じょうぶつ》は致《いた》します。元《もと》より成仏《じょうぶつ》と云《い》えば貴《たっと》いも卑《いやし》いも変《かわ》りは有《あ》りません」「それが何《ど》うも第《だい》一不思議《ふしぎ》の種《たね》でございます。大体成仏《だいたいじょうぶつ》とは如何《いか》ようのものでございます。先《ま》ず夫《そ》れを判《わか》り易《やす》く御教《おおし》え下《くだ》されたい」「ハヽヽヽ、何《な》んでも無《な》いこと、早《はや》く申《もう》さば屁《へ》のようなものでござるナ」「屁《へ》……是《こ》れは怪《け》しからぬ……」「イヤ、少《すこ》しも怪《け》しからぬことはございません。屁《へ》は形《かたち》なくして音《おと》を発《はっ》し、其臭《そのくさ》きことは貴人《きじん》も学者《がくしゃ》も又《ま》た無学文盲《むがくもんもう》の者《もの》も同様《どうよう》に感《かん》じます。此《こ》の感《かん》じるのはツマリ成仏《じょうぶつ》すると同《おな》じこと」「ム、、ヤッ、判《わか》りました。が屁《へ》の臭《くさ》きことは元《もと》より感覚《かんかく》でございますから誰《た》れしも感《かん》じるではございましょうが、念仏《ねんぶつ》はそう訳《わけ》なく感《かん》じるようなことはございますまい。第《だい》一理解力《りかいりょく》が無《な》くては……」「ハッ〱〱〱、夫《そ》れでは此《こ》んなことがある。乃公《わし》がある処《ところ》へ行《い》った途中《とちゅう》、或《あ》る金聾《かなつんぼ》の男《おとこ》がフト呼《よ》び止《と》めて何《なに》か金儲《かねもう》けの方法《ほうほう》はあるまいかと申《もう》すにより、此奴《こいつ》は何《なに》を語《かた》った処《ところ》で聞《きこ》えぬと思《おも》うたから、何《ど》うも耳《みみ》は悪《わる》くては話《はなし》が仕兼《しか》ねると耳《みみ》を指《ゆび》さした。すると其男《そのおとこ》は悦《よろこ》んで其場《そのば》を去《さ》ったので不思議《ふしぎ》に思《おも》うておると、一月経《つきた》たぬ内《うち》に又《また》もや乃公《わし》のほうへ来《き》て先般《せんぱん》は誠《まこと》に有難《ありがと》うございました、御蔭《おかげ》で大《たい》そう儲《もうか》りましたと礼《れい》を述《の》べるが乃公《わし》は一向合点《こうがてん》はゆかぬ。それでいろ〱と聞《きい》て見《み》ると先日逢《せんじつあ》った時《とき》に乃公《わし》が耳《みみ》を指《ゆびざ》したのを見《み》てさては耳《みみ》に似《に》た商売《あきない》にしろと云《い》うことゝ考《かんが》えて早速木《さっそくき》ぶしを沢山買込《たくさんかいこ》んで見《み》ると、折《おり》ふし諸方《しょほう》に大《たい》そう品薄《しなうす》となった為《た》めに俄《にわ》かに値《ね》が上《あが》り非常《ひじょう》な儲《もうけ》を見《み》たと判《わか》った。さア此処《ここ》じゃ、仮令金聾《たとえかなつんぼ》のようなものでも一心《しん》に思《おも》い込《こ》めば其志《そのこころざし》を遂《と》げることが出《で》来《き》る。仏法《ぶっぽう》の信心《しんじん》も其意味《そのいみ》は判《わか》らずとも只《た》だ有《あ》り難《がた》やと云《い》う心《こころ》が則《すなわ》ち成仏《じょうぶつ》じゃ。な、判《わか》ったか何《ど》うじゃ」

今《いま》までは両臂《りょうひじ》張《は》って目《め》に角《かど》たてゝおった弥太夫《やだいふ》は此時非常《このときひじょう》に感《かん》じた様子《ようす》。俄《にわか》に其場《そのば》へ平《へい》伏《ふく》した。「ハヽッ、誠《まこと》に有難《ありがた》き御教《おおし》え弥太夫《やだいふ》只《た》だ〱感《かん》じ入《い》りましてございます」「ホヽー判《わか》ったか。判《わか》ったなれば最早用事《もはやようじ》は無《な》いな。然《しか》らば帰《かえ》るぞ。道意《どうい》、治右衛門《じうえもん》、参《まい》れ」

「ハヽッ」

禅師《ぜんし》が座《ざ》を立《た》たれるに連《つ》れ、道意《どうい》、治右衛門《じうえもん》の両人《りょうにん》も是《こ》れに続《つづ》こうとすると「アヽ禅《ぜん》師《し》、暫《しば》らく」と弥太夫《やだいふ》は袖《そで》を控《ひか》えた。

◎乃公《わし》の大切《たいせつ》な品《しな》

弥太夫《やだいふ》の言葉《ことば》に禅師《ぜんし》は振《ふ》り返《かえ》られ「ホヽー、何《なに》かまだ御尋《おたず》ねがござるか」「イヤ、最初《さいしょ》こそ難問《なんもん》を以《もっ》て禅師《ぜんし》に向《むか》わんと致《いた》しました某《それがし》も御話《おはな》しを伺《うかが》いましては最早《もはや》何《な》ん共申《とももう》し上《あげ》る言葉《ことば》もございませぬ。就《つ》きましては切角《せっかく》の御越《おこ》し、誠《まこと》に粗末《そまつ》にはございますれど御飯《ごはん》を差《さ》し上《あ》げとうございますれば暫《しば》らく……」「アイヤ〱、其儀《そのぎ》なれば御志《おこころ》ざしは厚《あつ》く頂戴《ちょうだい》致《いた》しますが、今晩《こんばん》は是《こ》れなる治右衛門《じうえもん》の宅《たく》にて土地《ところ》の方々《かたがた》へ聊《いささ》か法話《ほうわ》を致《いた》す筈《はず》でござれば最早《もはやじこく》時刻も無《な》く、是《こ》れにて別《わか》れる」「それは誠《まこと》に残念《ざんねん》に心得《こころえ》まする。尚弥太夫《なおやだいふ》此上《このうえ》の御願《おねが》い、後《のち》の紀念《かたみ》として何《なに》か禅師《ぜんし》の御手《おて》より頂戴《ちょうだい》いたしとうございまする」「ホヽー、それは易《やす》き事《こと》にはござるが見《み》られる通《とお》り雲水《うんすい》の旅《たび》、何物《なにもの》も進《しん》ぜるものもござらぬが……」

禅師《ぜんし》は小首《こくび》を傾《かたむ》けられたが稍《やや》あって「オヽ、有《あ》る〱、最《もっと》も大切《たいせつ》なものにはあるが御懇《ごこん》望《もう》によって進上《しんじょう》しよう」「ハヽッ、有難《ありがと》う存《ぞん》じまする」「併《しか》し今茲《いまここ》では進《しん》ぜられぬ。後刻《ごこく》治《じ》右衛門《うえもん》の宅《たく》まで使《つかい》を差《さ》し越《こ》されい」「畏《かしこ》まりました」「処《ところ》で白木綿《しろもめん》を少々《しょうしょう》持《も》たせ越《こ》すよう」「承知致《しょうちいた》しましたが、白木綿《しろもめん》は一疋《ぴき》ほどで宜敷《よろしゅ》うございますか」「イヤ〱左程沢山《さほどたくさん》には要《い》らぬ。只《た》だ一寸包《ちょっとつつ》むまでじゃから五六尺《しゃく》もあればよかろう」「ヤッ、畏《かしこ》まりましてございます」「さらば別《わか》れるぞ」と禅師《ぜんし》は両人《りょうにん》を伴《つ》れて其《その》まゝ帰《かえ》られると後《あと》で弥太夫《やだいふ》は大悦《おおよろ》こび。時刻《じこく》を計《はか》って使《つかい》のものに白木綿《しろもめん》を持《も》たせ、治右衛門《じうえもん》の宅《たく》へと遣《つか》わした。

さて禅師《ぜんし》は治右衛門《じうえもん》の宅《たく》へ帰《かえ》ると道意《どうい》は訝《いぶ》かしそうに「モシお師匠《ししょう》さん、前刻弥太夫《せんこくやだいふ》へ御約束遊《おやくそくあそ》ばした大切《たいせつ》ない品物《しなもの》とは何《な》んでございます。御出立《ごしゅったつ》の節《せつ》は何《なに》も御持《おも》ちになられぬよう存《ぞん》じましたが」「ハヽヽヽ、道意《どうい》、心配《しんぱい》いたすな。大徳寺以来肌身離《だいとくじいらいはだみはな》さず致《いた》し居《お》るものがある」「へヽエ、夫《そ》れほどのものを御遣《おつか》わし遊《あそ》ばすのでございますか」「フム、ところが此節《このせつ》少々《しょうしょう》汚《よご》れたから、丁度《ちょうど》仕代《しかえ》たく思《おも》うて居《お》る折柄《おりから》じゃ」「ヘーン、それは一体《たい》何《な》んでございます」「まゝ何《な》んでもよい見《み》て居《お》れ」

其内《そのうち》弥太夫《やだいふ》の使《つか》いが見《み》えて約束《やくそく》の白木綿《しろもめん》を持《も》って来《き》た。禅師《ぜんし》は夫《そ》れを受《う》け取《と》って嬉《うれ》しそうに一間《ま》へ這入《はい》られたが稍暫《ややしば》らくあって一包《つつ》みの紙包《かみづつ》みを使《つか》いに渡《わた》された。「やア御使《おつか》い御苦労《ごくろう》〳〵、夫《そ》れでは御約束《おやくそく》の品《しな》は是《こ》れに包《つつ》んである。何分乃公《なにぶんわし》に取《と》っては大切《たいせつ》なものであるから叮重《ていちょう》に致《いた》されるよう伝《つた》えて下《くだ》されや」「畏《かしこ》まりましてございます」

使《つかい》は其《その》まゝ飛《と》んで帰《かえ》ると待《ま》ちかねた弥太夫《やだいふ》「オヽ大儀《たいぎ》であった。禅師《ぜんし》には御在《おいで》であったか」「ハッ、前刻《せんこく》の品確《しなたしか》に御手渡《おてわた》しを致《いた》し、是《こ》れを頂戴致《ちょうだいいた》し帰《かえ》りました。尚仰《なおおお》せられますには大切《たいせつ》なる品《しな》でございますにより叮重《ていちょう》にせられるよう伝《つた》えよとございました」「ムヽ、そうあろう。ドレ〳〵拝見《はいけん》を致《いた》そう」

弥太夫《やだいふ》は使《つかい》のものから紙包《かみづつ》みを受取《うけと》って恭々《うやうや》しく一間《ま》へ入《い》ったが、一時《じ》は面悪《つらにく》く思《おも》うたとは云《い》え言葉《ことば》を交《かわ》し話《はな》しを聞《き》けば如何《いか》にも大智識《だいちしき》の禅師《ぜんし》と深《ふか》くも思《おも》うたので、其大切《そのたいせつ》な品《しな》を下《くだ》されたとして見《み》れば其儘《そのまま》で開《ひら》くは勿体無《もったいな》いと思《おも》い定《さだ》めて先《ま》ず両手《りょうて》を清《きよ》め、紙包《かみづつ》みのまゝ仏壇《ぶつだん》へ供《そな》え、礼拝《れいはい》を終《おわ》って静《しず》かに封《ふう》じ目《め》を解《と》いた。

と見《み》ると是《こ》れは如何《いか》なこと、中《なか》から現《あら》われたのは白《しろ》とは云《い》え汚《よご》れに汚《よご》れ、イヤナ臭《にお》いさえプンと鼻《はな》をつくような鼠色《ねずみいろ》の褌《ふんどし》一筋《すじ》だけであるから怒《おこ》ったの怒《おこ》らぬじゃ無《な》い。「武《ぶ》ッ、武助《ぶすけ》、一寸参《ちょっとまい》れ。ケッ、怪《け》しからぬ」と叫《さけ》んだ言葉《ことば》に先《さき》の使《つかい》の男慌《おとこあわた》だしげに仕切《しき》りの襖《ふすま》を開《あ》けてペタリと座《すわ》った。「ハッ、何《なに》か御用《ごよう》で……」「御用《ごよう》じゃ無《な》い。武助《ぶすけ》、斯様《かよう》なものを持《も》ち帰《かえ》って是《こ》れは何《な》んじゃ。此方《このほう》は大切《たいせつ》な品《しな》と聞《き》くから仏壇《ぶつだん》に御供《おそな》えを致《いた》した後開《のちひら》いて見《み》れば是《こ》れじゃ。其方今《そのほういま》一応《おう》行《い》って参《まい》れ」「ハッ……」「如何《いか》に大禅師《だいぜんし》とは云《い》え斯《か》ようなる物《もの》を大切《たいせつ》な品《しな》とは一向《こう》に解《げ》しかねる。何《なに》か間違《まちが》いでは無《な》いか訊《ただ》して参《まい》れ。夫《そ》れとも万《まん》一此方《このほう》を嘲弄致《ちょうろういた》すようなれば捨《す》て置《お》けぬから」「ハッ……」「早《はや》く参《まい》れ」「畏《かしこ》まりました」

武助《ぶすけ》は仕方《しかた》が無《な》いから気味悪々《きみわるわる》其品物《そのしなもの》を元《もと》の通《とお》り紙《かみ》へ包《つつ》み早速《さっそく》飛《と》び出《だ》したが稍《やや》あって帰《かえ》って来《き》た。「只今《ただいま》行《い》って参《まい》りました」「フム、して何《な》んとあった」「ハッ、先方《せんぽう》へ其旨《そのむね》を伝《つた》えますと、地頭《じとう》ともあろう弥太夫殿《やだいふどの》もサテ〳〵判《わか》らぬ御人《ごじん》……」「黙《だま》れッ」「イエ、夫《そ》れが禅師《ぜんし》の申《もう》されたことで」「誰《た》れが申《もう》そうとも此方《このほう》を判《わか》らぬ人間《にんげん》とは何《なん》じゃ。夫《そ》れから何《ど》うした」「左様《さよう》のことでは仏道《ぶつどう》を究《きわ》めることも出来《でき》ねば死《し》んでも成仏《じょうぶつ》は出来《でき》まい……」「クッ、糞坊主《くそぼうず》が吐《ぬか》したとか。そして其品物《そのしなもの》は何《ど》うした」「だが其儘《そのまま》捨《す》ておくも気《き》の毒《どく》であるから手紙《てがみ》を一本《ぼん》認《したた》めてやろう……と」「フム、そして手紙《てがみ》を書《か》いたか」「ハッ、手紙《てがみ》と前刻《せんこく》の品物《しなもの》を今《いま》一応《おう》持《も》ち帰《かえ》れと申《もう》しますので又々《またまた》持《も》ち帰《かえ》りまして包《つつ》みだけは彼方《あちら》へ置《お》いてございます」「ケッ、怪《け》しからぬ奴《やつ》じゃ。それでは手紙《てがみ》を見《み》せえ。仕儀《しぎ》によっては此方《このほう》今《いま》一応《おう》出《で》かけよう」「ハッ……」

武助《ぶすけ》が恐《おそ》る〳〵取《と》り出《だ》した手紙《てがみ》を引《ひ》きたくるように取《と》りあげた弥太夫《やだいふ》は封《ふう》も引《ひ》き裂《さ》くように開《あ》けると墨《すみ》くろ〴〵と、

雲水《うんすい》の身《み》には宝《たから》無《な》しと雖《いえど》も睾丸《きんたま》あり。夫《そ》れ睾丸《きんたま》は男子《だんし》の最《もっと》も大切《たいせつ》なるものなれば常《つね》に是《こ》れを六尺《しゃく》の布《ぬの》を以《もっ》て包《つつ》む。されば六尺《しゃく》の布《ぬの》は睾丸《きんたま》に次《つい》で大切《たいせつ》なるものと云《い》うべし。此度《このたび》大《おお》津《つ》の地頭《じとう》由利《ゆり》弥太夫《やだいふ》、貧道《ひんどう》に向《むか》って其大切《そのたいせつ》なるものを懇望《こんもう》せらるゝこと切《せつ》なるにより是《こ》れを惜別《せきべつ》す。

弥《や》太《だい》夫《ふ》殿《どの》　　宗《そう》純《じゅん》

と認《したた》めてあるので今《いま》までの怒《おこ》った顔《かお》は何時《いつ》か呆《あき》れ顔《がお》と変《かわ》って暫《しば》らくは口《くち》を開《ひら》いたまゝ「是《こ》れは〳〵」

後弥太夫《のちやだいふ》は禅師《ぜんし》の弟子《でし》となったが、此《こ》の手紙《てがみ》は家宝《かほう》として伝《つた》えたそうである。

◎心《こころ》の内《うち》に眼《まなこ》がある

さて治右衛門《じうえもん》の宅《たく》では其日《そのひ》の夕暮《ゆうぐれ》になると「今晩《こんばん》は大徳寺《だいとくじ》の生仏《いきぼとけ》さまの御説教《ごせっきょう》がある」と云《い》うので土地《とち》の誰《た》れ彼《か》れは犇々《ひしひし》と詰《つ》めかけた。夫《そ》れが為《た》め治右衛門《じうえもん》初《はじ》め家族《かぞく》の人々《ひとびと》は其《その》拵《こしら》えにキリ〳〵廻《まい》をして居《お》るが肝腎《かんじん》の禅師《ぜんし》は奥《おく》の間《ま》で夕食《ゆうげ》の膳《ぜん》の端《はし》で道意《どうい》を相手《あいて》に酒《さけ》を傾《かたむ》けながら少《すこ》しも動《うご》く模様《もよう》は無《な》い。其内《そのうち》に追々《おいおい》時刻《じこく》も移《うつ》って今《いま》なれば八時《じ》九時頃《じごろ》にもなったから一同《どう》の面々《めんめん》はソロ〳〵、「モシ治右衛門《じうえもん》さん、生仏《いきぼとけ》さんの御説教《ごせっきょう》は何《ど》うなります。モーえゝ加減《かげん》に御初《おはじ》め頂《いた》だいたら何《ど》うです」「左様《さよう》〳〵、私共《わたしども》なんかも日《ひ》の暮《く》れぬ先《さき》から来《き》て居《お》りますのですぜ。モシ治右衛門《じうえもん》さん、何《ど》うか早《はや》く願《ねが》って下《くだ》され」「なーモシ、如何《いか》に生仏《いきぼとけ》さんでもあんまり気《き》が長《など》うございますな。治右衛門《じうえもん》さん早《はや》く頼《たの》みますぜ」治右衛門《じうえもん》の顔《かお》を見《み》ると八方《ぽう》から小言《こごと》を浴《あび》せかけるので治右衛門《じうえもん》も返答《へんとう》に困《こま》って仕方無《しかたな》く禅師《ぜんし》の座敷《ざしき》へ来《き》ては恐《おそ》る〳〵「誠《まこと》に恐《おそ》れ入《い》りますが、一同《どう》の者等《ものら》は前刻来《せんこくらい》非常《ひじょう》に待《ま》ちかねて居《お》りますので何《ど》うか宜敷《よろしゅ》う御願《おねが》い致《いた》します」と云《い》うと禅師《ぜんし》は相変《あいかわ》らず猪口《ちょく》を手《て》にせられたまゝ「オヽ治右衛門《じうえもん》、其方《そなた》も一杯《ぱい》何《ど》うじゃナ。蛸《たこ》が無《な》くなったから台所《だいどころ》にあればモー一本《ぼん》だけ足《あし》を下《くだ》され。此《こ》の酒《さけ》……ナニ酒《さけ》じゃ無《な》い般若湯《はんにゃとう》じゃと、ハヽヽヽ。そんな厄介《やっかい》なことを申《もう》さずとも酒《さけ》に違《ちが》いは無《な》い。酒《さけ》じゃ〳〵、此《こ》の酒《さけ》は中々《なかなか》宜《よ》いぞ。是《こ》れもモー一本《ぼん》貰《もら》いたいナ」「元《もと》より如何《いか》ほどでも差上《さしあ》げますが、一同《どう》の者《もの》が前刻来大変《せんこくらいたいへん》に待《ま》ちかねて居《お》りますので仮令僅《たとえわず》かでも一寸御法話《ちょっとごほうわ》を御聞《おき》かせなさって下《くだ》されば結構《けっこう》でございます。御酒《ごしゅ》は其上《そのうえ》でゆる〳〵御召《おめ》しあがり下《くだ》されますよう」「ナニ、法話《ほうわ》〳〵治右衛門《じうえもん》、法話《ほうわ》なぞと申《もう》した処《ところ》でツヾまりは仏《ほとけ》は有《あ》り難《がた》いもの、人間《にんげん》は家業《かぎょう》を励《はげ》むものと云《い》う二ツより無《な》いのじゃ。一同《どう》の人々《ひとびと》が待《ま》ちかねて居《お》れば其方乃公《そなたわし》の代《かわ》りになって其事《そのこと》だけ云《い》うてやって下《くだ》され。アヽ酔《よ》った〳〵」「メッ、滅相《めっそう》も無《な》い。私《わたし》が左様《さよう》のことを申《もう》した処《ところ》で誰《た》れも承知《しょうち》は致《いた》しませんから何《ど》うか僅《わず》かだけでも御話《おはな》しを願《ねが》います」「其方《そなた》が云《い》うのも乃公《わし》が云《い》うのも道《みち》は一ツじゃ。構《かま》わん〳〵、其方《そなた》から云《い》い聞《き》かせてやりなさい」「そッ、それでは治右衛門《じうえもん》誠《まこと》に困《こま》りますにより、セメテ御顔《おかお》だけなりとも一同《どう》の者《もの》に拝《おが》ませて御《お》やり下《くだ》されとう存《ぞん》じます」「乃公《わし》の顔《かお》を拝《おが》むとか、ハヽヽヽ、夫《そ》れでは膳部《ぜんぶ》も一緒《しょ》に御運《おはこ》び下《くだ》され」「モシ、夫《そ》れはあんまりでございます」「ナーニ構《かま》わん〳〵」

禅師《ぜんし》は笑《わら》いながら酔《よ》うた足許《あしもと》も危《あや》うげに漸《ようや》く設《もう》けの場所《ばしょ》へ這入《はい》られると前刻来待《せんこくらいま》ちかねて居《お》った一同《どう》の人々《ひとびと》「ソリャ生仏《いきぼとけ》さまが御出《おで》ましになった」「静《しず》かに〳〵」「南無阿弥陀仏《なむあみだぶつ》〳〵」なぞと口々《くちぐち》に囃《はや》したてたが夫《そ》れも暫《しば》らく、軈《やが》て水《みず》を打《う》ったように静《しず》まり返《かえ》ると禅師《ぜんし》はカラ〳〵と笑《わら》われて「ハヽヽヽ、一同《どう》の方々乃公《かたがたわし》の顔《かお》を見《み》たくば篤《とく》と見《み》さっしゃれ。説教《せっきょう》なれば正教寺《しょうきょうじ》の住職《じゅうしょく》がせられるのも乃公《わし》の心《こころ》もツヾまりは同《おな》じことじゃ。兎角人間《とかくにんげん》は信心《しんじん》と心《こころ》の誠《まこと》の二ツより外《ほか》は無《な》い。な、是《こ》れで判《わか》ったであろう……コレ〳〵治右衛門殿《じうえもんどの》、早《はや》く膳部《ぜんぶ》と酒《さけ》を持《も》って来《き》て下《くだ》され」

治右衛門《じうえもん》も仕方《しかた》が無《な》いから其座《そのざ》へ膳部《ぜんぶ》を持《も》って行《ゆ》くと早速猪口《さっそくちょく》を取《と》って「ヤア結構《けっこう》〳〵、コレ〳〵道意《どうい》、酌《しゃく》をして下《くだ》されや」と道意《どうい》に酒《さけ》を注《つ》がせてはグビリ〳〵と呑《の》み初《はじ》めたから、一同《どう》の人々《ひとびと》は馬鹿《ばか》〳〵しくて仕方《しかた》が無《な》い。けれども今《いま》に御説教《ごせっきょう》があるだろうと呆《あき》れながら待《ま》って居《お》る内《うち》に、元来《がんらい》は酒量《しゅりょう》の深《ふか》く無《な》い禅師《ぜんし》、殊《こと》に前刻来強《せんこくらいした》たかに底《そこ》を入《い》れたゞけ次第《しだい》に酔《よい》が廻《まわ》って、遂《つい》には其場《そのば》へ大《だい》の字張《じは》って倒《たお》れて仕舞《しま》った。

さアこうなると今朝来彼方此方《こんちょうらいあなたこなた》へ告《つ》げ廻《まわ》った治右衛門《じうえもん》は一同《どう》の人々《ひとびと》へ云《い》い訳《わけ》が無《な》いことになるから気《き》が気《き》じゃ無《な》い。と云《い》うて捨《す》ておく訳《わけ》にはならぬから、ツカ〳〵と其座《そのざ》へ現《あら》われ「禅師様《ぜんしさま》には今日御説教《こんにちごせっきょう》を御聞《おき》かせ下《くだ》さる筈《はず》でございましたが、今朝来大分御疲労《こんちょうらいだいぶんおつかれ》がございますので明晩重《みょうばんかさ》ねて御願《おねが》いすることに致《いた》しますから御《ご》一同《どう》には今晩《こんばん》は何《ど》うか御引《おひ》き取《と》り下《くだ》され」と云《い》う言葉《ことば》の終《おわ》らぬ内今《うちいま》まで倒《たお》れてあった禅師《ぜんし》はムク〳〵と起《お》きあがられて「イヤ〳〵夫《そ》れはなりませぬ。乃公《わし》の話《はなし》は今皆《いまみな》さんに申《もう》したので仕舞《しま》いじゃ。信心《しんじん》と心《こころ》の誠《まこと》をもって居《お》れば何《なに》も稼業《かぎょう》を捨《す》てゝまで、説教《せっきょう》を聞《き》きに態々出《わざわざで》掛《か》けて来《こ》られるに及《およ》ばぬこと。そんな暇《ひま》があれば年寄《としより》は孫《まご》の守《もり》でもするがよろしい。又《ま》た若《わか》い人《ひと》は稼業《かぎょう》に励《はげ》むのが何《なに》よりも仏《ほとけ》へ対《たい》する勤《つと》めじゃ。さア是《こ》れで判《わか》れば早《はや》く帰《い》んだり〳〵」と云《い》われたまゝ又《また》もや横《よこ》になって幻他愛《うつつたあい》も無《な》き様子《ようす》。

　すると此《こ》の聴衆《ちょうしゅう》の中《なか》に居《お》った一人《ひとり》の老僧《ろうそう》、他《た》の人々《ひとびと》の帰《かえ》るに只《た》だ一人残《ひとりのこ》って居《お》ったが、ツカ〳〵と一休《きゅう》の側《そば》へ立《た》ち寄《よ》って突然其首筋《いきなりそのくびすじ》に手《て》を掛《か》け引《ひ》き起《おこ》し、まだ充分《じゅうぶん》に目《め》の覚《さ》められぬに「此《こ》の生臭坊主《なまくさぼうず》、出家《しゅっけ》と俗《ぞく》の区別如何《くべついかん》」と問答《もんどう》を浴《あび》せかけた。

　青天《せいてん》の霹靂《へきれき》と云《い》うことはあるが是《こ》れは全《まった》く意外《いがい》とも意外《いがい》の問答《もんどう》、余《あま》りの意外《いがい》に居合《いあわ》した治右衛門《じうえもん》も道意《どうい》も思《おも》わず吃驚《びっくり》して目《め》を丸《まる》くすると禅師《ぜんし》は其言葉《そのことば》の終《おわ》るに続《つづ》いて「爾《なんじ》の如《ごと》く出家《しゅっけ》らしき出家《しゅっけ》は俗《ぞく》なり、天香久《てんこうひさ》しぶりじゃな」とクワッと眼《まなこ》を開《ひら》かれたから彼《か》の僧侶《そうりょ》は思《おも》わず身《み》をしさって其座《そのざ》に平伏《へいふく》し「恐《おそ》れ入《い》りました。夫《そ》れにしても御酔体中《ごすいたいちゅう》、殊《こと》に突然《とつぜん》の場合《ばあい》に両眼《りょうがん》も開《ひら》かれず、よくも愚僧《ぐそう》と云《い》うことが御断《おわか》りになられました」と云《い》うと「ハヽヽヽ、乃公《わし》の眼《まなこ》は睡《ねむ》っても心《こころ》の眼《まなこ》があるからナ」と云《い》われたので、いよ〳〵彼《か》の僧《そう》は縮《ちぢ》みあがった。

此《こ》の天香《てんこう》と云《い》うのはまだ禅師《ぜんし》が師《し》の坊《ぼう》の教《おし》えを受《う》けて居《お》る頃共《ころとも》に机《つくえ》を並《なら》べて居《お》った云《い》わば朋輩《ほうばい》であって、其後《そのご》一二回対面《かいたいめん》せられたのも十数年前《すうねんまえ》のことであるが、夫《そ》れがゆくり無《な》くも此《こ》の大津《おおつ》を通《とお》りかゝり、フト禅師《ぜんし》の事《こと》を耳《みみ》にしたので懐《なつ》かしさの余《あま》り聴衆《ちょうしゅう》に紛《まぎ》れて来《き》て居《お》ったのである。然《しか》も其突然《そのとつぜん》の対面《たいめん》、殊《こと》に久々《ひさびさ》の対面《たいめん》に拘《かか》わらず早《はや》くも夫《そ》れと覚《さと》られた禅師《ぜんし》の心《こころ》の働《はたら》きには天香《てんこう》ばかりか治右衛門《じうえもん》も道意《どうい》も思《おも》わず舌《した》を巻《ま》いた。

禅師《ぜんし》には兎《と》に角久々《かくひさびさ》の対面《たいめん》と云《い》うので非常《ひじょう》に悦《よろこ》ばれ、治右衛門《じうえもん》へも改《あらた》めて天香《てんこう》を紹介《ひきあわ》せ、話《はなし》は夫《そ》れから夫《そ》れへと続《つづ》いてトー〳〵夜《よ》の明《あ》けるまで尽《つ》きなんだが、さて翌朝《あくるあさ》になると天香《てんこう》は都《みやこ》の方《かた》へ出立《しゅったつ》をする、又禅師《またぜんし》は道意《どうい》を伴《つ》れ、治右衛門《じうえもん》が今《いま》一日御逗留《にちごとうりゅう》をと留《すす》めるのを振《ふ》り切《き》って、此処《ここ》の浜《はま》から船《ふね》に乗《の》り、琵琶《びわ》の湖水《こすい》を渡《わた》って草津《くさつ》の宿《しゅく》へと向《むか》われた。

◎不思議《ふしぎ》を御覧《ごらん》に入《い》れる

処《ところ》が其船中《そのせんちゅう》は何分《なにぶん》にも乗合船《のりあいぶね》のことであるから種々雑多《しゅじゅざった》な人《ひと》が乗《の》って居《お》ったが、だん〱船《ふね》の進《すす》むにつれ何《いず》れも退屈《たいくつ》しのぎに馴《な》れ〱しく語《かた》り合《あ》うようになった。と禅師《ぜんし》の側《そば》に座《ざ》を構《かま》えて居《お》った一人《ひとり》の山伏《やまぶし》、前刻来禅師《せんこくらいぜんし》の姿《すがた》をジロ〱見廻《みまわ》して居《お》ったのが是《こ》れも遂《つい》には口《くち》を開《ひら》いて禅師《ぜんし》に言葉《ことば》を交《かわ》し初《はじ》めた。

「時《とき》に御出家《ごしゅっけ》、御見受申《おみうけもう》せば貴君《あなた》は禅宗《ぜんしゅう》のように存《ぞん》じますが、御宗旨《ごしゅうし》には何《なに》か奇特《きとく》の方法《ほうほう》はございますか。私《わたく》し共《ども》のほうでは加持祈禱《かじきとう》に就《つい》ては不思議《ふしぎ》な呪法《じゅほう》もございますが」「コレハ〱法印殿《ほういんどの》には意外《いがい》なる御尋《おたず》ね。禅宗《ぜんしゅう》には不思議《ふしぎ》な呪法《じゅほう》なぞはございませんが、其呪《そのじゅ》法《ほう》を打《う》ち消《け》す丈《だけ》の功徳《くどく》はございます。昔《むかし》から世《よ》の中《なか》には不思議《ふしぎ》と云《い》うことはございません筈《はず》。万《まん》一有《あ》りとすれば取《と》りも直《なお》さず邪法《じゃほう》でございますから、そんなものは正法《せいほう》の仏力《ぶつりき》で訳《わけ》なく消《け》すことは出来《でき》ます」

禅師《ぜんし》も少々退屈《しょうしょうたいくつ》であった折柄《おりから》だけに殊更《ことさ》ら山伏《やまぶし》に油《あぶら》を掛《か》けると、山伏《やまぶし》は大変《たいへん》な立腹《りっぷく》。

「御出家《ごしゅっけ》、是《こ》れは怪《け》しからぬ仰《おお》せ、然《しか》らば私《わたく》しの申《もう》す加持祈禱《かじきとう》は邪法《じゃほう》と申《もう》されますか。又《ま》た夫《そ》れを貴方《あなた》は見事《みごと》打ち消《け》されると申《もう》されますな」「ハヽヽヽ、別《べつ》に法印《ほういん》さんの御宗旨《ごしゅうし》を邪法《じゃほう》と申《もう》す訳《わけ》ではございませんが、兎《と》に角正法《かくせいほう》に不思議《ふしぎ》なしとやら申《もう》しますから、先《ま》ず不思議《ふしぎ》と云《い》うことを承《うけた》まわると何《ど》うも正法《せいほう》とは申《もう》しかねるかと思《おも》われます」「フム、夫《そ》れでは邪法《じゃほう》でも宜《よろ》しい。兎《と》に角私《かくわたく》しが行《おこな》う不思議《ふしぎ》を貴君《あなた》が打《う》ち消《け》される力《ちから》はございますナ」「如何《いか》にも不思議《ふしぎ》と云《い》うものなれば何事《なにごと》も打《う》ち消《け》して御覧《ごらん》に入《い》れましょう」「ヤア面白《おもしろ》い、夫《そ》れでは一つ船中《せんちゅう》の退屈《たいくつ》しのぎ、一つ不思議《ふしぎ》なものを御覧《ごらん》に入《い》れますから貴君《あなた》は夫《そ》れを打《う》ち消《け》しますか」「如何《いか》にも、幸《さいわ》い私《わたく》しも徒然《とぜん》に苦《くる》しんで居《お》る折柄《おりから》でございますから立派《りっぱ》に正法《せいほう》によって打《う》ち消《け》しましょう」「宜《よろ》しい、夫《そ》れでは一つ術比《じゅつくら》べをやって見《み》ましょうか」「エーエ如何《いか》にも御望《おのぞ》みによってやりましょう」「宜《よろ》しい、では一つ不思議《ふしぎ》を御覧《ごらん》に入《い》れましょう」

山伏《やまぶし》は早速笈《さっそくおい》の中《なか》から珠数《じゅず》を取《と》り出《だ》し、船《ふね》の艫先《へさき》の方《かた》に向《むか》って一生懸命何事《しょうけんめいなにごと》か祈《いの》り出《だ》したので他《た》の乗合《のりあい》の人々《ひとびと》も大悦《おおよろこ》び。「何《ど》うです、何《ど》うやら御出家《ごしゅっけ》と法印《ほういん》さんとの腕比《うでくら》べ、何方《どっち》が勝《か》ちましょう」「さア、彼《あ》の坊《ぼう》さんも中々修業《なかなかしゅぎょう》がつんで居《い》そうな顔付《かおつ》きですが、法《ほう》印《いん》さんのほうが中々勢《なかなかいきお》いがよさそうでございますぜ」「そうでしょうなア、オヤ〳〵一寸《ちょっと》御覧《ごらん》なさい。彼《あ》の舳先《へさき》に何《な》んだか変《へん》なものが現《あら》われましたぜ」

一同《どう》の目《め》は不思議《ふしぎ》そうに船《ふね》の舳先《へさき》を眺《なが》めるとアヽラ不思議《ふしぎ》、朦朧《もうろう》と雲《くも》のようなものが浮《う》き出《だ》したと見《み》るまに、次第《しだい》に判然《はんぜん》となって現《あら》われたのは火炎《かえん》を背《せな》に負《お》うた不動明王《ふどうみょうおう》の尊《そん》像《ぞう》。左《ひだり》の手《て》に罪縛《ざいばく》の綱《つな》を握《にぎ》り右《みぎ》の手《て》に自尊《じそん》の利剣《りけん》を持《も》ち爛々《らんらん》たる眼《まなこ》で禅師《ぜんし》の方《かた》をハッタと睨《にら》んだ様《さま》は凄《すご》しとも凄《すさ》まじ。

山伏《やまぶし》は此《こ》の体《てい》を眺《なが》めて得意《とくい》そうに禅師《ぜんし》を見下《みくだ》し「何《ど》うです御出家《ごしゅっけ》、貴方《あなた》の正法《せいほう》とやらで彼《あ》れを見事《みごと》打《う》ち消《け》すことは出来《でき》ますか」「ハヽヽヽ、法印殿《ほういんどの》の呪法《じゅほう》とか奇特《きとく》とか大層《たいそう》らしく云《い》われたのは彼《あ》んなものですか」「ナッ、ナニッ……彼《あ》れを見《み》ては胆《きも》が潰《つぶ》れましたろう。打《う》ち消《け》せるものなれば早《はや》く打《う》ち消《け》して御覧《ごらん》なさい」「ハヽヽヽ、あんなものを見《み》て胆《きも》を潰《つぶ》すようでは迂闊《うかつ》に玩弄屋《おもちゃや》の門《かど》を通《とお》れません。ドレ〳〵夫《そ》れでは随分《ずいぶん》消《き》えぬように御《ご》祈禱《きとう》をなされや」

禅師《ぜんし》は笑《わら》いながらツカ〳〵と舳先《へさき》の方《かた》へ進《すす》み、前《まえ》をまくって憚《はばか》りなく不動《ふどう》を目《め》がけ、ジャー〳〵と小便《しょうべん》を垂《た》れられると、さしもに凄《すさ》まじかった不動《ふどう》の尊像《そんぞう》も霜《しも》に日光《にっこう》があたったと同様《どうよう》、見《み》る〳〵消《き》え失《う》せたから乗合客《のりあいきゃく》は一同《どう》に手《て》を打《う》って囃《はや》したてる。と山伏《やまぶし》は青筋立《あおすじた》て〻怒《おこ》り出《だ》した。「ヤイ、出家《しゅっけ》ともあろう身《み》が勿体無《もったいな》くも不動尊王《ふどうそんおう》の尊像《そんぞう》を汚《けが》すとは何事《なにごと》です。此《こ》のバッ、罰当《ばちあた》り……」「ハ、、、、そりゃお門《かど》が違《ちが》う。勿体《もったい》ないと云《い》えばそう云《い》う法印《ほういん》さんこそ娯《なぐさ》みに不動王《ふどうおう》を現《あら》わすとは何事《なにごと》です。罰《ばち》は乃公《わし》よりもお前《まえ》さんに当《あた》るだろう。が併《しか》し奇特《きとく》の呪法《じゅほう》とは是《こ》れだけですか。お代《かわ》りがあれば早《はや》く〳〵」

手《て》を打《う》って笑《わら》う禅師《ぜんし》の顔《かお》を眺《なが》めて山伏《やまぶし》は忌々《いまいま》しくて仕方《しかた》が無《な》いが流石《さすが》に呪法《じゅほう》の御代《おかわ》りも出来《でき》かねたか青筋《あおすじ》をたてたま〻引《ひ》っ込《こ》んだ。

其内《そのうち》に船《ふね》は着《つ》いて上陸《じょうりく》をする。道《みち》は一筋《すじ》だから山伏《やまぶし》も面恥《おもはず》かしげに禅師《ぜんし》の後《うしろ》のほうへ付《つ》いて行《い》ったが、船中《せんちゅう》のことは憤慨《むかっ》いてならん。己《おの》れ糞坊主《くそぼうず》何《なに》か仕返《しかえ》しをせねば腹《はら》の虫《むし》が承知《しょうち》をせんと彼方此方《あなたこなた》と目《め》をつけて居《お》ると行《ゆ》く手《て》に大《おお》きな一疋《ぴき》の犬《いぬ》が此方《こなた》を眺《なが》めて頻《しき》りと吠《ほ》えて居《お》るのが見《み》つかった。「さア是《こ》れだ」と思《おも》ったかツカ〳〵と禅師《ぜんし》の側《そば》へ進《すす》み寄《よ》り「御出家《ごしゅっけ》、前刻船中《せんこくせんちゅう》では充分《じゅうぶん》に法力《ほうりき》を行《おこな》いかねた為《た》めに失敗致《しっぱいいた》しましたが、陸《りく》の上《うえ》では決《けっ》して其心配《そのしんぱい》は無《な》い。何《ど》うです今《いま》一応法力比《おうほうりきくら》べをやって見《み》ましょう」「ハッ〳〵〳〵、御望《おのぞ》みとあれば何回《なんかい》でもやりましょう。だが法印《ほういん》さんの法力《ほうりき》は中々不便《なかなかふべん》でございますな」

「何《ど》うして……」「陸《りく》の上《うえ》では充分《じゅうぶん》に出来《でき》ても水《みず》の上《うえ》では思《おも》わしくいかんと云《い》うのだから」「ナニ、別《べつ》に不可《いけ》ぬと云《い》う訳《わけ》では無《な》いが、第《だい》一小便《しょうべん》なんぞ不浄《ふじょう》の事《こと》をしなさるからじゃ」「ではいよ〳〵不便《ふべん》じゃ。小便《しょうべん》なぞは誰《た》れしも出《で》るものであるから夫《そ》んなことでは怨敵退《おんてきたい》散《さん》なぞは到底六《とうていむつ》かしかろう」「まゝ、そんなことは何《ど》うでもよい。夫《そ》れでは此処《ここ》で今《いま》一応《おう》やろう」「ハヽヽヽ、お望《のぞ》みなれば何《な》ん遍《べん》なりとも」「フム、夫《そ》れでは先方《むこう》に鳴《な》いて居《お》る犬《いぬ》を鳴《な》き止《や》まして見《み》よう」「ヤッ、それは面白《おもしろ》い。先《ま》ず拝見《はいけん》を致《いた》しましょう」

　禅師《ぜんし》は相変《あいかわ》らず手《て》を打《う》って悦《よろこ》ばれて居《お》ると同《おな》じく舟《ふね》から上《あが》った一同《どう》の乗合客《のりあいきゃく》「ヤッ、又《また》もや法印《ほういん》と出家《しゅっけ》が何《なに》かやると見《み》えますぜ」「是《こ》りゃ面白《おもしろ》い、法印《ほういん》が最前《さいぜん》の遣《や》り直《なお》しでしょう」「今度《こんど》も又々出家《またまたしゅっけ》に負《ま》かされますやろうが兎《と》も角面白《かくおもしろ》うございますな」などとワア〳〵騒《さわ》ぎ初《はじ》める。と是《こ》れを見《み》た犬《いぬ》はいよ〳〵驚《おど》ろいて殊更《ことさ》らワン〳〵と吠《ほ》えたてたが、其内山伏《そのうちやまぶし》は珠数《じゅず》取《と》り出《だ》してサラ〳〵と押《お》し揉《も》み、大声《おおごえ》で呪文《じゅもん》を唱《とな》えて犬《いぬ》の方《かた》に向《むか》い一心不《しんふ》乱《らん》と祈《いの》り初《はじ》めた。

　だが犬《いぬ》のほうではそんなことで感《かん》じそうな筈《はず》は無《な》い。いよ〳〵恐《おそ》れて益々《ますます》吠《ほ》え猛《たけ》るばかり。遂《つい》には山伏《やまぶし》の足許近《あしもとちか》くまで進《すす》んで来《き》て今《いま》にも噛《か》み付《つ》こうとする。是《こ》れが為《た》め山伏《やまぶし》は業《ごう》を煮《にや》して弱《よわ》って居《お》ると禅師《ぜんし》はカラ〳〵と笑《わら》われた。「ハヽヽヽ、法印殿《ほういんどの》、何《ど》うやら陸《りく》でも法力《ほうりき》は充分《じゅうぶん》に利《き》きかねるようでございますな。犬《いぬ》めが又《ま》た小便《しょうべん》でもしたのでしょう」「ナーニ、今《いま》に鳴《な》き止《や》みます」「ハヽヽヽ、鳴《な》き止《や》む代《かわ》りにお前《まえ》さんの足許用心《あしもとようじん》が肝腎《かんじん》ですぜ。万《まん》一飛《と》び付《つ》かれて嚙《か》まれては何《ど》うなさる。判《わか》った〳〵、夫《そ》れ位《くら》いでお置《お》きなさい。今度《こんど》は私《わた》しの法力《ほうりき》を見《み》せましょう」「ナッ、なーに是《こ》れくらいのこと……」「ハッ〳〵〳〵、あんまり力《りき》んでは今度《こんど》はお前《まえ》さんの尻《しり》から可笑《おか》しなものが飛《と》び出《だ》していよ〳〵利《き》き目《め》が薄《うす》くなる。先《ま》ず私《わた》しの法力《ほうりき》を御覧《ごらん》なさい」と残念《ざんねん》そうにする山伏《やまぶし》を押《お》し止《とど》められた禅《ぜん》師《し》は弁当《べんとう》の握《にぎ》り飯《めし》を取《と》り出《だ》され、犬《いぬ》の方《かた》に向《むか》ってソッと放《ほう》られると、さしもに猛《たけ》りたった犬《いぬ》も俄《にわ》かに鼻《はな》を鳴《なら》し、尾《お》を振《ふ》りながら夫《そ》れを喰《く》い初《はじ》めたから「ハッ〳〵〳〵、何《ど》うじや法印殿《ほういんどの》、私《わた》しの法力《ほうりき》は此《こ》の通《とお》り」と笑《わら》われたので、是《こ》れには山伏《やまぶし》も返《かえ》す言葉《ことば》は無《な》く、一目散《もくさん》に逃《に》げ去《さ》った。

◎年《とし》をとるとなア

禅師《ぜんし》には草津《くさつ》の宿《しゅく》を離《はな》れて石部《いしべ》を打《う》ち過《す》ぎ、水口《みなくち》の宿《しゅく》に差《さ》しかゝろうとする。松並木《まつなみき》を通《とお》りかゝられると日《ひ》は漸《ようや》く西《にし》に傾《かたむ》いた夕間暮《ゆうまぐれ》、折柄前刻来後《おりからせんこくらいあと》になり先《さき》になり歩《あゆ》みを運《はこ》びながらも禅師《ぜんし》の様《さま》を不思議《ふしぎ》そうに眺《なが》めて居《お》った一人《ひとり》の男《おとこ》、此時《このとき》ツカ〳〵と禅師《ぜんし》の側《そば》へ立《た》ち寄《よ》って「恐《おそ》れながら御尋《おたず》ねを致《いた》します。若《も》しや貴君《あなた》は紫野《むらさきの》の大禅師様《だいぜんしさま》ではございませんか」

突然《とつぜん》のことに禅師《ぜんし》は驚《おどろ》きながらも目《め》を止《と》められると卑《いや》しき風体《ふうてい》ではあるが顔《かお》の何処《どこ》やらに見覚《みおぼ》えのあるように思《おも》われる。「ハイ〳〵、私《わたく》しは大徳寺《だいとくじ》の一休《きゅう》でございますが貴方《あなた》は誰《た》れでございましたかナ。年《とし》を取《と》るとなア、ツイ忘《わす》れ易《やす》くなって……」「ハヽッ、是《こ》れは〳〵誠《まこと》にお懐《なつ》かしく存《ぞん》じまする。私《わたく》しは以前都《いぜんみやこ》の七条《じょう》に居《お》りました珠数屋与兵衛《じゅずやよへえ》の成《なれ》の果《はて》でございます」「ナニ、珠数屋与兵衛殿《じゅずやよへえどの》、オヽ是《こ》れは珍《めず》らしい。して今《いま》は何処《どこ》に」「ハイ、誠《まこと》にお恥《はず》かしい次第《しだい》にござりますが、只今《ただいま》は水口《みなくち》に小《ささや》かなる暮《くら》しを致《いた》し居《お》りまする。今日石部《こんにちいしべ》まで用事《ようじ》の為《た》めに参《まい》り、其帰《そのかえ》り途《みち》に御姿《おすがた》を拝《おが》みましたものゝ万《まん》一間違《まちが》ってはと存《ぞん》じ前刻来御言葉《せんこくらいおことば》も出《だ》さず控《ひか》え居《お》りました」「それは〳〵……だがマア壮健《たっしゃ》で結構《けっこう》〳〵」「有《あり》がとう存《ぞん》じまする。然《しか》し大禅師様《だいぜんしさま》には失礼《しつれい》ながら是《こ》れから何《いず》れへ御越《おこ》し遊《あそ》ばされます」「ハヽヽヽ、別《べつ》に何処《どこ》と云《い》う目的《あて》も無《な》いが、先《ま》ず〳〵足《あし》に任《まか》せて行《ゆ》く処《ところ》まで行《ゆ》く筈《はず》」「でございますか、就《つ》きましては誠《まこと》に陋屋《むさくろし》くございますが今晩《こんばん》は何《ど》うか私《わたく》しのほうへ御泊《おとま》りのほど御願《おねが》い致《いた》しとう存《ぞん》じます。久々《ひさびさ》で御話《おはなし》も承《うけたま》わり度《たく》、且《か》つは聊《いささ》かお願《ねが》い致《いた》したき儀《ぎ》もござりますれば」「ホヽーそれは幸《さいわ》い。此処《ここ》までは来《き》たものゝ今宵《こよい》の宿《やど》は何《ど》うしようと考《かんが》えておった処《ところ》じゃ。ところで其方母者人《そなたははじゃびと》は何《ど》うせられた」「ハイ、実《じつ》は先頃来病気《せんころらいびょうき》の為《た》めに臥《ふ》しては居《お》りまするが、今晩久々《こんばんひさびさ》で大禅師様《だいぜんしさま》のお目通《めどお》りを願《ねが》えますれば非常《ひじょう》に悦《よろこ》ぶことゝ存《ぞん》じます。兎《と》もあれ是《こ》れより御案内致《ごあんないいた》しますれば是非《ぜひ》に御越《おこ》しを願《ねが》います」と云《い》うて与兵衛《よへ》は嬉《うれ》しそうに禅師《ぜんし》を我家《わがや》へ導《みち》びいた。

此処《ここ》で話《はなし》は横道《よこみち》へ這入《はい》るが此《こ》の珠数屋与兵衛《じゅずやよへえ》の身《み》の上《うえ》について少《すこ》し述《の》べておく。此《こ》の与《よ》兵衛《へえ》の家《いえ》は代々都《だいだいみやこ》の七条《じょう》で珠数屋与兵衛《じゅずやよへえ》と云《い》うて中々《なかなか》の旧家《きゅうか》であったが、先代《せんだい》の与兵衛《よへえ》は至《いた》っての好人物《こうじんぶつ》、と云《い》うて決《けっ》して馬鹿《ばか》では無《な》い。ツマリ慈悲心《じひしん》の深《ふか》い仏性《ほとけしょう》であったので、人《ひと》から泣《な》いて頼《たの》まれゝば快《こころ》よく金《かね》を貸《か》してやる、期限《きげん》になった処《ところ》で厳《きび》しく取《と》り立《た》てることはせぬと云《い》う風《ふう》。此《こ》の人《ひと》は何日《いつ》か禅師《ぜんし》の噂《うわさ》を聞《きい》て遂《つい》に其御弟子《そのみでし》となり、得度《とくど》して教《おし》えを受《う》けておった。

処《ところ》が後《あと》を相続《そうぞく》した与兵衛《よへえ》は是《こ》れも中々《なかなか》の好人物《こうじんぶつ》。殊《こと》に資産家《しさんか》であるだけ毎日茶《まいにちちゃ》や花《はな》、謡《うたい》、碁《ご》なぞに心《こころ》を委《ゆだ》ねて居《お》ったから店《みせ》のことはツイお留守《るす》になり、其間《そのあいだ》に雇《やと》い人《にん》なぞがボツ〳〵好《よ》からぬことをやり初《はじ》める。

それればかりか、此《こ》の与兵衛《よへえ》の叔父《おじ》に金兵衛《きんべえ》と云《い》うものがあった。是《こ》れも同《おな》じ商売《しょうばい》をして居《お》ったが至《いた》って油断《ゆだん》のならぬ人物《じんぶつ》で常々《つねづね》此《こ》の珠数屋《じゅずや》の家《いえ》を横領《おうりょう》しようと企《たくら》んでおった。けれども先代《せんだい》も又《ま》た当代《とうだい》の与兵衛《よへえ》も好人物《こうじんぶつ》であるだけ少《すこ》しも気《き》が付《つ》かずに居《お》る内《うち》、先代《せんだい》は病死《びょうし》し、当代《とうだい》の与兵衛《よへえ》が一本立《ぼんだち》の身分《みぶん》となるに至《いた》ってソロ〳〵牙《きば》を磨《みが》き出《だ》した。

と云《い》うのは其時分当代《そのじぶんとうだい》の与兵衛《よへえ》は漸《よう》く二十歳《はたち》に満《み》たぬ弱年《じゃくねん》。殊《こと》に日々遊《ひびあそ》び事《ごと》にのみ浮身《うきみ》をやつして居《お》ると云《い》うのを口実《こうじつ》に自《みずか》ら率先《そっせん》して親族会議《しんぞくかいぎ》を開《ひら》いた末《すえ》、今《いま》で云《い》う後見《こうけん》と云《い》う風《ふう》になったが是《こ》れはそも〳〵思惑《おもわく》があったからである。

自分《じぶん》の家《いえ》の事《こと》は棄《す》てておいて日《ひ》ゝ《び》珠数屋《じゅずや》の店《みせ》へ座《すわ》り込《こ》み、店《みせ》のことには厳《きび》しく眼鏡《めがね》を光《ひか》らしたお蔭《かげ》で店《みせ》の者《もの》の悪事《あくじ》はハッタと止《とま》ったとは云《い》え珠数屋《じゅずや》の家《いえ》に取《と》っては夫《そ》れ以来思《いらいおも》わぬ不祥事《ふしょうじ》は屢々起《しばしばおこ》った。先代与兵衛《せんだいよへえ》の存命中《ぞんめいちゅう》にあった筈《はず》の借家《しゃくや》は何日《いつ》か人《ひと》の名儀《めいぎ》になっておる。又《ま》た真逆《まさか》と思《おも》うような借金《しゃっきん》の尻《しり》が受人《うけにん》の加印《かいん》と云《い》うことから持《も》ち込《こ》まれる。其他曰《そのたいわ》く何《なに》、曰《いわ》く何《なに》といろ〳〵の振《ふ》って湧《わ》いたような金《かね》の要《い》ることが現《あらわ》れるが夫《そ》れを金兵衛《きんべえ》は聞《き》く毎《ごと》にサモ困《こま》ったらしいような顔付《かおつ》きで与兵衛《よへえ》に出金《しゅっきん》を促《うなが》す、と与兵衛《よへえ》は性来《しょうらい》の好人物《こうじんぶつ》だけに金兵衛《きんべえ》の云《い》うがまゝに支払《しはら》う。斯《こ》んな風《ふう》で一年《ねん》二年《ねん》も過《す》ごす内《うち》には流石《さすが》の珠数屋《じゅずや》も次第《しだい》〳〵に大黒柱《だいこくばしら》の根《ね》が細《ほそ》り行《ゆ》くばかり。夫《そ》れに引《ひ》き代《か》え金兵衛《きんべえ》の店《みせ》は不思議《ふしぎ》にもメキ〳〵と立派《りっぱ》になった。

が珠数屋《じゅずや》の不祥事《ふしょうじ》はまだ〳〵是《こ》れ位《くらい》で無《な》かった。先代《せんだい》の与兵衛《よへえ》が亡《な》くなって丁度《ちょうど》五年目《ねんめ》の秋《あき》、今《いま》の与兵衛《よへえ》が二十五歳《さい》の時《とき》のこと。或日金兵衛《あるひきんべえ》は改《あらた》まって与兵衛《よへえ》に語《かた》る。「時《とき》に与《よ》兵衛《へえ》さん、貴方《あなた》に一度御話《どおはな》しをしようと思《おも》って居《お》ったが、親父《おとう》さんが亡《な》くなって以来《いらい》、余《あま》りお気《き》の毒《どく》なことが続《つづ》くからツイ私《わたし》も話《はな》し兼《か》ねて控《ひか》えて居《お》りました。けれども貴方《あなた》のお耳《みみ》へ入《い》れておかねば又《ま》た間違《まちが》いが起《おこ》っては悪《わる》いから一寸申《ちょっともう》しておきますが」と前置《まえおき》をして語《かた》り出《だ》したのは「此《こ》の珠数屋《じゅずや》の資産《しさん》が大《おお》きく見《み》えて居《お》るが先代《せんだい》の与兵衛《よへえ》が存命中《ぞんめいちゅう》に尠《すくな》からぬ借金《しゃっきん》を拵《こしら》えておった。夫《そ》れが為《た》め一時《じ》は家蔵《いえくら》は勿論《もちろん》、凡《すべ》ての資産《しさん》を人《ひと》の手《て》に握《にぎ》られるまでなって居《お》ったのである。が何分《なにぶん》にも七条《じょう》の珠数屋《じゅずや》と云《い》えば昔《むかし》からの旧家《きゅうか》。夫《そ》れを自分《じぶん》の代《だい》に人手《ひとで》へ渡《わた》すのは近所《きんじょ》の手前《てまえ》は愚《おろ》か第《だい》一先祖《せんぞ》へ対《たい》して申《もう》し訳《わけ》は無《な》いと云《い》う処《ところ》から金兵衛《きんべえ》へ極々《ごくごく》秘密《ひみつ》で相談《そうだん》があったので、金兵衛《きんべえ》も親籍《しんせき》の間柄《あいだがら》であり、且《か》つは先代与兵衛《せんだいよへえ》を気《き》の毒《どく》に思《おも》うの余《あま》り一時《じ》其借金《そのしゃっきん》を自分《じぶん》で引《ひ》き受《う》け先方《せんぽう》へ話《はなし》を付《つ》けて苦《くる》しい内《うち》から二ケ年程《ねんほど》の間《あいだ》に悉皆《しっかい》済《す》まして仕舞《しま》った。従《したが》って其当時先代《そのとうじせんだい》からの頼《たの》み状《じょう》や又《ま》た先方《せんぽう》へ差《さ》し入《い》れてあった証文《しょうもん》は此通《このとお》り私《わたし》が持《も》って居《お》る」と云《い》うのであって自《みずか》ら持《も》って来《き》た書類《しょるい》を其場《そのば》へ披《ひろ》げた。

そして夫《そ》れを与兵衛《よへえ》に見《み》せた後《のち》、更《さ》らに言葉《ことば》を次《つ》いで「処《ところ》で此《こ》の珠数屋《じゅずや》と私《わたし》しのほうの間柄《あいだがら》であるから別《べつ》に利子《りし》も何《なに》も貰《もら》いたいとは云《い》わぬ。が私《わたし》のほうも随分金《ずいぶんかね》が要《い》る、夫《そ》れも僅《わず》かなものなれば宜《よろ》しいが何分《なにぶん》にも斯程《かほど》の大金《たいきん》として見《み》ると其《その》まゝ捨《す》てておかれるのは困《こま》るから一時《じ》で無《な》くともよろしいによって何《な》んとか方《かた》の付《つ》くようにしてもらいたい」と持《も》ちこまれた。

今《いま》の与兵衛《よへえ》にして見《み》ると是《こ》れは全《まった》く寝耳《ねみみ》に水《みず》。是《こ》れほどのことであれば先代《せんだい》の亡《な》くなる前《まえ》に何《な》んとか一言《こと》の言葉《ことば》がありそうな筈《はず》、夫《そ》れが夢《ゆめ》にも語《かた》られたことは無《な》い。そればかりか如何《いか》に不自由《ふじゆう》をした処《ところ》で真逆《まさか》是《こ》れだけの大金《たいきん》を借《か》り入《い》れる筈《はず》は無《な》いと思《おも》わぬでは無《な》いが其証文《そのしょうもん》に押《お》してあるのは正《まさ》しく先代《せんだい》の実印《じついん》として見《み》ると与兵衛《よへえ》の気《き》としては強《しい》て争《あら》そう勇《ゆう》気《き》も無《な》い。殊《こと》に此《こ》んなことから叔父《おじ》を怒《おこ》らしては今後何《このちな》んとなく便《たよ》り無《な》いと云《い》うような気《き》がある処《ところ》へ一時《じ》でなくとも成《な》る方法《ほうほう》で返済《へんさい》をしてくれゝばよいと云《い》われた言葉《ことば》は、坊《ぼん》ち育《そだ》ちの身《み》に取《と》って頗《すこぶ》る嬉《うれ》しく感《かん》じたので判《わか》らずながらも承諾《しょうだく》したのが失敗《しっぱい》の大原因《だいげんいん》となった。

企《たく》みに企《たく》んだ金兵衛《きんべえ》は与兵衛《よへえ》が承諾《しょうだく》の色《いろ》を現《あら》わすと透《すか》さず付《つ》け込《こ》んで「夫《そ》れでは貴方《あなた》の名《な》で改《あら》ためて証文《しょうもん》を書《か》くよう」と無理強《むりじい》に書《か》かせ、其場《そのば》は穏《おだ》やかに引《ひ》き取《と》ったが、其後《そのご》間《ま》も無《な》く其証文《そのしょうもん》を楯《たて》に取《と》ってトウ〳〵珠数屋《じゅずや》の家《うち》を旨々《うまうま》と横領《おうりょう》して仕舞《しま》ったのである。が夫《そ》れでも世間《せけん》の手前流石《てまえさすが》に心闇《こころぐら》く思《おも》うたか与兵衛母子《よへえおやこ》を其《その》まゝ其家《そのいえ》に置《お》いておったとは云《い》え無慈悲《むじひ》にも奉公人以上苛酷《ほうこうにんいじょうかこく》な扱《あつか》い。是《こ》れには与兵衛《よへえ》も流石《さすが》に尻《しり》を据《す》えかねたとは云《い》うものゝ都《みやこ》の地《ち》では流石《さすが》に面愧《おもはずかし》く思《おも》ったので、此《こ》の水口《みなくち》に尠《すこ》しの因縁《ゆかり》あるのを幸《さいわ》い、僅《わず》かばかりの家財《かざい》だけ残《のこ》してあったのを持《も》って引《ひ》き移《うつ》り、陋家《あばらや》ながらも一軒《けんか》借《か》り受《う》けて其処《そこ》に漸《ようや》く腰《こし》を下《おろ》した。けれども今迄《いままで》は世《よ》の中《なか》の苦《くるし》みを知《し》らぬ懐中育《ふところそだ》ちだけに金儲《かねもうけ》の業《すべ》も知《し》らぬから、する事《こと》も無《な》くブラ〳〵遊《あそ》んで居《お》る内《うち》に次第《しだい》に物《もの》が無《な》くなる、処《ところ》へもって母親《ははおや》は有《あ》りし昔《むかし》を思《おも》い出《だ》して嘆《なげ》きの余《あま》り遂《つい》に病気《びょうき》となったのである。

夫《そ》れが為《た》め苦《くる》しい家計《かけい》は一層苦《そうくる》しさを増《ま》し、今《いま》は殆《ほと》んど手《て》も足《あし》も出《で》なくなったので今日《きょう》しも与兵衛《よへえ》は石部《いしべ》の宿《しゅく》にある知辺《しるべ》の許《もと》へ僅《わず》かばかりの無心《むしん》を頼《たの》みに行《い》った帰《かえ》りであった。

◎万事《ばんじ》引《ひ》き受《う》けた

さて禅師《ぜんし》には与兵衛《よへえ》の案内《あんない》に伴《つ》れて其家《そのいえ》へ行《ゆ》かれて見《み》ると零落《れいらく》とも零落《れいらく》、全《まった》く予想以上《よそういじょう》の零落《れいらく》に流石《さすが》に当時《とうじ》の珠数屋《じゅずや》を思《おも》い浮《うか》べられて涙《なみだ》をパラ〳〵と落《おと》された。「与兵衛殿《よへえどの》、人間《にんげん》は夢《ゆめ》の世《よ》じゃ。昨日《きのう》の淵《ふち》は今日《きょう》は瀬《せ》となるとはよく云《い》うた。其方《そなた》の心《こころ》の内《うち》は御察《おさっ》しをする」「ハイ、誠《まこと》に斯様《かよう》なる陋家《あばらや》へ御案内《ごあんない》を致《いた》し何《なん》とも申《もう》し訳《わけ》はございませぬ」「アイヤ〳〵、出家《しゅっけ》は三界《がい》に家《いえ》なしとやら雨露《あめつゆ》を凌《しの》げば夫《そ》れで結構《けっこう》。処《ところ》で其方《そなた》七条《じょう》の家《いえ》は何《な》んとして出《で》られた。彼《あ》れほどの家《いえ》の主人《しゅじん》が何《ど》うして斯程《かほど》までになられた」「ハイ、実《じつ》は斯《か》ようく〳〵で誠《まこと》に思《おも》い掛《が》け》ぬ次第《しだい》」と詳《くわ》しく語《かた》るを禅師《ぜんし》は聞《き》かれて「夫《そ》れは誠《まこと》に気《き》の毒《どく》の仕儀《しぎ》。して其金兵衛《そのきんべえ》とやらは其方斯程《そなたかほど》までの暮《くら》しをせられて居《お》るに少《すこ》しも情《じょう》を含《ふく》まれぬか」「ハイ、先日《せんじつ》も母《はは》の病気《びょうき》につきまして已《やむ》を得《え》ず入要《いりよう》の金子《きんす》ございました為《た》め、面伏《おもふせ》ながら無心《むしん》に参《まい》りましたる処《ところ》……合力《ごうりき》……合力乞食《ごうりきこつじき》と同様《どうよう》の扱《あつか》い。店先《みせさ》きであの金兵衛《きんべえ》、金兵衛《きんべえ》奴《め》が店《みせ》の者《もの》に申《もう》し付《つ》け、僅《わず》か鳥目《ちょうもく》を三文《もん》、三文紙《もんがみ》に包《つつ》みまして……」「出《だ》したとか。ヤレ〱、其《その》時《とき》の心中《しんちゅう》お察《さっ》しをする。が是《こ》れも其方《そなた》への戒《いまし》めと思《おも》えば腹《はら》も立《た》つまい。乃公《わし》も先代《せんだい》への交誼《よしみ》、此処《ここ》で失礼《しつれい》ながら心《こころ》ばかりの御助力《ごじょりょく》を致《いた》したいが夫《そ》れでは其方《そなた》の為《た》めにもならず又《ま》た乃公《わし》も持《も》ち合《あわ》せが無《な》い。と云《い》うて見《み》す〱此《こ》のまゝで見棄《みす》てることは出来《でき》かねるが……オーそれ〱、其方《そなた》は都《みやこ》に居《お》る頃《ころ》、いろ〱芸事《げいごと》を学《まな》ばれたな」「芸事《げいごと》と仰《おお》せられますと……」「さればじゃ、舞楽《ぶがく》とか謡《うたい》、其他《そのほか》何《な》んでもよい。兎《と》も角《かく》其方《そなた》の自慢《じまん》のものは何《なに》かあるであろう」「左様《さよう》でございます。自慢《じまん》と申《もう》す程《ほど》のことは出来《でき》ませんが、兎《と》に角《かく》能楽《のうがく》の内《うち》、敦盛《あつもり》の舞《まい》は自分《じぶん》の口《くち》から申《もう》しますは如何《いかが》なものではございますが実《じつ》は師匠《ししょう》から常々《つねづね》褒《ほ》められましてございます」「それ〱、夫《そ》れがあれば結構《けっこう》。夫《そ》れを以《もっ》て乃公《わし》は考《かんが》えがある」「恐《おそ》れながら如何《いか》ように遊《あそ》ばします」「されば、其敦盛《そのあつもり》の舞《まい》を以《もっ》て此《こ》の土地《とち》で芝居《しばい》をするのじゃ。乃公《わし》は勧進元《かんじんもと》となって進《しん》ぜる」「有《あ》り難《がと》うございますが、実《じつ》は敦盛《あつもり》の舞《まい》以外《いがい》に到底《とうてい》一般《ぱん》の人《ひと》に見《み》せるほどのものはございませんから、夫《そ》れだけで芝居《しばい》は……」「イヤ〱一ツあれば沢山《たくさん》、何《なに》も心配《しんぱい》は無《な》い。万事乃公《ばんじわし》が引《ひ》き受《う》けたぞ」「ハイ……」「今晩《こんばん》はゆるりと寝《やす》ましてもらう、万事《ばんじ》は明日《あす》のことじゃ」

禅師《ぜんし》は道意《どうい》と共《とも》に其夜《そのよ》は夜具《やぐ》をも纏《まと》わず寝《やす》まれたが、さて其翌日《そのよくじつ》道意《どうい》と両人早朝《ふたりそうちょう》から飛《と》び出《だ》されて何処《どこ》へ行《ゆ》かれたか其日《そのひ》もトップリと暮《く》れた時分《じぶん》に元気《げんき》よく帰《かえ》られた。「与兵衛《よへえ》殿《どの》、安心《あんしん》さっしゃれ準備《したく》は大抵出来《たいていでき》たから二三日内《にちうち》にいよ〳〵始《はじ》めよう。処《ところ》で硯箱《すずりばこ》があれば一寸貸《ちょっとか》して下《くだ》され」「畏《かしこ》まりました」

与兵衛《よへえ》が硯箱《すずりばこ》を取《と》り出《だ》して墨《すみ》を磨《す》る間《ま》に道意《どうい》が担《かつ》いで来《き》た沢山《たくさん》な高札《こうさつ》を取《と》り出《だ》して其前《そのまえ》へ並《なら》べられたが、軈《やが》て筆《ふで》を執《と》って自《みずか》ら記《しる》されたのは、

一、此度上方《このたびかみがた》より日本《にっぽん》一の能役者幸若罷越《のうやくしゃこうわかまかりこ》し、明後日《みょうごにち》より三日間当地《かかんとうち》の芝居《しばい》に於《おい》て毎夕《まいゆう》
　より勧進能《かんじんのう》を致《いた》すべく候《そろ》

右勧進元《みぎかんじんもと》　紫野大徳寺老和尚一休《むらさきのだいとくじろうおしょういっきゅう》

「与兵衛殿《よへえどの》、是《こ》れじゃ。就《つ》いては其方《そなた》の衣裳万端《いしょうばんたん》は此地《ここ》の随竜寺《ずいりゅうじ》の和尚《おしょう》が胆煎《きもいり》で借《か》りることになったから敦盛《あつもり》だけはシッカリ頼《たの》むぞ」「何《ど》うも誠《まこと》に恐《おそ》れ入《い》ります」「是《こ》れで当分《とうぶん》の凌《しの》ぎは出来《でき》よう。尚京都《なおきょうと》のほうは又《ま》た乃公《わし》が出来《でき》るだけ力《ちから》を尽《つ》くしてあげるから安心《あんしん》をしな

さい」「有《あ》り難《がと》うございます」「では今晩《こんばん》も又《ま》た寝《やす》まして貰《もら》おうかナ」

其夜《そのよ》も与兵衛《よへえ》の家《いえ》へ寝《やす》まれて其翌日《そのよくじつ》は一人《ひとり》の男《おとこ》を雇《やと》うて彼《か》の建札《たてふだ》を彼方此方《あなたこなた》の目抜《めぬき》の場《ば》所《しょ》へ建《た》てさせると、何《なに》がさて幸若《こうわか》と云《い》えば当時有名《とうじゆうめい》の能役者《のうやくしゃ》。処《ところ》へ勧進元《かんじんもと》は是《こ》れも又《ま》た生仏《いきぼとけ》として誰《た》れ知《し》らぬ者《もの》の無《な》い一休大禅師《きゅうだいぜんし》と云《い》うので大変《たいへん》な評判《ひょうばん》。

さていよ〳〵当日《とうじつ》となると朝《あさ》から芝居《しばい》へ見物《けんぶつ》の詰《つ》めかけること恐《おそ》ろしいほど。殊《こと》に此《こ》の評判《ひょうばん》は西《にし》は草津《くさつ》、東《ひがし》は関《せき》、亀山《かめやま》の辺《へん》までバッと伝《つた》わっておったから此《こ》の方面《ほうめん》からも続々《ぞくぞく》と詰《つ》めかける。何《なに》がさて大《おお》きく無《な》い小屋《こや》だけに夕《ゆう》から初《はじ》まる筈《はず》の興行《こうぎょう》は昼《ひる》にならぬ前《まえ》に已《すで》に満員々々《まんいんまんいん》で立錐《りっすい》の場所《ばしょ》も無《な》い素晴《すば》らしい大景気《だいけいき》。

其内時刻《そのうちじこく》が遷《うつ》ると是《こ》れも禅師《ぜんし》が何処《どこ》から雇《やと》い入《い》れたか楽屋《がくや》で囃《はや》しが初《はじ》まる。やがて夫《そ》れが終《おわ》ると一人《ひとり》の男《おとこ》が舞台《ぶたい》へ現《あら》われて幸若《こうわか》が当地《とうち》へ来《き》た説明《せつめい》をサモ誠《まこと》らしく一通《とお》り済《す》まし、次《つい》で第《だい》一番《ばん》に先《ま》ず敦盛《あつもり》を舞《ま》う旨《むね》を述《の》べて這入《はい》る。と間《ま》も無《な》く鼓《つづみ》、笛《ふえ》の音《ね》につれて装束《しょうぞく》つけた与兵衛《よへえ》は立《た》ち出《い》で敦盛《あつもり》の舞《まい》を舞《ま》うと流石《さすが》は得意《とくい》の芸《げい》だけに一寸《すん》の隙《すき》も無《な》い。殊《こと》に見物《けんぶつ》は当時有名《とうじゆうめい》な幸若《こうわか》と思《おも》うて居《お》るだけ中《なか》には訳《わけ》も判《わか》らずに大喝采《だいかっさい》を浴《あび》せかけるものもある。

斯《か》くて満場大喝采《まんじょうだいかっさい》の内《うち》に一曲《きょく》を終《おわ》り、楽屋《がくや》へ入《い》ると又《また》もや口上《こうじょう》云《い》いの男《おとこ》が飛《と》び出《だ》して

「さて次《つ》ぎに御覧《ごらん》に入《い》れます外題《げだい》の儀《ぎ》は楽屋内《がくやうち》にて相選《あいえら》びますも御《ご》一同《どう》に対《たい》し恐《おそ》れ多《おお》くございますれば何《なに》なりとも仰《おお》せによって相勤《あいつと》めまする」と云《い》う意味《いみ》のことを述《の》べる。と見物《けんぶつ》の内《うち》から「船弁慶《ふなべんけい》をやってくれ」「イヤ乃公《わし》は猩々《しょうじょう》が好《す》きだから猩々《しょうじょう》じゃ」「イヤ船弁慶《ふなべんけい》や猩々《しょうじょう》は乃公《わし》は嫌《きら》いじゃ。高砂《たかさご》をやれ」なぞと思《おも》い〳〵な注文《ちゅうもん》が八方《ぽう》から起《おこ》る。と見《み》る内《うち》バラ〳〵と見物《けんぶつ》の内《うち》から現《あら》われた無頼漢《ならずもの》の風体をしたもの五六人《にん》、舞台《ぶたい》の上《うえ》へ飛《と》びあがると見《み》る間《ま》に八方《ぽう》を睨《にら》んで、突《つ》っ立《た》つ。立《たっ》た其上《そのうえ》の一人《にん》が声《こえ》をあげて「ヤイ、誰《た》れが何《な》んと云《い》うた処《ところ》で敦盛《あつもり》じゃ。敦盛《あつもり》の舞《まい》は己等《おいら》好《す》きだからモー一遍《ぺん》舞《も》うて見《み》せろ。若《も》し己等《おいら》の云《い》うことを聞《き》かねば此《こ》の小屋《こや》を叩《たた》き潰《つぶ》して仕舞《しま》うぞ」と吐鳴《どな》った。

是《こ》れが為《た》め今《いま》までワア〳〵云《い》うて居《お》った他《た》の見物《けんぶつ》は荒肝《あらぎも》を取《と》られて黙《だま》って仕舞《しま》うと口上《こうじょう》言《い》いは仕方《しかた》なさそうに「夫《そ》れでは御好《おこの》みによって今《いま》一応敦盛《おうあつもり》を御覧《ごらん》に入《い》れまーす」と引《ひ》ッ込《こ》む。と与兵衛《よへえ》は再《ふたた》び前《まえ》の装束《しょうぞく》のまゝ現《あら》われて敦盛《あつもり》を舞《ま》う。是《こ》れが仕舞《しも》うて以前《いぜん》の男等《おとこら》が又《また》もや飛《と》び出《だ》して「外《ほか》の舞《まい》は知《し》らぬが此《こ》の敦盛《あつもり》だけは何遍《なんべん》見《み》ても面白《おもしろ》い。今度《こんど》も外《ほか》のものを舞《も》うては承知《しょうち》をせん。さア今《いま》一遍敦盛《ぺんあつもり》を見《み》せよ」と吐鳴《どな》るにつれて又々敦盛《またまたあつもり》を舞《ま》う。此《こ》んな風《ふう》で三四回繰《かいく》り返《かえ》して舞《ま》う内《うち》に終《しま》いの時刻《じこく》となったから口上言《こうじょうい》いは「東西《とうざい》、最早時刻《もはやじこく》にござりますれば先ず今日《こんにち》は是《こ》れ切《き》り。尚明晩《なおみょうばん》は幸若得意《こうわかとくい》の舞《まい》を御覧《ごらん》に入《い》れますればお早々《はやばや》と御来場《ごらいじょう》の程《ほど》待ち奉《たて》まつりまーす」で其日《そのひ》は夫《そ》れ切《き》り打《う》ち出《だ》しとなった。

処《ところ》が見物人《けんぶつにん》は是《こ》れでいよ〳〵大評判《だいひょうばん》。「敦盛《あつもり》は中々《なかなか》よく舞《も》うたが外《ほか》のものは彼《あ》の変《へん》な奴等《やつら》の為《た》めに見《み》ることが出来《でき》なんだのは誠《まこと》に残念《ざんねん》じゃ。是非明日《ぜひあす》の晩《ばん》は変《かわ》ったものを見《み》ねばならん」と云《い》うものがあれば「切角天下《せっかくてんか》一の幸若《こうわか》が来《き》ておるのに僅《わず》か敦盛《あつもり》一番《ばん》を見《み》たくらいじゃ残念《ざんねん》だから明日《あす》は早《はや》くから出掛《でか》けて行《い》って外《ほか》のものを見《み》ねばならん」と云《い》う風《ふう》に口々《くちぐち》に伝《つた》えられた。

さア夫《そ》れが為《た》め二日目《かめ》は一層《そう》の大人気《だいにんき》。朝《あさ》っぱらから犇々《ひしひし》とつめかけて「オーイ、今日《きょう》は邪魔者《じゃまもの》の這入《はい》らぬ内《うち》に何《なに》か変《かわ》ったものを早《はや》く見《み》せてくれやい」と吐鳴《どな》って居《お》るものさえある。

さて此《こ》の日《ひ》も愈々開場《いよいよかいじょう》となると、例《れい》の無頼漢風《ごろつきふう》の面々《めんめん》は口上云《こうじょうい》いの現《あらわ》れぬ先《さき》からバラ〳〵と飛《と》び出《だ》した。「今夜《こんや》も敦盛《あつもり》を見《み》せてくれ。己《おい》らは敦盛《あつもり》が非常《ひじょう》に気《き》に入《い》ったから外《ほか》のものをやらずともよい、是非敦盛《ぜひあつもり》をやれやい」

今日《きょう》こそは変《かわ》ったものをと楽《たの》しんで詰《つ》めかけた昨晩《さくばん》の客《きゃく》は此《こ》の体《てい》を見《み》て「オヤ〳〵」と

云《い》うたが仕方《しかた》が無《な》い。其晩《そのばん》も敦盛《あつもり》を四五番舞《ばんも》うて追出《おいだ》しとなると例《れい》の口上《こうじょう》云《い》いは「明晩《みょうばん》こそ変《かわ》ったものを御覧《ごらん》に入《い》れまーす」

そうすると一般《ぱん》の見物人《けんぶつにん》は「何《ど》うも残念《ざんねん》だ。併《しか》し、彼奴等《あいつら》二晩《ばん》も続《つづ》いて敦盛《あつもり》ばかりを注文《ちゅうもん》したのだから何《ど》れほど好《す》きでも最早《もはや》飽《あ》いたであろう。真逆《まさか》三晩《ばん》も続《つづ》いて来《く》るようなことはあるまい。明日《あした》こそ変《かわ》ったものが見《み》られるであろう」と云《い》うようなことから三日目《かめ》も大変《たいへん》な大入《おおい》り。

ところがいよ〳〵是《こ》れから始《はじ》まりとなると、又々例《またまたれい》の一隊《たい》が現《あら》われて「ヤイ今晩《こんばん》も敦盛《あつもり》じゃ。外《ほか》のものを舞《も》うたら承知《しょうち》をせんぞ」と大層《たいそう》な権幕《けんまく》だから折角楽《せっかくたの》しんだ見物《けんぶつ》もキューの声《こえ》も出《で》ぬ。其日《そのひ》も初《はじ》めから閉場《しまい》まで敦盛《あつもり》でトー〳〵三日《か》の間《あいだ》は外《ほか》のものを一つも舞《ま》わずに済《す》んだが、此《こ》の無頼漢風《ごろつきふう》の男《おとこ》も禅師《ぜんし》の計《はか》らいであったのは云《い》うまでも無《な》い。

此《こ》んな風《ふう》で無事《ぶじ》に打《う》ち上《あ》げて悉皆《しっかい》の勘定《かんじょう》をして見《み》ると莫大《ばくだい》な金《かね》が残《のこ》ったから禅師《ぜんし》は夫《そ》れを与兵衛《よへえ》に与《あた》えて「是《こ》れだけあれば当分《とうぶん》の処《ところ》は不足《ふそく》はあるまい。其内乃公《そのうちわし》は都《みやこ》へ帰《かえ》れば珠《じゅ》数屋《ずや》の家《いえ》は立派《りっぱ》に立《た》てさせるから母者人《ははじゃびと》にも安心《あんしん》をさせ孝行《こうこう》は怠《おこた》るまいぞ」と呉々《くれぐれ》も戒《いまし》められたが、其後金兵衛《そののちきんべえ》に其他《そのた》にも不正《ふせい》の行為《こうい》が発覚《はっかく》し、且《か》つ珠数屋《じゅずや》は全《まった》く悪心《あくしん》を以《もっ》て横領《おうりょう》したものと判《わか》ったので家財悉皆《かざいしっかい》を上《かみ》へ没収《ぼっしゅう》される処《ところ》であったが、禅師《ぜんし》の骨折《ほねおり》によって与兵《よへ》衛《え》に下《さ》げ渡《わた》され、珠数屋《じゅずや》は昔《むかし》の通《とお》り再興《さいこう》することゝなった。

◎之《こ》れは乃公《わし》の大好物《だいこうぶつ》

此《こ》の興行《こうぎょう》が済《す》んだ後《のち》禅師《ぜんし》は随竜寺《ずいりゅうじ》に尚《なお》も逗留《とうりゅう》して居《お》られたが、是《こ》れが為《た》め大徳寺《だいとくじ》の生仏《いきぼとけ》様《さま》が此地《こっち》へ御越《おこ》しになって居《お》られると云《い》うことが八方《ぽう》へ知《し》れ渡《わた》り一度《ど》はセメテ御顔《おかお》だけでも拝《おが》みたいと随竜寺《ずいりゅうじ》へ毎日《まいにち》詰《つ》めかけるものは数《かぞ》え切《き》れぬほど。従《したが》って随竜寺《ずいりゅうじ》の仏前《ぶつぜん》へも時《とき》ならぬ賽銭《さいせん》が夥《おびた》だしく上《あが》るから其和尚《そのおしょう》はホク〳〵もので禅師《ぜんし》を今《いま》一日《にち》〳〵と引《ひ》き止《と》めて居《お》った。

処《ところ》が此《こ》の地《ち》から東《ひがし》のほうに関《せき》と云《い》う土地《ところ》がある。其処《そこ》へ土地《とち》の人々等《ひとびとら》発起《ほっき》して大《おお》きな石《いし》の地蔵尊《じぞうそん》を建立《こんりゅう》したが、是《こ》れが開眼《かいがん》を誰《た》れか当代《とうだい》の名僧智識《めいそうちしき》の方《かた》に御願《おねが》いをしようとして居《お》る折柄《おりから》、程遠《ほどとお》からん水口《みなくち》へ当時《とうじ》生仏《いきぼとけ》とまで云《い》われる一休大禅師《きゅうだいぜんし》が御越《おこ》しになられて居《お》ると聞《きい》たので発起《ほっき》の人々《ひとびと》は云《い》うまでも無《な》く、土地《とち》の人々《ひとびと》は大悦《おおよろこ》び。早速使《さっそくつかい》を立《た》てゝ禅師《ぜんし》に御《お》願《ねが》いすると禅師《ぜんし》も快《こころ》よく承諾《しょうだく》せられ「夫《そ》れでは明日参《あしたまい》りましょう」と云《い》うことになった。

さア是《こ》れが為《た》め関《せき》の人々《ひとびと》は俄《にわ》かに歓迎《かんげい》の準備《じゅんび》と云《い》うては可笑《おか》しいが、兎《と》に角生仏様《かくいきぼとけさま》が御越《おこ》しになられるのであるから万《まん》一失礼《しつれい》なことがあってはならぬと地蔵尊《じぞうそん》の近所《きんじょ》へは俄《にわ》かに仮小屋《かりごや》を建《た》てゝ飾《かざ》りたて、又《ま》た禅師《ぜんし》のお迎《むか》えには態々処《わざわざところ》の御寺《おてら》の駕《かご》を借《か》り出《だ》し、夫《そ》れにいろ〳〵の備《そな》えを整《ととの》え沢山《たくさん》な世話人《せわにん》がついて態々水口《わざわざみなくち》の随竜寺《ずいりゅうじ》まで出掛《でか》けてゆく。そして残《のこ》った連中《れんちゅう》は今《いま》にも大禅師《だいぜんし》が御越《おこ》しになれば彼《あ》アして斯《こ》うしてと互《たが》いに計画《けいかく》を胸《むね》に画《えが》いておった。

すると昼過《ひるす》ぎと思《おも》う頃《ころ》、ヒョッコリ其場所《そのばしょ》へ見《み》すぼらしい一人《ひとり》の出家《しゅっけ》、若《わか》い僧《そう》を伴《つ》れたまゝツカ〳〵と這入《はい》ろうとしたから詰《つ》め合《あわ》して居《お》った面々《めんめん》は驚《おど》ろいて「オイ〳〵、何処《どこ》の坊《ぼう》さんか知《し》らんがお前《まえ》なんぞの這入《はい》る処《ところ》じゃない。拝《おが》みたければ明日《あした》でも明後日《あさって》でも来《き》て勝手《かって》に拝《おが》め。今日《きょう》なんぞ迂路《うろ》〳〵しておっては罰《ばち》が当《あた》るぞ」と遮《さえ》ぎり止《と》めようとすると「モシ、此処《ここ》は今度《こんど》出来《でき》た地蔵尊《じぞうそん》じゃございませんか。乃公《わし》は此《こ》の開眼《かいがん》を頼《たの》まれたから態々《わざわざ》来《き》たのじゃ」と平気《へいき》な顔《かお》。

是《こ》れを聞《き》いた一同《どう》は非常《ひじょう》に怒《おこ》った。「コラッ、馬鹿《ばか》なことを云《い》え。お前《まえ》のような乞食坊《こじきぼう》主《ず》に誰《た》れが此《こ》の開眼《かいがん》を頼《たの》む奴《やつ》があるか。今日《きょう》は生仏様《いきぼとけさま》がお越《こ》しになって御開眼《ごかいがん》を成《な》さって下《くだ》さるのじゃ。其処《そこ》いらに魔誤《まご》〳〵して居《お》れば罰《ばち》が当《あた》って死《し》んで仕舞《しま》うぞ」「オッ左様《さよう》か、夫《そ》れでは乃公《わし》に用事《ようじ》は無《な》いな。ヤレ〳〵切角出《せっかくで》かけて来《き》たのに残念《ざんねん》じゃ。夫《そ》れでは道意出《どういで》掛《か》けよう」とブラ〳〵と立《た》ち去《さ》られたのは紛《まぎ》れも無《な》い禅師《ぜんし》であったのである。

が此方《こなた》の面々《めんめん》は元《もと》よりそんなことを知《し》りそうな筈《はず》は無《な》く、当時有名《とうじゆうめい》な一休禅師《きゅうぜんし》と云《い》えば定《さだ》めて紫《むらさき》の法衣《ころも》に金襴《きんらん》の袈裟《けさ》を掛《か》け、手《て》には赤銅《しゃくどう》に金《きん》の象眼《ぞうがん》か只《ただ》しはダイヤモンドでも彫《ちりば》めた……尤《もっと》も其時代《そのじだい》にダイヤモンドなどは有《あ》る筈《はず》は無《な》いが……其風体《そのふうてい》は先《ま》ず夫《そ》れ位《くらい》のものと思《おも》うて居《お》った。のみか当方《こっち》から迎《むか》えのものが行《い》ったのであるから無論其駕籠《むろんそのかご》で来《こ》られるものと思《おも》うて居《お》る。従《したが》って禅師《ぜんし》の立《た》ち去《さ》られた後《あと》を見送《みおく》り「馬鹿《ばか》な狂気《きちが》い坊主《ぼうず》だ」くらいに冷《ひやや》かに笑《わら》って居《お》った。

ところへスタ〳〵駆《か》け付《つ》けたのは前刻水口《せんこくみなくち》へ迎《むか》えに行《い》った世話人《せわにん》の一人《にん》。呼吸《いき》も苦《くる》しげに慌《あわ》たゞしく「若《も》しや先程《さきほど》から生仏様《いきぼとけさま》が御越《おこ》しにならなんだか」と尋《たず》ねる声《こえ》に此方《こなた》の一人《ひとり》は「イヤ未《ま》だお見《み》えにならぬが貴公《あなた》は彼方《あっち》へ迎《むか》えに行《ゆ》かれたのではございませんか」「さゝ、行《い》くは行《い》ったが随竜寺《ずいりゅうじ》さんで聞《きい》て見《み》れば今朝早《けさはや》くから関《せき》へ御越《おこ》しになると云《い》うて出掛《でか》けられたと云《い》うことじゃ。ところが水口《みなくち》と此処《ここ》とは一筋道《すじみち》だから若《も》し御越《おこ》しになったのなれば途中《とちゅう》で出合《であ》わねばならぬ筈《はず》と、よく〳〵考《かんが》えて見《み》ると途中《とちゅう》で先《ま》ず行脚《あんぎゃ》の出家《しゅっけ》か悪《わる》く云《い》えば乞食坊主《こじきぼうず》と云《い》うような二人連《ふたりづれ》の御出家《ごしゅっけ》に逢《お》うたので若《も》しやそれではあるまいかと先方《むこう》で其風体《そのふうてい》を聞《きい》て見《み》ると何《ど》うやら違《ちが》いは無《な》いらしいのじゃ」「エヽッ、夫《そ》れでは斯《こ》う〳〵した坊《ぼう》さんじゃございませんか」「オヽ如何《いか》にも其御方《そのおかた》じゃが御越《おこ》しになられましたか」「アッ、失敗《しまっ》た。夫《そ》れなればホンの今《いま》の先来《さきこ》られたが、乞食坊主《こじきぼうず》と思《おも》うて追《お》い返《かえ》した」「エヽッ、そいつは大変《たいへん》じゃ。さア此《こ》んな間違《まちが》いがあってはならぬと思《おも》うたから皆《みな》よりも先《さき》に飛《と》んで帰《かえ》ったのだが豪《えら》いことをしてくれた」「けれども一寸《ちょっと》も生仏《いきぼとけ》さんらしく無《な》かったが」「インヤそれに違《ちが》いは無《な》い。今《いま》の先《さき》と云《い》えば余《あま》り遠《とお》くへは御越《おこ》しになるまい。何方《どっち》の方面《ほうめん》へ御越《おこ》しになられた」「さア、真逆《まさか》そんなお方《かた》とは知《し》らんから気《き》にも止《と》めなんだが……」「それでは直《す》ぐ様《さま》御《お》尋《たず》ねをせねばなるまい」と俄《にわ》かに騒《さわ》ぎ立《た》って八方《ぽう》へ人《ひと》を走《はし》らせ、道行《みちゆ》く坊《ぼう》さんと云《い》う坊《ぼう》さん、出家《しゅっけ》と云《い》う出家《しゅっけ》を片《かた》ッ端《ぱし》から尋《たず》ねることゝなった。

　話代《はなしかわ》って禅師《ぜんし》は道意《どうい》を伴《つ》れられてブラ〳〵歩《あゆ》まれながら関《せき》の宿《しゅく》を外《はず》れまで行《ゆ》かれると立《たて》場茶屋《ばぢゃや》と兼《か》ね合《あ》いの飯屋《めしや》がある。是《こ》れに目《め》を止《と》められて「道意《どうい》、大分腹《だいぶんはら》が空《す》いたようであるから一寸昼食《ちょっとちゅうじき》をした〻めよう」と其入口《そのいりくち》の床几《しょうぎ》に腰下《こしおろ》された。「コレ〱、一寸昼食《ちょっとちゅうじき》を頼《たの》みます」「是《こ》れはお越《こ》しなさいませ。お菜《さい》は此方《こちら》にございますから何《ど》うか何《ど》れなりとも御取《おと》りを願《ねが》います」

飯屋《めしや》の老爺《おやじ》の言葉《ことば》にフイと見《み》ると大《おお》きな蛸《たこ》が一疋《ぴき》釣《つ》ってある。禅師《ぜんし》は性来至《せいらいいた》って蛸《たこ》を好《この》まれたから「御亭主《ごていしゅ》、よいものがある。何《ど》うか其蛸《そのたこ》の足《あし》を一本下《ぽんくだ》され。道意《どうい》、其方《そなた》も何《なに》か好《す》きなものがあれば何《な》んなりとも貰《もら》うがよい」「ハイ、有《あ》り難《がと》うございます。夫《そ》れでは私《わたく》しは彼《あ》の芋《いも》の煮《に》たのを頂戴致《ちょうだいいた》しましょう」

道意《どうい》は芋《いも》を取《と》ったが亭主《ていしゅ》は禅師《ぜんし》の顔《かお》を見《み》て呆《あき》れて居《お》る。「モシ御出家《ごしゅっけ》、蛸《たこ》でございますか」「ハイ〱、何《ど》うか御面倒《ごめんどう》でございますが其足《そのあし》を一本切《ぽんき》って下《くだ》され」「モシ貴君《あなた》は御見《おみ》受《う》け申《もう》せば御出家《ごしゅっけ》でございますが夫《そ》れでも蛸《たこ》を御喰《おあ》がりなされますか」「ハイ〱、蛸《たこ》は至《いた》っての好物《こうぶつ》。アッ、夫《そ》れから御面倒《ごめんどう》でございますが酒《さけ》があればチョッと一本《ぽん》つけて下《くだ》され」「ヘーエ、蛸《たこ》と酒《さけ》と……、畏《かし》こまりました」

亭主《ていしゅ》はいよ〱呆《あき》れたが、商売《しょうばい》だけに呆《あき》れながらも蛸《たこ》の足《あし》を一本切《ぽんき》って夫《そ》れに銚子《ちょうし》を添《そ》えて禅師《ぜんし》の前《まえ》へ持《も》ってくると、禅師《ぜんし》は其蛸《そのたこ》の足《あし》を長《なが》いま〻片手《かたて》で握《にぎ》って小口《こぐち》を噛《かじ》っては盃《さかずき》へ注《つ》いだ酒《さけ》をグッと飲《の》む。飲《の》んでは蛸《たこ》を嚙《かじ》る。其内《そのうち》に酒《さけ》が無《な》くなると「御亭主《ごていしゅ》、モー一本《ぽん》下《くだ》され。オヽ序《ついで》に蛸《たこ》の足《あし》もモー一本《ぽん》……」「畏《かしこ》まりました」

亭主《ていしゅ》は云《い》うがまゝに又《また》もや蛸《たこ》の足《あし》と銚子《ちょうし》を運《はこ》ぶと是《こ》れも暫《しば》らくの間《ま》に退治《たいじ》て仕舞《しま》って又《また》もや一本《ぽん》ずつ。斯《か》くて第三回目《だいかいめ》の分《ぶん》を半《なか》ば平《たい》らげた折柄《おりから》、遥《はる》か彼方《あなた》の方《かた》から息《いき》を切《き》って駆《か》け付《つ》けた二三の人々《ひとびと》、フト禅師《ぜんし》に目《め》を付《つ》けて呆《あき》れながらも側《そば》へ進《すす》み「モシ御出家《ごしゅっけ》、一寸《ちょっと》御尋《おたず》ね致《いた》しますが貴君方《あなたがた》は今日水口《こんにちみなくち》のほうから御越《おこ》しになられたのと違《ちが》いますか」

禅師《ぜんし》は口《くち》へ嚙《かじ》り取《と》った蛸《たこ》をグッと呑《の》み込《こ》んで「ハイ〳〵、如何《いか》にも水口《みなくち》から参《まい》りました」「左様《さよう》でございますか。夫《そ》れでは若《も》しや生仏様《いきぼとけさま》ではございますまいか」「ホヽー、是《こ》れは珍《めず》らしい名《な》の人《ひと》もありますナ。が乃公《わし》はそんなものと違《ちが》いますぞ」「イヤ、是《こ》れは私《わたく》しのお尋《たず》ね誤《あや》まり。若《も》しや大徳寺《だいとくじ》の大禅師様《だいぜんしさま》ではございませぬか」「されば、まだ大禅師《だいぜんし》にはなりませぬが、乃公《わし》は大徳寺《だいとくじ》の一休《きゅう》と云《い》う者《もの》でございます。何《なに》か御用事《ごようじ》でございますか」と云《い》う言葉《ことば》を聞《きい》て駆《か》け付《つ》けた面々《めんめん》思《おも》わず其場《そのば》へベタ〳〵と平伏《へいふく》をした。「ヤッ、是《こ》れは〳〵大禅師様《だいぜんしさま》にございましたか。私《わたし》どもは地蔵尊《じぞうそん》、御開眼《ごかいがん》の世話人《せわにん》でございますが、前刻大禅師様《ぜんこくだいぜんしさま》にはわざ〳〵御立寄下《おたちよりくだ》さいましたのも存《ぞん》ぜぬことゝは申《もう》せツイ御見《おみ》それ致《いた》しまして相済《あいす》まぬ次第《しだい》でございます。就《つ》きましては誠《まこと》に恐《おそ》れ入《い》りますが今《いま》一応《おう》何《ど》うか御越《おこ》しのほどを御願《おねが》い致《いた》します」「ハ、、、、、左様《さよう》かそれは〳〵態々《わざわざ》御苦労《ごくろう》でございますが、見《み》られる通《とお》り今大好物《いまだいこうぶつ》を此処《ここ》で一寸《ちょっと》見付《みつ》けて楽《たの》しんで居《お》る処《ところ》でございますから、折角《せっかく》ですが何《ど》うか悪《あ》しからず」「誠《まこと》に恐《おそ》れ入《い》ります。なれども実《じつ》は大禅師様《だいぜんしさま》の御越《おこ》しを一同《どう》が御待《おま》ち申《もう》して居《お》りますので是非《ぜひ》に御願《おねが》い致《いた》しとう」「何《ど》うも困《こま》りますな。猫《ねこ》に鼠《ねずみ》を見《み》せたなれば容易《ようい》に動《うご》かぬと同様《どうよう》、乃公《わし》は是《こ》れを見《み》た以上《いじょう》は悉皆《しっかい》喰《た》べて仕舞《しま》わねば何《ど》うも動《うご》かれぬ性分《しょうぶん》でございます。御覧《ごらん》なさいまだ〳〵彼《あ》の通《とお》り釣《つ》ってございますから、彼《あ》れを悉皆片付《しっかいかたづ》けた上《うえ》でゆる〳〵参《まい》りましょう」

禅師《ぜんし》も中々《なかなか》意地《いじ》がよくない。が一同《どう》の面々《めんめん》は是《こ》れに大《おお》いに困《こま》ったから「何《ど》うも切角《せっかく》の御《お》楽《たの》しみを誠《まこと》に申《もう》し訳《わけ》ございませんが実《じつ》は一同《どう》に今朝来《こんちょうらい》御待《おま》ち申《もう》して居《お》ります仕儀《しぎ》でございますれば枉《ま》げて御願《おねが》いを致《いた》します。最《もっと》も御好物《ごこうぶつ》の品《しな》も彼方《あちら》で充分《じゅうぶん》に用意《ようい》を致《いた》しますれば……」

いろ〳〵と頼《たの》む言葉《ことば》に禅師《ぜんし》も遂《つい》に「ドレ〳〵夫《そ》れでは参《まい》りましょうか。併《しか》し大分酩酊《だいぶんめいてい》をしてございますから万《まん》一不都合《ふつごう》があっても宜《よろ》しいか」「エーエ、それはモー如何《いか》ようの儀《ぎ》がございましょうとも無事《ぶじ》に御開眼《ごかいがん》さえ願《ねが》えますれば結構《けっこう》でございます」「アッ、左様《さよう》か。夫《そ》れ聞《きい》て安心《あんしん》を致《いた》しました。処《ところ》で御亭主《ごていしゅ》、足《あし》を今《いま》一本《ぽん》切《き》って下《くだ》され」「ヘエ〳〵畏《かし》こまりました」と亭主《ていしゅ》が切《き》って出《だ》した四本目《ほんめ》の足《あし》を右手《みぎて》に摑《つか》み、足許《あしもと》も危《あや》うげに歩《あゆ》みながらも時々《ときどき》小口《こぐち》を噛《かじ》って世話人《せわにん》に附《つ》いて行《ゆ》くので途中出合《とちゅうであ》う人々《ひとびと》は皆々呆《みなみなあき》れながらも禅師《ぜんし》の顔《かお》を覗《のぞ》きこんでゆく。

◎頭《あたま》の按摩《あんま》はコリ〳〵

世話人《せわにん》の人々《ひとびと》も心《こころ》の内《うち》には禅師《ぜんし》が余《あま》りの風体《ふうてい》を見《み》て「此《こ》の生臭坊主《なまくさぼうず》め」と思《おも》わぬでは無《な》いが兎《と》も角《かく》地蔵尊《じぞうそん》の建立《こんりゅう》してある場所《ばしょ》へ案内《あんない》をすると、待《ま》ち構《かま》えた面々《めんめん》も此《こ》の様《さま》を見《み》て今《いま》更《さ》らながら呆《あき》れるばかり。けれども禅師《ぜんし》は一向平気《こうへいき》なもので相変《あいかわ》らず半噛《はんかじ》りの蛸《たこ》の足《あし》を片《かた》手《て》に握《にぎ》って噛《かじ》りながら、飾《かざ》りたてた地蔵尊《じぞうそん》の側《そば》へツカ〳〵と立《た》ち寄《よ》り、噛《か》み千切《ちぎ》った蛸《たこ》の足《あし》を地蔵尊《じぞうそん》の両眼《りょうがん》の上《うえ》へペタリとひっつけた。

是《こ》れを見《み》た一同《どう》は可笑《おか》しなことをすると思《おも》うて居《お》ると、今度《こんど》は地蔵尊《じぞうそん》の前《まえ》に置《お》いてある賽銭箱《さいせんばこ》を横《よこ》に立《た》て、其上《そのうえ》へ上《のぼ》ったと見《み》るまに前《まえ》をかゝげて臆面《おくめん》も無《な》く地蔵尊《じぞうそん》の顔《かお》を目《め》がけてシャー〳〵と小便《しょうべん》を垂《た》れかけたから大変《たいへん》。発起人《ほっきにん》、世話人《せわにん》なぞは怒《おこ》ったの怒《おこ》らぬのでは無《な》い。いろ〳〵苦心《くしん》をして漸《よう》く建立《こんりゅう》した此《こ》の地蔵尊《じぞうそん》を、禅師《ぜんし》に頼《たの》んで開眼《かいがん》を頼《たの》み、魂《たまし》いを入《い》れてもらって是《こ》れからは礼拝《らいはい》をするようにしようと思《おも》うて居《お》る程《ほど》なのに、如何《いか》に生仏《いきぼとけ》とは云《い》え不浄《ふじょう》も不浄《ふじょう》、小便《しょうべん》を掛《か》けるとは怪《け》しからぬと考《かんが》えたから、禅師《ぜんし》は今《いま》しも地蔵尊《じぞうそん》に向《むか》って何《なに》か云《い》おうとするのも待《ま》たず気《き》の早《はや》い奴《やつ》は飛《と》びかゝると同時《どうじ》、禅師《ぜんし》を賽銭箱《さいせんばこ》の上《うえ》から引《ひき》ずり下《おろ》し「コッ、此《こ》の糞坊主《くそぼうず》ッ」と云《い》うが早《はや》いか拳《こぶし》を固《かた》めて無闇矢鱈《むやみやたら》に力《ちから》を極《きわ》めて二ツ三ツ御見舞《おみま》い申《もう》した剰《あまつ》さえ「モッ、勿体《もったい》ないことをする。己《おの》れ何《なに》かッ、何《なに》が生仏《いきぼとけ》じゃ、生命《いのち》だけは助《たす》けてやるッ」と其《その》まゝ表《おもて》へ放《ほう》り出《だ》して、後《あと》では「そりゃ早《はや》く水《みず》を持《も》って来《こ》い」「藁《わら》と塩《しお》を持《も》ってこい」と大勢《おおぜい》の人々《ひとびと》等《ら》は大騒《おおさわ》ぎで地蔵尊《じぞうそん》を清《きよ》めて居《お》る。

と禅師《ぜんし》は酷《ひど》い目《め》に合《あわ》されながらも平気《へいき》なもの。漸《よう》く塵《ちり》を払《はろ》うて側《そば》に慄《ふる》えて居《お》る道意《どうい》を見《み》返《かえ》り「ハヽヽヽ、道意《どうい》、其方《そなた》は吃驚《びっくり》したであろう。剣呑《けんのん》〳〵、早《はや》く亀山《かめやま》まで参《まい》りましょう」と道《みち》を急《いそ》いで漸《ようや》く亀山《かめやま》まで辿《たど》り付《つ》き、其地《そのち》の聖蓮寺《しょうれんじ》と云《い》うのを訪《たず》ねられ、其寺《そこ》に其夜《そのよ》は泊《やど》られた。此《こ》の聖蓮寺《しょうれんじ》と云《い》うのも禅師《ぜんし》と同《おな》じ宗旨《しゅうし》で其寺《そのてら》の和尚《おしょう》は禅師《ぜんし》と旧知《きゅうち》の間柄《あいだがら》であるから、伊勢参宮《いせさんぐう》は関《せき》で右《みぎ》に折《お》れるのであるけれども特《とく》に久々《ひさびさ》で訪《たず》ねられたのである。

すると其翌朝《そのよくちょう》のことであった。まだ夜《よ》の明《あ》け切《き》らぬ内《うち》から此《こ》の聖蓮寺《しょうれんじ》の門《もん》を慌《あわ》たゞし気《げ》に叩《たた》くものがある。「モシ、一寸御尋《ちょっとおたず》ねを致《いた》します。此方《こちら》に大徳寺《だいとくじ》の生仏様《いきぼとけさま》が御宿《おとま》りじゃございませんか……モシ、お寺《てら》に一休大禅師様《きゅうだいぜんしさま》が御泊《おとま》りでございましょう。モシ、一寸《ちょっと》お開《あ》けを願《ねが》います」

此《こ》の声《こえ》にフト目《め》を覚《さま》した番僧《ばんそう》は訝《いぶ》かしそうに尋《たず》ねて見《み》ると「私《わたく》しは関《せき》の宿《しゅく》から参《まい》りましたが大禅師様《だいぜんしさま》に折入《おりい》って御願《おねが》いがございます。何《ど》うか恐《おそ》れ入《い》りますが御取次《おとりつ》ぎを願《ねが》います」と云《い》うので禅師《ぜんし》の寝《やす》まれた居間《いま》へ行《い》くと、禅師《ぜんし》は毎朝中々《まいあさなかなか》の早起《はやお》きで、起《お》きられると直《ただ》ちに座禅《ざぜん》をくみ一心《しん》に何《なに》か祈《いの》られるのが例《れい》であるから、此時《このとき》も既《すで》に是《こ》れをやって居《お》られた。

番僧《ばんそう》は此体《このてい》を見《み》て流石《さすが》に言葉《ことば》を掛《か》けかねたので襖《ふすま》の入口《いりくち》に座《すわ》ったまゝ暫《しば》らく控《ひか》えて居《お》ると稍《やや》あって禅師《ぜんし》は其方《そのほう》を眺《なが》められ静《しず》かに口《くち》を開《ひら》かれた。「是《こ》れは〳〵早朝《そうちょう》から私《わたく》しに何《なに》か用《よう》がございますか」「お早《はよ》うございます。切角《せっかく》のお勤《つと》めを御邪魔致《おじゃまいた》しまして誠《まこと》に恐《おそ》れ入《い》りまする。実《じつ》は只今関《ただいませき》の宿《しゅく》から何《なに》か取《と》り急《いそ》いで是非《ぜひ》に御願《おねが》い致《いた》したき儀《ぎ》がございますとやら申《もう》して一人《ひとり》の者《もの》が参《まい》ってございますが如何計《いかがはか》らいましょう」「ハヽヽヽ、参《まい》りましたかナ。夫《そ》れでは是《こ》れへ通《とお》して下《くだ》され」「畏《かし》こまりました」

番僧《ばんそう》が立《た》ち去《さ》ると間《ま》も無《な》く一人《ひとり》の男《おとこ》は恐《おそ》る〳〵、伴《ともな》われて次《つ》ぎの間《ま》まで這入《はい》って来《き》たが敷居越《しきいご》しにペタリと平伏《へいふく》して「是《こ》れは〳〵大禅師様《だいぜんしさま》、私《わたく》しは関《せき》の宿《しゅく》から参《まい》りましたが昨日《さくじつ》は何《な》んとも申《もう》し上《あげ》ようも無《な》き失礼《しつれい》……」「ヤッ、それでは地蔵尊《じぞうそん》のことで来《こ》られたかナ」「ヘエ、昨日《さくじつ》は誠《まこと》に申《もう》し訳《わけ》の無《な》き御無礼《ごぶれい》、何《な》んと御詫《おわび》を致《いた》して宜《よろ》しいやら」「イヤ〳〵決《けっ》して心配《しんぱい》をせぬでもよい。世間《せけん》の人《ひと》は時々肩《ときどきかた》を凝《こ》らすが乃公《わし》は頭《あたま》が凝《こ》るから偶《たま》には頭《あたま》の凝《こ》りを按摩《あんま》して貰《もら》ってもよろしい。昨日《きのう》のお蔭《かげ》で大分頭《だいぶあたま》が軽《かる》くなりましたぞ」「ドッ、何《ど》うも恐《おそ》れ入《い》りまする。就《つ》きましては大禅師様《だいぜんしさま》に是非《ぜひ》何《ど》うか御願《おねが》いが……」「何《なに》かは知《し》らぬが頭《あたま》の凝《こ》りは昨日《きのう》でスッカリ下《さが》ったからモー結構々々《けっこうけっこう》」「何《ど》うも其事《そのこと》を仰《おお》せられますと何《なん》とも御詫《おわび》の致《いた》し方《かた》がございません」「ハ、ヽ、ヽ、では其他《そのた》に何《なに》か用事《ようじ》が出来《でき》ましたか。真逆《まさか》又々開眼《まaたまたかいがん》ではあるまいナ」「実《じつ》はその……御開眼《ごかいがん》に付《つ》きまして……」「ナニ、開眼《かいがん》、地蔵尊《じぞうそん》の開眼《かいがん》は昨日済《きのうす》ました筈《はず》だが其他《そのた》に何《なに》か建立《こんりゅう》になりましたか」「エッ、其地蔵尊《そのじぞうそん》の儀《ぎ》に就《つ》きまして実《じつ》は何《な》んとも申《もう》し訳《わけ》の無《な》い不都合《ふつごう》を致《いた》しましたので……」「ホヽー、不都合《ふつごう》……

それでは乃公《わし》が開眼《かいがん》をした後《あと》で地蔵尊《じぞうそん》を清《きよ》めたのであろう」「ヘッ、まッ、全《まった》く其通《そのとお》りで……処《ところ》が昨晩発起《さくばんほっき》の者《もの》を初《はじ》め世話人《せわにん》まで俄《にわ》かに発熱《はつねつ》を致《いた》しましたので……」「ハッ〱〱、要《い》らぬことをせられたナ」「ま、誠《まこと》に申《もう》し訳《わけ》の無《な》い事《こと》で……」「それから何《ど》うしました」「ハイ、其内《そのうち》にも大禅師様《だいぜんしさま》を御叩《おたた》き申《もう》した喜平《きへい》と申《もう》す者《もの》は殊《こと》に甚《はなは》だしい熱《ねつ》に浮《う》かされましていろ〱の妄言《たわごと》を申《もう》します」「ホヽー、それは心《こころ》がらとは云《い》え誠《まこと》にお気《き》の毒《どく》じゃ」「処《ところ》が其妄言《そのたわごと》に大禅師様《だいぜんしさま》へ誠《まこと》に申《もう》し訳《わけ》は無《な》い、大禅師様《だいぜんしさま》は亀山《かめやま》の聖蓮寺様《しょうれんじさま》に御在《おいで》になるから誰《た》れか早《はや》く行《い》って御詫《おわび》を申《もう》し上《あげ》てくれと斯様《かよう》に申《もう》します」「ハヽヽヽ、夫《そ》れで其方《そなた》は態々《わざわざ》詫《わび》に来《こ》られましたかナ」「イヤ、まだ夫《そ》れだけではございません。他《た》の者等《ものら》も口々《くちぐち》に地蔵尊《じぞうそん》の御告《おつげ》とやらで申《もう》します」「ホヽー、地蔵尊《じぞうそん》は何《な》んとか御告《おつげ》がございましたか」「ヘッ、切角大禅師様《せっかくだいぜんしさま》から有《あ》り難《がた》い開眼《かいがん》の儀式《ぎしき》を御授《おさず》け下《くだ》さったのに側《そば》から訳《わけ》も判《わか》らず御邪魔《おじゃま》をしたばかりか何故不浄《なぜふじょう》な水《みず》を以《もっ》て其上《そのうえ》から洗《あら》った、今《いま》一応大禅師《おうだいぜんし》に御願《おねが》いをしてくれねば土地《とち》の人々等《ひとびとら》を悉《ことごと》く熱病《ねつびょう》で生命《いのち》を取《と》るぞとございます。就《つ》きましては昨日《きのう》の今日誠《きょうまこと》に恐《おそ》れ多《おお》いことではございますが土地《とち》の者《もの》を助《たす》けると思召《おぼしめ》して何《ど》うか今《いま》一度御開眼《どごかいがん》を御願《おねが》い申《もう》したいので、夫《そ》れが為《た》め夜《よ》の明《あ》けるのを待《ま》ち兼《か》ね斯様《かよう》に駆《か》け付《つ》けました次第《しだい》でございます」「ホヽー、それは〱、併《しか》し切角《せっかく》ですが乃公《わし》は御断《おことわ》りじゃ」「ヘッ……」「頭《あたま》の按摩《あんま》は一度《ど》して貰《もら》っては当分《とうぶん》マア〱結構々々《けっこうけっこう》、ハヽヽヽ」「そッ、其事《そのこと》を仰《おお》せられては何《な》んとも申《もう》し上《あげ》ます言葉《ことば》もございませんが、何分《なにぶん》にも土地《ところ》のものを助《たす》けると思召《おぼしめ》して何《ど》うか是《ぜ》非《ひ》に今《いま》一応《おう》御越《おこ》しのほどを願《ねが》いまする」「ハヽヽヽ、今《いま》のは嘘《うそ》じゃ。夫《そ》れでは出掛《でか》けるが今度《こんど》は如何《いか》ようのことをするとも申《もう》し分《ぶん》はあるまいナ」「ヘエ〱、そりゃ決《けっ》して何事《なにごと》も申《もう》し上《あ》げません……が昨日《さくじつ》は御小便《ごしょうべん》でございましたから今度《こんど》は大便《だいべん》でも遊《あそ》ばしますか」「ハヽヽヽ、観音《かんのん》さまなれば尻《しり》でも進上《しんじょう》するが地蔵《じぞう》さんでは夫《そ》れもなるまい」「ヘーエ、是《こ》れは初《はじ》めて承《うけたま》わりますが、夫《そ》れでは何《な》んとございますか観音《かんのん》さまの御開眼《ごかいがん》には御尻《おしり》を進上《しんじょう》するもので……」「さア、昔《むかし》から尻喰《しりくら》い観音《かんのん》と云《い》うでは無《な》いか」「ヘッ〱〱、是《こ》れは何《ど》うも恐《おそ》れ入《い》ります。併《しか》し一同《どう》には定《さだ》めて待《ま》ち兼《か》ねて居《お》ることゝ存《ぞん》じますれば是《こ》れより御案内《ごあんない》を致《いた》します」「ヤレ〱、それではモー一応行《おうゆ》かねばならぬかナ」

◎地蔵尊《じぞうそん》が風邪《かぜ》をひいておる

禅師《ぜんし》は再《ふたた》び関《せき》の宿《しゅく》へ赴《おもむ》かれると昨日《きのう》とは大変《たいへん》な違《ちが》い。土地《ところ》のものは宿外《しゅくはず》れまで行列《ぎょうれつ》をつくって出迎《でむか》えに来《き》ておる。夫《そ》れが遥《はる》かに禅師《ぜんし》一行《こう》の姿《すがた》を認《みと》めると「さア生仏《いきぼとけ》さまが御越《おこ》しになられた。誰《た》れも彼《か》れも一切《さい》不都合《ふつごう》をしてはならぬぞ。それ〳〵もう其処《そこ》へ御越《おこ》しになられた。一同《どう》は何故《なぜ》土下座《どげざ》をせんか」と其内《そのうち》での主立《おもだ》ったものが必死《ひっし》となって駆《か》け廻《まわ》って居《お》る。

是《こ》れ等《ら》の人々《ひとびと》へ叮嚀《ていねい》に会釈《えしゃく》をされながら漸《ようや》く地蔵尊《じぞうそん》の処《ところ》まで来《こ》られた禅師《ぜんし》はフト見《み》ると、悉皆洗《しっかいあら》って磨《みが》きあげられたか其両眼《そのりょうがん》に昨日《きのう》の蛸《たこ》の足《あし》が付《つ》いておるどころでは無《な》く其前《そのまえ》には清《きよ》め塩《しお》さえ盛《も》られ、昨日踏《きのうふ》み台《だい》とした賽銭箱《さいせんばこ》は既《すで》に取《と》り去《さ》られて居《お》る。「ハヽヽヽ、一同《どう》の衆《しゅう》や、大分奇麗《だいぶんきれい》に清《きよ》められた様子《ようす》。とてものことに地蔵《じぞう》さんの鼻《はな》と耳《みみ》も取《と》りさられては何《ど》うじゃナ」「恐《おそ》れ入《い》りまする」「聞《き》けば昨晩《さくばん》は一同《どう》には熱病《ねつびょう》に浮《う》かされたとやら。是《こ》れでは無理《むり》も無《な》い。此《こ》のまゝで捨《す》てておけば今夜《こんや》も明日《あす》の晩《ばん》も、はてはトー〳〵大切《たいせつ》ない生命《いのち》を捨《す》てねばなりますまい」「サッ、左様《さよう》でございますか」「第一《だいいち》皆《みな》の衆《しゅう》には此《こ》の地蔵《じぞう》さんを何《な》んの為《た》めに建立《こんりゅう》せられたか先《ま》ず其訳《そのわけ》を語《かた》って見《み》なさい」「ヘエ、それは申《もう》すまでもございませず此《こ》の土《と》地《ち》の者等《ものら》は安泰《あんたい》に暮《くら》せるようとのことから……」「さゝ、そうであろう。そうなくては構《かま》わぬ。ところが肝腎《かんじん》の地蔵尊《じぞうそん》をお前《まえ》さん方《がた》が病気《びょうき》にさせておる」「へーエ、地蔵尊《じぞうそん》は御病気《ごびょうき》……」「フム、如何《いか》にも見《み》るところ此《こ》の地蔵《じぞう》さんは風邪《かぜ》をひいておるぜ」「ヘーン……」「さ、此《こ》の風邪《かぜ》は昨日《きのう》お前《まえ》さん方《がた》がひかさなさったのじゃ。乃公《わし》は折《せっ》角開眼《かくかいがん》を行《おこな》い入仏《にゅうぶつ》をしたゝめにヤレ〳〵と安心《あんしん》をして居《お》る処《ところ》へ、お前《まえ》さん方《がた》が寄《よ》って群《たか》って頭《あたま》から水《みず》を浴《あび》せたり藁《わら》なぞで擦《さす》ったりしたものだからツイ風邪《かぜ》をひかれたのじゃぜ」「でッ、でございますかな」「それで此《こ》の土地《ところ》にお医者《いしゃ》さんがあるであろうからお医者《いしゃ》さまに診《み》て貰《もら》うがよろしかろう」「メッ、滅相《めっそう》な、如何《いか》にお医者様《いしゃさま》でも真逆石《まさかいし》の地蔵《じぞう》さんを……」「ハ、、、、尤《もっと》も乃公《わし》が治《なお》すのは訳《わけ》は無《な》い。けれども迂闊《うかつ》に手《て》を出《だ》せば又《また》もや頭《あたま》へ按摩《あんま》をして下《くだ》さるじゃろう。乃公《わし》は頭《あたま》の按摩《あんま》はアマリ好《この》まぬから、マア〳〵お医者《いしゃ》さんに頼《たの》むのが安全《あんぜん》かナ」「ドッ、何《ど》うも恐《おそ》れ入《い》ります。今日《こんにち》、今日《こんにち》は決《けっ》して無礼《ぶれい》を致《いた》しませぬから何《ど》うか思《おも》いのまゝに成《な》されとう存《ぞん》じまする」「ハッ〳〵〳〵、夫《そ》れでは乃公《わし》のすることを一切《さい》咎《とが》めだてをせられぬとか」「ヘエ〳〵元《もと》よりでございます。若《も》し今日《こんにち》も御《お》入用《いりよう》でございますれば蛸《たこ》でも求《もと》めてまいりましょうか」「ハヽヽヽ、今日《きょう》は夫《そ》れに及《およ》ばぬ。夫《そ》れではソロ〳〵取《と》りかゝるから何《ど》うか足台《あしだい》を貸《か》して下《くだ》され」「畏《かし》こまりました」

世話人《せわにん》はビク〳〵しながら足台《あしだい》に有《あ》り合《あわ》した箱《はこ》を持《も》って来《く》ると禅師《ぜんし》は其上《そのうえ》へ上《のぼ》られ、腰《こし》のほうをモジ〳〵させながら取《と》り出《だ》したのは一筋《すじ》の褌《ふんどし》。夫《そ》れを地蔵尊《じぞうそん》の首筋《くびすじ》から頭《あたま》へかけて丁度《ちょうど》繃帯《ほうたい》でもしたようにキリ〳〵と巻《ま》き付《つ》けて下《お》りられた。「さア〳〵斯《こ》うしておけば大丈夫《だいじょうぶ》。ですがお前《まえ》さん方《がた》に云《い》うておく。今度《こんど》は若《も》し是《こ》れを取《と》るようなことがあれば其時《そのとき》は乃公《わし》は知《し》りませんぜ」「ヘッ、畏《かしこ》まりましたが併《しか》し大禅師様《だいぜんしさま》へ恐《おそ》れながら御伺《おうかが》い致《いた》します」「フン、何《な》んじゃ」「ヘッ、お見受《みう》け致《いた》しますと彼《あ》れは何《ど》うやら大禅師様《だいぜんしさま》の御下帯《おしたおび》のように存《ぞん》じますが、如何《いか》に大禅師様《だいぜんしさま》の御下帯《おしたおび》でございましょうとも地蔵《じぞう》さんに対《たい》して余《あま》りに恐《おそ》れ多《おお》くございますれば何《ど》うでございましょう御下帯《おしたおび》の代《かわ》りに新《あた》らしい木綿《もめん》でも巻《ま》きましては……」「コレ〳〵、心得違《こころえちが》いのことを申《もう》すでは無《な》い。乃公《わし》の下帯《したおび》じゃから地蔵《じぞう》さんの病気《びょうき》は治《なお》る。お前《まえ》さん方《がた》は下帯《したおび》を汚《むさ》いものと思《おも》うて居《お》るのは間違《まちが》いじゃ。考《かんが》えても見《み》なさい第《だい》一下帯《したおび》の役目《やくめ》は何《な》んと思《おも》う」「ヘエ……役目《やくめ》と申《もう》しますと……」「さればじゃ、人間《にんげん》の大切《たいせつ》ない処《ところ》を包《つつ》むのは下帯《したおび》であろう。さすれば下帯《したおび》には其人《そのひと》の魂《たましい》が包《つつ》みこんである筈《はず》じゃ。処《ところ》で乃公《わし》が今是《いまこ》れなる地蔵尊《じぞうそん》の病気《びょうき》を癒《なお》し魂《たましい》を入《い》れるとすれば自分《じぶん》の用《もち》いてある下帯《したおび》を巻《ま》き付《つ》けるのは不思議《ふしぎ》であるまい。夫《そ》れとも気《き》に入《い》らぬとあれば取《と》り去《さ》るまでのこと。だが後《あと》は一切《さい》乃公《わし》は知《し》らぬから其目算《そのつもり》で居《お》るがよい。ヤレ〳〵判《わか》らぬ人達《ひとたち》じゃ」と又《また》もや箱《はこ》を踏《ふ》み台《だい》にして今巻《いまま》き付《つ》けた褌《ふんど》しに手《て》を掛《か》けようとしたから一同《どう》の面々《めんめん》は大《おおい》に驚《おどろ》いた。「アモシ、何《ど》うか、何《ど》うか御勘弁《ごかんべん》を願《ねが》います」「ホヽー、それでは乃公《わし》の下帯《したおび》でも苦《くる》しゅうないとか」「結構《けっこう》、結構《けっこう》でございます。何《ど》うか其《その》まゝ、何《ど》うか其《その》まゝにお願《ねが》い致《いた》しまする」「ハヽヽヽ……」

禅師《ぜんし》が軈《やが》て設《もう》けの席《せき》に着《つ》かれるのを待《ま》って恐《おそ》る〳〵進《すす》み出《で》た一人《ひとり》の男《おとこ》。「恐《おそ》れながら大《だい》禅師様《ぜんしさま》へ御願《おねが》いを致《いた》しまする」「何《な》んじゃア」「ヘエ、私《わたく》しは昨日《さくじつ》、恐《おそ》れ多《おお》くも大禅師様《だいぜんしさま》に手《て》を御掛《おか》け申《もう》したものゝ弟《おとと》でございますが、兄《あに》の短気《たんき》の為《た》めに何《な》んとも御申《おもう》し訳《わけ》の無《な》い次第《しだい》。定《さだ》めて御立腹《ごりっぷく》ではございましょうが何《ど》うか御許《おゆる》しのほど御願《おねが》いいたしまする」「それは〳〵御叮嚀《ごていねい》な挨拶《あいさつ》。けれども乃公《わし》は少《すこ》しも気《き》に触《さわ》っては居《お》らぬから安心《あんしん》をするがよい」「有《あ》り難《がと》う存《ぞん》じまする。処《ところ》が兄《あに》は其御罰《そのおばつ》を蒙《こうむ》りましたか昨夜来《さくやらい》俄《にわ》かに大熱《だいねつ》を発《はっ》しました処《ところ》へ右《みぎ》の臂《かいな》が曲《ゆが》んだまゝ少《すこ》しも癒《なお》りませぬ様子《ようす》。就《つ》きましては本人《ほんにん》も非常《ひじょう》に懺悔《ざんげ》を致《いた》し居《お》りますれば此度《このたび》のところは御慈悲《おじひ》を持《も》ちまして何《ど》うか御許《おゆる》しのほど御願《おねが》い致《いた》します る」「ハ、、、、乃公《わし》は別《べつ》に何《なん》とも思《おも》うて居《お》らぬが先《ま》ず〳〵罰《ばつ》と致《いた》しておこうか。夫《そ》れを癒《なお》すことは大変《たいへん》じゃ」「でございましょうが何《ど》うか特別《とくべつ》の御慈悲《おじひ》をもちまして……」「だが乃公《わし》の云《い》うことは承諾《しょうだく》はせられまい」「勿体《もったい》ない、決《けっ》して左様《さよう》のことはございません。仮令如何《たとえいか》ようのことでございましょうとも悦《よろこ》んで致《いた》させます」

禅師《ぜんし》は昨日《きのう》の腹癒《はらい》せと云《い》う訳《わけ》でもあるまいが散々油《さんざんあぶら》を取《と》られた後《のち》、地蔵尊《じぞうそん》へ巻《ま》き付《つ》けた褌《ふんどし》の端《はし》を引《ひ》き裂《さ》き、是《こ》れを腕《うで》へ巻《ま》き付《つ》けるよう御申《おもう》し聞《き》けになられたから、其弟《そのおとうと》は早速《さっそく》云《い》われた通《とお》り行《おこな》うと其翌朝《そのよくちょう》は夢《ゆめ》のように全快《ぜんかい》をしたと云《い》うことである。

さて関《せき》の地蔵《じぞう》は此《こ》んな風《ふう》で開眼《かいがん》の式《しき》は無事《ぶじ》に済《す》むと其以来世話人《そのいらいせわにん》なぞは熱病《ねつびょう》に襲《おそ》われるようなことは無《な》く、それのみか誰《た》れ云《い》うとなく生仏《いきぼとけ》さまの御開眼《ごかいがん》だから霊験《れいけん》は殊《こと》の外顕著《ほかあらたか》など云《い》い伝《つた》えて、近郷近在《きんごうきんざい》から続々参詣《ぞくぞくさんけい》するようになり、遂《つい》には我国《わがくに》での有名《ゆうめい》な地蔵尊《じぞうそん》の一つに数《かぞ》えられるようになった。現《げん》に当今《とうこん》でも関西線《かんさいせん》の亀山《かめやま》と加太《かぶと》の中間《ちゅうかん》にある関駅《せきえき》から程遠《ほどとお》からぬ処《ところ》に立派《りっぱ》に此《こ》の地蔵尊《じぞうそん》が残《のこ》っておる。

◎天眼通《てんがんつう》を御覧《ごらん》に入《い》れる

二度目《どめ》の開眼《かいがん》は無事《ぶじ》に済《す》むと今度《こんど》は昨日《きのう》と大違《おおちが》い。土地《とち》の人々《ひとびと》等は「ヤレ生仏《いきぼとけ》さまを拝《おが》め」「大禅師様《だいぜんしさま》に無礼《ぶれい》があってはならぬ」と口々《くちぐち》に云《い》い囃《はや》しながら厚《あつ》く御礼《おれい》を申《もう》し述《の》べようとするが禅師《ぜんし》に取《と》っては大《だい》の迷惑《めいわく》。「オイ〳〵捨《す》ておいて下《くだ》され。乃公《わし》はそんなことをされるのは反《かえ》って嫌《きら》いじゃ。それよりも此後《このの ち》は地蔵《じぞう》さんを厚《あつ》く信心《しんじん》してくだされや」と云《い》い捨《す》てゝ、人々《ひとびと》の混雑《こんざつ》して居《お》る間《ま》に紛《まぎ》れて亀山《かめやま》の聖蓮寺《しょうれんじ》へ帰《かえ》られた。

すると此《こ》の噂《うわさ》が忽《たちま》ち近郷近在《きんごうきんざい》へ伝《つた》わったから此処《ここ》でも時《とき》ならぬ参詣者《さんけいしゃ》は引《ひ》きも切《き》らぬ有《あり》様《さま》。ところが噂《うわさ》は夫《そ》れだけでは無《な》く二三日滞在《にちたいざい》せられて居《お》る内《うち》に誰《た》れ云《い》うとなく「何《ど》うも大徳寺《だいとくじ》の大禅師様《だいぜんしさま》は流石《さすが》は生仏《いきぼとけ》さまじゃ。或《あ》る人《ひと》が聖蓮寺様《しょうれんじさま》へ参詣《さんけい》をすると御門内《ごもんない》の松《まつ》の木《き》の上《うえ》に大禅師様《だいぜんしさま》が座禅《ざぜん》を御組《おくみ》になって居《お》られたが暫《しば》らくする内《うち》に虚空《こくう》から雲《くも》に御乗《おの》りになって御下《おくだ》りになられたそうな。流石《さすが》は生仏様《いきぼとけさま》ではないか豪《えら》いものじゃ」と云《い》うようなことがバッと一時《じ》に云《い》い囃《はや》さるゝに至《いた》った。

と禅師《ぜんし》は此《こ》の事《こと》を耳《みみ》にせられ「道意《どうい》、世《よ》の中《なか》の人《ひと》と云《い》うものはいろんなことを云《い》い出《だ》すものじゃの。此《こ》んなことを信《しん》じるようでは万《まん》一悪心《あくしん》のあるものは何《ど》んなことをするかも知《し》れまい」「左様《さよう》でございます。誠《まこと》に怪《け》しからぬ噂《うわさ》で……」「さアそこでじゃ、乃公《わし》もあんなことを云《い》い触《ふら》されるのは反《かえ》って迷惑《めいわく》に思《おも》うから是《こ》れを門前《もんぜん》へ張《は》って下《くだ》され」「畏《かしこ》まりました」と禅師《ぜんし》の差《さ》し出《だ》された紙《かみ》を道意《どうい》は手《て》に取《と》って見《み》ると何日《いつ》の間《ま》に認《したた》められたか、一休老和尚《きゅうろうおしょう》は仏法《ぶっぽう》の修行《しゅぎょう》すでに道《みち》なりて天眼通《てんがんつう》を得《え》たり。虚空《こくう》に座《ざ》せんとすれば即《すなわ》ち座《ざ》し、座《ざ》せまじと思《おも》えば則《すなわ》ち座《ざ》せず。通力自在《つうりきじざい》を得《え》たり若《も》し疑《うたが》う人《ひと》あらば見物《けんぶつ》すべし。道意《どうい》は禅師《ぜんし》の云《い》い付《つ》けによって門前《もんぜん》の塀《へい》へ是《こ》れを貼《は》り付《つ》けると沢山《たくさん》な参詣人《さんけいにん》は是《こ》れを見《み》ていよ〳〵驚《おどろ》く。「モシ、何《な》んと豪《えら》いものではございませんか」「ヘーン、一体《たい》是《こ》れは何《な》んでございます。私《わたし》は目《め》が悪《わる》いのでトント読《よ》めませんが……」「ヘッ〳〵〳〵、字《じ》を読《よ》む時《とき》は御目《おめ》が悪《わる》いのでございましょう」「まアそんなことは何《ど》うでも宜《よろ》しいが是《こ》れは一体何《たいなに》が書《か》いてございますので……矢《や》ッ張《ば》り生仏《いきぼとけ》さまのことではございませんか」「エーエ、無論生仏《むろんいきぼとけ》さまのことでございます」「ヘーン」「生仏《いきぼとけ》さまは噂《うわさ》の通《とお》り通力自在《つうりきじざい》で天上《てんじょう》もなさいますとさ」「でございますか。豪《えら》いものでございますな。モシ、夫《そ》れでは其事《そのこと》を是《こ》れに書《か》いてございますので……」「左様《さよう》〳〵、御修業《ごしゅぎょう》が充分《じゅうぶん》に御出来《おでき》になって通力自在《つうりきじざい》であるから疑《うたが》うものは見《み》せてやろうと御書《おか》きになられてある」「ヘーン矢《や》ッ張《ば》り豪《えろ》うございますな。ナール程夫《ほどそ》れでは松《まつ》の上《うえ》で座禅《ざぜん》とやらを御組《おく》みになって居《お》ったと申《もう》しますが夫《そ》れくらいのことはお茶《ちゃ》の子《こ》サイ〳〵でございましょう」「無論何《むろんな》んでも無《な》いことでしょう」「併《しか》し夫《そ》れを誰《た》れにでも見《み》せてやると御書《おか》きになってあるのでございますな」「そうです〳〵」「夫《そ》れでは何《ど》うです話《はなし》の種《たね》に一寸見《ちょっとみ》せて貰《もら》おうじゃありませんか」なぞと云《い》う者《もの》があれば一方《ぼう》では、「オイ八ちゃん、何《ど》うも大禅師《だいぜんし》さまは矢《や》ッ張《ば》り豪《えら》いな」「全《まった》くだ、通力自在《つうりきじざい》とは何《ど》んなことをするのだろう」「さア、己《おい》らも知《し》らぬが見《み》せてやろうと云《い》うから一寸見《ちょっとみ》て来《こ》よう」「フン面白《おもしろ》かろう」と云《い》うような弥次馬《やじうま》も随分《ずいぶん》ある。此《こ》んな連中《れんちゅう》が張紙《はりがみ》を見《み》る毎《ごと》にズン〳〵聖蓮寺《しょうれんじ》の庫裡《くり》や玄関《げんかん》のほうへつめかけて、「モシ、大禅師様《だいぜんしさま》の通力自在《つうりきじざい》を拝《おが》まして頂《いただ》きとうございますが……」「オイ小僧《こぞう》さん、何《ど》うか一休老和尚《きゅうろうおしょう》さまに頼《たの》んで通力自在《つうりきじざい》と云《い》う奴《やつ》を見《み》せて貰《もら》って下《くだ》さい」「左様《さよう》〳〵、私《わたく》しにも御序《おついで》に見《み》せて頂《いただ》きとうございます」「小僧《こぞう》さん私《わた》しにもやせぜ」とワイ〳〵と騒《さわ》ぐので何《な》んにも知《し》らぬ小僧《こぞう》は驚《おどろ》いて禅師《ぜんし》の居間《いま》へ駈《か》け付《つ》けた。

「恐《おそ》れながら申《もう》し上《あ》げます。沢山《たくさん》な人達《ひとたち》が大禅師様《だいぜんしさま》に何《なに》か御見《おみ》せ頂《いただ》きたいと申《もう》して居《お》りますが何《ど》う致《いた》しましょう」「ハ、、、、来《き》ましたかな、宜《よろ》しい、夫《そ》れでは本堂前《ほんどうまえ》の広地《ひろち》へ行《ゆ》くように伝《つた》えて下《くだ》され」「畏《かしこ》まりました。併《しか》し一体何事《たいなにごと》でございます」「ハ、、、、乃公《わし》に通力自在《つうりきじざい》の術《じゅつ》を見《み》せよと云《い》うのじゃ。其方《そなた》は知《し》るまいが、先程門前《さきほどもんぜん》へ一寸看板《ちょっとかんばん》を出《だ》したので多分《たぶん》詰《つ》めかけたのであろう」「へーン……」「まア〱よいから一同《どう》の人達《ひとたち》に本堂《ほんどう》の前《まえ》へ行《ゆ》くよう伝《つた》えて下《くだ》され」「畏《かし》こまりました」

小僧《こぞう》は訝《いぶ》かしそうに思《おも》いながら早速引《さっそくひ》ッ返《かえ》して詰《つ》めかけた人々《ひとびと》に其旨《そのむね》を伝《つた》えると一同《どう》は大悦《おおよろこ》び。「さア夫《そ》れでは早《はや》く行《ゆ》け」「見易《みや》すい場所《ばしょ》を取《と》れ」とワア〱云《い》いながら雪崩《なだれ》をうって本堂《ほんどう》の前《まえ》へ押《お》し寄《よ》せた。

と程《ほど》なく禅師《ぜんし》はニコ〱笑《わら》いながら本堂《ほんどう》の椽端《えんはた》まで立《た》ち出《い》でられ「さて一同《どう》の方々《かたがた》にはよくも来《こ》られた。処《ところ》で御望《おのぞ》みによって先《ま》ず虚空《こくう》に登《のぼ》る筈《はず》であるが何分《なにぶん》にも旅先《たびさき》のことで梯子《はしご》の持《も》ち合《あわ》せが無《な》いから残念《ざんねん》ながら思《おも》うように出来《でき》かねる。就《つ》いては切角《せっかく》のことであるから此処《ここ》で其他《そのた》の通力自在《つうりきじざい》を御覧《ごらん》に入《い》れましょう。見落《みおと》しの無《な》いように見《み》ておかっしゃれや」と云《い》いながらポンと両手《りょうて》を叩《たた》き「さア是《こ》れが通力自在《つうりきじざい》の初《はじ》まりじゃ。鳴物《なりもの》の道具《どうぐ》なしに音《おと》を発《はっ》しる不思議《ふしぎ》でござろう」と云《い》われたが見物《けんぶつ》の一同《どう》は怪訝《けげん》な顔《かお》をして居《お》るばかりで誰《た》れも感《かん》じたものも無《な》い様子《ようす》。

が禅師《ぜんし》にはそんなことは少《すこ》しも心《こころ》にかけられず「是《こ》れからいよ〳〵本芸《ほんげい》にかゝりますぞ。さア宜《よろ》しいか乃公《わし》の手足《てあし》を乃公《わし》の思《おも》い通《とお》り通力自在《つうりきじざい》に動《うご》かしてみますからトックと御《ご》覧《らん》なされや」と云《い》うかと思《おも》えば椽《えん》の上《うえ》で両手両足《りょうてりょうあし》を思《おも》いのまゝ振《ふ》りながら跳《は》ね廻《まわ》って居《お》ること暫《しば》らく、軈《やが》て夫《そ》れを止《と》めて大声《おおごえ》で「是《こ》れが乃公《わし》の通力自在《つうりきじざい》でござるが一同《どう》の方々《かたがた》は判《わか》りましたか。人間《にんげん》は是《こ》れだけの通力自在《つうりきじざい》は定《さだ》まったもの、それ以上《いじょう》のことが出来《でき》れば不思《ふし》議《ぎ》と云《い》わねばならぬが不思議《ふしぎ》は世《よ》の中《なか》に無《な》い筈《はず》、夫《そ》れを迷《まよ》うような方々《かたがた》では今乃公《いまわし》がやった通力自在《つうりきじざい》も到底出来《とうていでき》ますまい」と叫《さけ》ばれたので多《おお》くの人々《ひとびと》は今更《いまさら》ながら「さては……」と感《かん》じ合《お》うたそうである。

処《ところ》が其中《そのなか》からツカ〳〵と立《た》ち現《あら》われた一人《ひとり》の男《おとこ》。「イヤ、大禅師《だいぜんし》の御話《おはな》し誠《まこと》に感心《かんしん》を致《いた》しました。就《つ》きましては不思議《ふしぎ》と申《もう》すことについて是非御伺《ぜひおうかが》い致《いた》しとうございますが、御答《おこたえ》を願《ねが》えましょうか」「ホヽー、何事《なにごと》かは存《ぞん》ぜぬが事《こと》によっては御答《おこた》えを致《いた》しましょう」

「実《じつ》は年来解《ねんらいげ》しかねる一事《じ》がございます」「はてな先《ま》ず其訳《そのわけ》を語《かた》って見《み》なされ」「余《よ》の儀《ぎ》で

はございませんが、世《よ》の中《なか》に輪廻《りんね》応報《おうほう》と申《もう》すことがございますな」「ホヽー、如何《いか》にもある」「さア夫《そ》れでございます。人《ひと》を殺《ころ》せば必《かなら》ず其報《そのむく》いがあると申《もう》しますが、夫《そ》れは当然《とうぜん》のこと〻致《いた》せ、仮《か》りに主人《しゅじん》の命令《めいれい》によって已《やむ》を得《え》ず或者《あるもの》を殺《ころ》すと致《いた》しますれば其殺《そのころ》されたもの〻応報《おうほう》は主人《しゅじん》にあるべきが至当《しとう》と存《ぞん》じますに、世《よ》には下手人《げしゅにん》は是《こ》れが為《た》め怨《うらみ》を受《う》け肝腎《かんじん》の主人《しゅじん》には何《な》んの祟《たた》りも無《な》いようなことがございますが、是《こ》れは誠《まこと》に不思議《ふしぎ》でございませんか。此《こ》の不思議《ふしぎ》を何卒大禅師《なにとぞだいぜんし》の自在《じざい》なる通力《つうりき》を以《もっ》て御調《おしら》べ下《くだ》されとう存《ぞん》じます」「ハヽヽヽ、夫《そ》れは決《けっ》して不思議《ふしぎ》では無《な》い。当然《とうぜん》のことじゃ」「是《こ》れは大禅師《だいぜんし》の御言葉《おことば》とは存《ぞん》じません。何《なに》が故《ゆえ》に当然《とうぜん》でございます」「オヽ夫《そ》れでは早《はや》い証拠《しょうこ》を見《み》せて進《しん》ぜよう。其方彼《そなたあ》の桜《さくら》の木《き》の下《した》に行《ゆ》かれて力《ちから》の限《かぎ》り其幹《そのみき》を震動《ゆすぶ》って見《み》なさい」「ヘッ、ですが夫《そ》れでは折角《せっかく》の花《はな》が散《ち》り果《はて》るでございましょう」「イヤ〱、法《のり》の道《みち》を示《しめ》す為《た》めには花《はな》は愚《おろ》か木《き》が枯《か》れても差《さ》し支《つか》えはございません。早《はや》くやって見《み》なさい」「畏《かし》こまりました」

其男《そのおとこ》は訝《いぶか》しそうに桜《さくら》の下《した》へ行《い》って禅師《ぜんし》の云《い》われる通《とお》り一生懸命其幹《しょうけんめいそのみき》を揺《ゆ》り動《うご》かすと、既《すで》に満開《まんかい》の花《はな》はバラ〱と散《ち》って其男《そのおとこ》の身体《からだ》に降《ふ》りかかった。

禅師《ぜんし》は夫《そ》れを見《み》られて「コレ〱、もうよい〱、さア夫《そ》れじゃ、其花弁《そのはなびら》は何《な》んの為《た》めに其方《そなた》の身《み》に降《ふ》り掛《かか》った。幹《みき》を揺振《ゆすぶれ》と云《い》うたのは乃公《わし》じゃ。又《ま》た其方《そなた》は乃公《わし》の言葉《ことば》によって揺《ゆす》ったのであろう。さすれば云《い》うた乃公《わし》に掛《かか》らねばならぬ筈《はず》であるのが反《かえ》って其方《そなた》の身体《からだ》に振《ふ》り掛《かか》ったでは無《な》いか」「ヘッ、恐《おそ》れ入《い》りました」

◎猫背《ねこぜ》じゃ無《な》い肥《こ》えてるのじゃ

聖蓮寺《しょうれんじ》に数日滞在《すうじつたいざい》せられて禅師《ぜんし》は或日和尚《あるひおしょう》に暇《いとま》を告《つ》げ、道意《どうい》を伴《つ》れられてブラリと立《た》ち出《いで》られて再《ふたた》び関《せき》の宿《しゅく》に戻《もど》り、此処《ここ》から南《みなみ》に岐《わか》れて伊勢街道《いせかいどう》を楠原《くすはら》のほうへ向《むか》われると折柄《おりから》後《うしろ》の方《かた》から恐《おそ》る〳〵声《こえ》を掛《か》けるものがある。禅師《ぜんし》は何気《なにげ》なく振《ふ》り向《むか》れると猫背《ねこぜ》も猫背《ねこぜ》、丸《まる》で大《おお》きな風呂敷包《ふろしきづつ》みでも背負《せお》うたような大《だい》の猫背《ねこぜ》の男《おとこ》が恭々《うやうや》しげに跪《ひざま》ずいて居《お》る。禅師《ぜんし》は是《こ》れに目《め》を止《と》められて「其方《そなた》は今私《いまわたし》を呼《よ》ばれたのでござるかの」「左様《さよう》でございます。道中《どうちゅう》にて突然《とつぜん》お呼《よ》び止《と》め申《もう》しますは誠《まこと》に失礼《しつれい》ではございますが、貴君《あなた》を大徳寺《だいとくじ》の大禅師様《だいぜんしさま》と御見立《おみたて》を致《いた》しまして一つ御願《おねが》いがございます」「オヽ如何《いか》にも乃公《わし》は大徳寺《だいとくじ》の一休《きゅう》でござるが其方《そなた》はついぞ見《み》たことも無《な》い御人《ごじん》……」「御尤《ごもっと》もでございます。私《わたくし》は先日関《せんじつせき》の宿《しゅく》で地蔵尊《じぞうそん》の御開眼《ごかいがん》あらせられし際《さい》、影《かげ》ながら御姿《おすがた》を拝《おが》みましたるものにございますが、其《その》後亀山《ごかめやま》の御宿《おんやど》まで伺《うかが》いまして実《じつ》は御願《おねが》いと存《ぞん》じましたなれども、御覧《ごらん》の通《とお》り不具者《かたわもの》でございますれば人《ひと》の見《み》る目《め》も五月蠅《うるさく》、其後《そのご》大禅師様《だいぜんしさま》には何《いず》れ伊勢《いせ》へ御参詣《ごさんけい》と承《うけた》まわりましたので誠《まこと》に失礼《しつれい》とは存《ぞん》じながらも実《じつ》は御道中《ごどうちゅう》を御通《おとお》りの節《せつ》御願《おねが》い申《もう》そうと存《ぞん》じ此程来毎日《このほどらいまいにち》此《こ》の処《ところ》に御待《おま》ち受《う》け致《いた》して居《お》りました」「ヤレ〳〵、それは御苦労《ごくろう》。して願《ねが》いとは如何《いか》ようのことでござるかナ」「ヘッ、夫《そ》れに付《つ》きまして誠《まこと》に陋屋《あばらや》にはございますれど、何卒私《なにとぞわたく》しの宅《たく》まで御立寄願《おたちよりねが》いあげまする。此処《ここ》から程遠《ほどとお》くはございませねば是非《ぜひ》に何《ど》うか……特《とく》に御《お》願《ねが》いを致《いた》したばかりではございませず、最早御中食《もはやごちゅうじき》の時刻《じこく》に間《ま》も近《ちか》く、旁《かたが》た私《わたく》しの志《こころざ》しとして粗末《そまつ》ではございますれど斎《とき》も差上《さしあげ》たく……」

強《たっ》て云《い》うまゝに禅師《ぜんし》は其男《そのおとこ》に従《したご》うて行《ゆ》かれると意外《いがい》とも意外《いがい》、在所《ざいしょ》とは云《い》え中々立派《なかなかりっぱ》な家構《いえがま》えの邸宅《ていたく》。然《しか》も其男《そのおとこ》は其家《そのや》の主人《しゅじん》と見《み》えて家内《かない》の者《もの》に何《なに》かと差図《さしず》をしては禅師《ぜんし》と道意《どうい》の両人《りょうにん》を頻《しき》りと待遇《もてなし》て居《お》る。と其内手《そのうちて》を尽《つく》した膳部《ぜんぶ》を運《はこ》ばれる、酒《さけ》が出《で》る、殊《こと》に其膳部《そのぜんぶ》には夫《そ》れと知《し》ってか禅師《ぜんし》の大好物《だいこうぶつ》である大《おお》きな蛸《たこ》さえ添《そ》えられてあると云《い》う殆《ほと》んど掻《かゆ》い処《ところ》へ手《て》の届《とど》いた饗応《きょうおう》に禅師《ぜんし》はホク〳〵物《もの》の大悦《おおよろこ》び。「コレハ〳〵結構《けっこう》なる御膳部《おぜんぶ》、遠慮《えんりょ》なしに頂戴《ちょうだい》いたします」「誠《まこと》に粗末《そまつ》にはございますれど何《ど》うか御《ご》ゆるりと召《め》し上《あが》られますよう。尚《なお》御都合《ごつごう》によれば何《ど》うか今宵《こよい》は御《ご》一泊《ぱく》のほど御願《おねが》いいたしまする」「辱《かた》じけのう存《ぞん》じますが併《しか》し其方《そなた》の願《ねが》いとは如何《いか》ようのことでございますかナ。世《よ》の中《なか》には旨《うま》いものを喰《た》べさせておいてサテと云《い》うことがございますから迂闊《うかつ》に油断《ゆだん》はなりませぬ、ハッ〳〵〳〵〳〵」「恐《おそ》れ入《い》りまする。実《じつ》は余《よ》の儀《ぎ》にございませぬが、大禅師様《だいぜんしさま》に有《あ》り難《がた》き御話《おはな》しを承《うけた》まわりたく……」「ホヽー、夫《そ》れは又《ま》た何《なん》とせられて」「ヘッ、最早世《もはやよ》の中《なか》はホト〳〵嫌《いや》になりましたれば……」「コレ〳〵、滅多《めった》なことは申《もう》すまい。人間《にんげん》の生命《いのち》を自《みずか》ら縮《ちぢ》めるのは大《だい》の呆《うつ》け者《もの》じゃ。何事《なにごと》も定命《じょうみょう》がある。其定命《そのじょうみょう》を得《たも》たぬのは第《だい》一御国《みくに》に対《たい》して不忠《ふちゅう》、第《だい》二に家《いえ》に対《たい》して不孝《ふこう》、第《だい》三に自分《じぶん》に対《たい》して不信《ふしん》、此《こ》の三ケ条《じょう》は何《ど》うしても免《のが》れませぬじゃ。処《ところ》で其方世《そなたよ》の中《なか》が嫌《いや》になったと申《もう》されるが斯程《かほど》の家《いえ》の主人《あるじ》とあれば何事《なにごと》に付《つ》け不自由《ふじゆう》はござるまい」「左様《さよう》でございます。御蔭《おかげ》を持《も》ちまして衣食住《いしょくじゅう》には何不自由《なにふじゆう》はございませねど、自分《じぶん》ながら愛想《あいそ》の尽《つ》きまするは此《こ》の身体《からだ》でございます」「其身体《そのからだ》が何《ど》うして愛想《あいそ》が尽《つ》きられた」「御覧《ごらん》の通《とお》り情《なさ》けなき不具《かたわ》の性来《うまれつき》。是《こ》れが為《た》め何《いず》れへ参《まい》りましても女小供《おんなこども》までも指《ゆび》をさして笑《わら》いますばかりか、自《みずか》らも又《ま》た卑下致《ひげいた》しまして人《ひと》と肩《かた》を比《くら》べることも出来《でき》ませず、本年《ほんねん》四十歳《さい》とも相成《あいな》りますが誰《た》れあって家内《かない》になろうと申《もう》す者《もの》もございません。幸《さいわ》いに少々《しょうしょう》の財産《ざいさん》はございますとは申《もう》せ是《こ》れでは世《よ》の中《なか》に居《お》っても少《すこ》しの楽《たの》しみもございませねば一層大禅師様《そうだいぜんしさま》に有《あ》り難《がた》き御話《おはな》しを承《うけたま》わり夫《そ》れを土産《みやげ》と致《いた》しまして身《み》を果《はて》とうございます」「ハヽヽヽ、さても心《こころ》の狭《せま》きことを云《い》われる。如何《いか》さま其方自身《そなたじしん》で不具者《かたわもの》と思《おも》えば世《よ》の中《なか》も嫌《いや》になろう。がそんなことを考《かんが》えておれば世《よ》の中《なか》の人《ひと》は悉《ことごと》く不具者《かたわもの》と云《い》わねばなりますまい。先《ま》ず早《はや》い話《はな》しは人間《にんげん》の身体《からだ》は百人《にん》寄《よ》れば百人《にん》、千人《にん》寄《よ》れば千人《にん》とも、悉《ことごと》く違《ちが》って居《お》ることは御存《ごぞん》じ無《な》いか。肥《こ》えた人《ひと》もあれば痩《や》せた人《ひと》もあり、背丈《せたけ》の低《ひく》い人《ひと》もあれば高《たか》い人《ひと》もある。処《ところ》が何《ど》れだけ肥《こ》えて何《ど》れだけ背《せ》の高《たか》い人《ひと》が普通《あたりまえ》の人間《にんげん》じゃとすると、其他《そのた》の人《ひと》は悉皆不具者《しっかいかたわもの》と云《い》わねばなりませぬぞ。殊《こと》に其内《そのうち》にも顔容貌《かおかたち》は一番変化《ばんへんか》が沢山《たくさん》ある。仮《か》りに観世音《かんぜおん》の御顔《おかお》が真誠《まった》くの人間《にんげん》であるとすれば世《よ》の中《なか》に観世音《かんぜおん》の御顔《おかお》に寸分違《すんぶんたが》わぬ人《ひと》は何人《なんにん》あります。さア此処《ここ》じゃ、其方《そなた》は成程《なるほど》背中《せなか》の肉《にく》が沢山《たくさん》飛《と》び出《だ》してあるから或《あ》いは世《よ》の人《ひと》は猫背《ねこぜ》と云《い》うであろう……」「まッ、真誠《まったく》でございます。それが為《た》め……」「まゝ聞《きか》っしゃい。さア夫《そ》れが猫背《ねこぜ》と自分《じぶん》も思《おも》うから腹《はら》も立《た》とう、が是《こ》れを背中《せなか》が肥《こ》えてあると思《おも》えば何《ど》うじゃ。世《よ》の中《なか》には腹《はら》の肥《こ》えた人《ひと》もある。是《こ》れを世間《せけん》の人《ひと》が見《み》て、やア彼《あ》の人《ひと》の腹《はら》は中々《なかなか》肥《こ》えておる、彼《あ》れは布袋腹《ほていばら》じゃ、立派《りっぱ》な腹《はら》じゃと云《い》えば真逆其人《まさかそのひと》は怒《おこ》りもすまい。是《こ》れと同《おな》じことで其方《そなた》の背中《せなか》も人《ひと》が彼《あ》れは猫背《ねこぜ》じゃ彼《あ》れは不具者《かたわもの》じゃ可笑《おか》しい背中《せなか》じゃと仮《か》りに笑《わら》った処《ところ》で、ハヽン己《お》れを褒《ほ》めて居《お》るな、そうだろう是《こ》れ位《くら》い背中《せなか》の肥《こ》えたものは沢山《たくさん》あるまいと思《おも》えば卑下《ひげ》をするどころでは無《な》く反《かえ》って威張《いば》りたくなるのは人情《にんじょう》じゃ」

「モシ、大禅師様《だいぜんしさま》、真逆此《まさかこ》んな背中《せなか》で威張《いば》れますものか……」「イヤ〳〵、是《こ》れが背中《せなか》に肉《にく》が凹《くぼ》んで取《と》れてあるより中々上等《なかなかじょうとう》じゃ。世《よ》の中《なか》に喰《た》べるものも充分喰《じゅうぶんた》べかねる為《た》めに骨《ほね》と皮《かわ》ばかりの人間《にんげん》は随分《たくさん》ある。此《こ》んなものこそ人中《ひとなか》へ出《で》ては恥《はず》かしかろう。が其方《そなた》なぞは何《ど》うして〳〵中々立派《なかなかりっぱ》な身体《からだ》じゃ」「ヘーン……」「殊《こと》に其方《そなた》の身体《からだ》は普通《あたりまえ》より小《ちい》さいと云《い》うのなればまだしも、背丈《せたけ》は少《すこ》しも愧《はず》かしいことは無《な》い。其上背中《そのうえせなか》の肉《にく》が夫《そ》れだけ沢山《たくさん》あるのじゃから明日《あした》からは何処《どこ》へ行《い》っても充分《じゅうぶん》に威張《いば》れます。が夫《そ》れでも何《なに》か気《き》が咎《とが》めるようなことがあれば及《およ》ばずながら乃公《わし》が立派《りっぱ》に保証《ほしょう》をする」「エッ、大禅師様《だいぜんしさま》が保証《ほしょう》……」「そうじゃ〳〵、決《けっ》して猫背《ねこぜ》は不具者《かたわ》では無《な》い。普通《ただ》の人《ひと》より背中《せなか》の肉《にく》が多《おお》いだけ立派《りっぱ》なものじゃと保証《ほしょう》をして進《しん》ぜる」「アッ、有難《ありがと》う存《ぞん》じます。夫《そ》れ承《うけたま》わりまして私《わたく》しも蘇生《よみがえ》ったような気持《きもち》が致《いた》します」「結構々々《けっこうけっこう》、それでこそ筋道《すじみち》の判《わか》った立派《りっぱ》な人《ひと》じゃ。此《こ》の上《うえ》ともに慈《じ》悲善根《ひぜんこん》を施《ほどこ》しなさい。さすれば誰《た》れが何《な》んと云《い》うても少《すこ》しも愧《はず》かしいことは無《な》い。世《よ》の中《なか》の一番《ばん》不具者《かたわ》と云《い》うのは人《ひと》の行《おこな》うべき道《みち》を踏《ふ》まぬものこそ第《だい》一の不具者《かたわ》じゃ。其方《そなた》も努《つと》めてそんな不具者《かたわ》にならぬよう心掛《こころがけ》るのが肝腎《かんじん》でござるぞ」

禅師《ぜんし》の話《はなし》を聞《きい》て此《こ》の家《や》の主人《しゅじん》は俄《にわ》かに大悦《おおよろこ》び。「お蔭《かげ》で私《わたく》しも何《な》んだか急《きゅう》に肩身《かたみ》の広《ひろ》くなった気持《きもち》が致《いた》します」「それ〳〵、そうなくては適《かな》わぬ。ドレ〳〵後《のち》の為《た》めに一筆《ふで》書《か》いてやりましょう」と早速紙《さっそくかみ》と硯《すずり》を取《と》り寄《よ》せ、

はちす葉《は》の濁《にご》りにそまぬ露《つゆ》の身《み》は
たゞ其《その》まゝに真如極楽《しんにょごくらく》

「さア〳〵是《こ》れじゃ、心《こころ》さえ真《ま》ッ直《すぐ》に持《も》って居《お》れば何処《どこ》へ行《い》っても少《すこ》しも愧《はず》かしいことは無《な》い。夫《そ》れでこそ真誠《まったく》の極楽《ごくらく》であるぞ」「へヽッ、有《あ》り難《がと》うございます。御蔭《おかげ》で漸《ようや》く夢《ゆめ》が覚《さ》めました。此《こ》んな嬉《うれ》しいことはございません」と躍《おど》らんばかりの悦《よろこ》び。

処《ところ》へ合《あい》の襖《ふすま》を開《あ》けて恐《おそ》る〳〵這入《はい》って来《き》たのは背丈《せたけ》のチンチクリンの処《ところ》へ痩《や》せたとも痩《や》せた丸《まる》ッ切《き》り小人島《こびとじま》の仙人《せんにん》か骨皮筋右衛門《ほねかわすじえもん》でも裸足《はだし》で逃《に》げ出《だ》そうと云《い》うような男《おとこ》。敷居際《しきいぎわ》に両手《りょうて》を突《つ》いて「大禅師様《だいぜんしさま》に初《はじ》めて御目《おめ》に掛《かか》ります。私《わたく》しは当家主人《とうけしゅじん》の実弟《じってい》にございま

するが、聊《いささ》か御願《おねが》いがございます」

◎黄金《こがね》の棒《ぼう》よりも針《はり》

兄弟《きょうだい》が揃《そろ》いも揃《そろ》うて人並外《ひとなみはず》れた生《うま》れ付《つき》に禅師《ぜんし》の次《つ》ぎに控《ひか》えた道意《どうい》は思《おも》わずプッと吹《ふ》き出《だ》そうとする可笑《おか》しさを奥歯《おくば》で噛《か》んで堪《こら》えて居《お》ると禅師《ぜんし》は平気《へいき》で這入《はい》って来《き》た男《おとこ》に目《め》を付《つ》けられた。「オヽ、其方《そなた》も何《なに》か願《ねが》いがあるとか」「ヘッ、只今兄《ただいまあに》に御悟《おさと》し下《くだ》されました御言葉《おことば》を次《つ》ぎの間《ま》に居《お》りまして承《うけたま》わりましたが、夫《そ》れに付《つ》きましては私《わたく》しは誠《まこと》に羨《うらや》ましく存《ぞん》じまする」「是《こ》れは又《ま》た意外《いがい》なことを申《もう》される。見《み》れば其方《そなた》は身体《からだ》こそ小《ちい》さいが別《べつ》に背中《せなか》にも異状《いじょう》は見受《みう》けず……」「ヘッ、幸《さいわ》いに背中《せなか》は助《たす》かりましたなれども、只今《ただいま》の御話《おはな》しを承《うけたま》わるにつけ、それがございませんだけ尚更《なおさら》に兄《あに》の身《み》が羨《うらや》ましく存《ぞん》じます。殊《こと》に御覧《ごらん》の通《とお》り至《いた》って背丈《せたけ》の低《ひく》うございます処《ところ》へ何《ど》う云《い》うものか性来《しょうらい》の痩《や》せ性《しょう》、如何《いか》に致《いた》しましても一向《こう》肥《こ》え太《ふと》りません。が身体《からだ》は小《ちい》さいながらも一通《とお》りでございますので是《こ》れ迄《まで》は兄《あに》に向《むか》いましても多少《たしょう》は自慢《じまん》を申《もう》しましたが前刻来《せんこくらい》の御話《おはな》しによりますと、いよ〳〵私《わたく》しは卑下《ひげ》を致《いた》さねばなりません。就《つ》きましてはホト〳〵世《よ》の中《なか》が嫌《いや》になりましたにより、何《ど》うか一生《しょう》の御《お》願《ねが》いとして何《なに》か有《あ》り難《がた》きお話《はな》しを承《うけたま》わりとうございます」

是《こ》れには道意《どうい》ばかりか流石《さすが》の禅師《ぜんし》も少々面喰《しょうしょうめんくら》われた様子《ようす》。心《こころ》の内《うち》で「オヤ〳〵、何《ど》うも変《へん》な奴《やつ》が飛《と》び出《だ》したぞ。此奴《こいつ》は迂闊《うかつ》に返答《へんとう》は出来《でき》ぬ。弟《おとうと》のほうを慰《なぐさ》めてやれば兄《あに》が気《き》を悪《わる》くするだろう。と云《い》うて此《こ》のまゝで捨《す》てておけば弟《おとうと》は無論変《むろんへん》な気《き》を出《だ》しておるに違《ちが》いは無《な》い。それにしてもよくも一ツの家《いえ》に斯《こ》んな男《おとこ》が揃《そろ》ったものじゃ。まて〳〵何《な》んとか此《こ》の場《ば》を誤魔化《ごまか》して二人《ふたり》とも慰《なぐさ》めてやらずばなるまい」と早《はや》くも思《おも》い定《さだ》められて「ホヽー、何《ど》うして其方《そなた》は卑下《ひげ》をせねばなりません。仮令《たとえ》小《ちい》さいながらも一通《とお》り揃《そろ》うて居《お》れば是《こ》れに越《こ》したことはございますまい」「ヘッ、けれども大禅師様《だいぜんしさま》、実《じつ》は私《わたく》しも他所《よそ》へ参《まい》りますと途中《とちゅう》で女小供《おんなこども》なぞが指《ゆび》をさして笑《わら》いますので平常卑下《しじゅうひげ》を致《いた》して居《お》りますが、夫《そ》れでも自家《うち》へ帰《かえ》りますれば兄《あに》だけには鼻《はな》を高《たか》くしまして僅《わず》かに心《こころ》を慰《なぐ》さめて居《お》りましたのでございます。処《ところ》が前刻《せんこく》からの御話《おはな》しでは痩《や》せたものや身体《からだ》の小《ちい》さいものこそ卑下《ひげ》をせねばならぬけれども兄《あに》のような猫背《ねこぜ》は少《すこ》しも愧《はず》かしく無《な》いとやらの仰《おお》せ。そう致《いた》しますと私《わたく》しなぞはイの一番《ばん》に卑下《ひげ》を致《いた》さねばならぬかと誠《まこと》に悲《かな》しゅうございます」「ハヽヽヽ、夫《そ》れほどのことが何故《なにゆえ》悲《かな》しいと云《い》われる。身体《からだ》の小《ちい》さいのも又《ま》た猫背《ねこぜ》もツマリ生《うま》れ付《つ》きなれば仕方《しかた》はあるまい。殊《こと》に身体《からだ》にして見《み》れば成程《なるほど》お前《まえ》さんのほうが小《ちい》さいから負《まけ》になるかも知《し》れませぬが夫《そ》れも心《こころ》の持《も》ち次第《しだい》で何《ど》うともなる」「チョッ、一寸御待《ちょっとおま》ちを願《ねが》います。成程兄《なるほどあに》の身体《からだ》は肥《こ》えたとか何《な》んと心《こころ》の持《も》ち工合《ぐあい》で何《ど》うとも諦《あき》らめは付《つ》きましょうが私《わたし》なぞは斯《か》様《よう》の身体《からだ》でございますから……」「さア夫《そ》れが其方《そなた》の考《かんが》えが足《た》らぬからじゃ」「そッ、それは一体《たいど》何《ど》う云《い》う訳《わけ》で」「されば、仮令《たとえ》て云《い》えば黄金《こがね》じゃ。世《よ》の中《なか》に金物類《かなものるい》を数《かぞ》えればいろ〳〵あるが其内《そのうち》で黄金《こがね》は貴《たっと》いものか又《ま》た卑《いや》しいものか何方《どっち》じゃ」「ヘエ、そりゃ申《もう》すまでもございません。先《ま》ず黄金《こがね》より貴《たっと》いものは多《おお》くございますまい」「そうだろう。それでは其黄金《そのこがね》が此《こ》の指先《ゆびさき》ほどの大《おお》きさと、鉛《なまり》が此《こ》の茶碗《ちゃわん》ほどの大《おお》きさと交換《かえごと》をするとお前《まえ》さんは何方《どっち》を取《と》る」「ヘッ、そりゃ黄金《こがね》のほうを取《と》ります」「フム、それは畢竟大《ひっきょうおお》きい鉛《なまり》より小《ちい》さい黄金《こがね》のほうが貴《たっと》いからであろう」「ナッ、ナール程《ほど》。するとツマリ私《わたく》しは小《ちい》さくとも黄金《こがね》でございますか……」「まア、判《わか》らぬが是《こ》れもお前《まえ》さんの心持次第《こころもちしだい》じゃ」「成程《なるほど》……」「又《ま》た貴《たっと》い貴《たっと》ないは二段《だん》として此処《ここ》に煙管《きせる》ほどの黄金《こがね》の棒《ぼう》がある」「モシ、何処《どこ》にございます……」「まア、待《ま》たっしゃい。是《こ》れは譬《たと》えじゃ」「ヘーン」「処《ところ》が又《ま》た別《べつ》に一本《ぼん》の針《はり》がある」「それも譬《たとえ》でございますな」「そうじゃく、其黄金《そのこがね》の棒《ぼう》と一本《ぼん》の針《はり》のある処《ところ》でサテ衣服《きもの》を縫《ぬ》わねばならぬとすれば忽《たちま》ち針《はり》は無《な》くてはなるまい」「それから糸《いと》も要《い》りましょう」「ハヽヽヽ、如何《いか》にも針《はり》と糸《いと》とは無《な》ければならぬが黄金《こがね》の棒《ぼう》では縫《ぬ》えますまい」「そりゃ勿論《もちろん》でございます。昔《むかし》から黄金《こがね》の棒《ぼう》で衣服《きもの》を縫《ぬ》うた人《ひと》はございますまい」「さア、無《な》いばかりでは無《な》い。そんなもので縫《ぬ》える筈《はず》は無《な》い、何《ど》うしても針《はり》が入用《いりよう》じゃ」「フンく」「すれば貴《たっと》い黄金《こがね》の大《おお》きい棒《ぼう》よりも鉄《てつ》の小《ち》さい針《はり》のほうが大切《たいせつ》であろう」「成程《なるほど》、それでは私《わたく》しは小《ち》さい針《はり》で兄《あに》は衣服《きもの》を縫《ぬ》うのに役《やく》に立《た》たぬ黄金《こがね》の棒《ぼう》でございますかナ。ヤッ有《あ》り難《がた》い……」「ハヽヽヽ、けれども黄金《こがね》の棒《ぼう》は成程《なるほど》衣服《きもの》を縫《ぬ》うには役《やく》に立《た》たぬが、使《つか》い道《みち》によれば針《はり》どころの比《くら》べものにはなりません」「エッ、それでは針《はり》は矢《や》ッ張《ば》り負《ま》けますか」「さればさ、黄金《こがね》は一般《ぱん》の人《ひと》に珍重《ちんちょう》がられ尊《たっと》がられていろくの飾《かざ》り物《もの》に使《つか》われるが針《はり》は衣服《きもの》を縫《ぬ》う時《とき》にこそ間《ま》に合《あ》うが其他《そのた》の時《とき》には仕方《しかた》はあるまい」「フム、情《なさけ》ないなア……」「であるから黄金《こがね》は黄金《こがね》として貴《たっと》び、針《はり》は針《はり》だけの本分《ほんぶん》を尽《つく》して居《お》れば何《なに》も卑下《ひげ》するには及《およ》びますまい」「成程《なるほど》……」

弟《おとと》は禅師《ぜんし》の言葉《ことば》によって稍心《やや こころ》を慰《なぐさ》めたが夫《そ》れでも充分腑《じゅうぶんふ》に落《お》ちかねたらしい。ジッと考《かんが》えた後聴《のちやが》て言葉《ことば》をついで「御蔭《おかげ》で大分判《だいぶんわか》りましたが、夫《そ》れにしても何《ど》うも針《はり》くらいでは残《ざん》念《ねん》でたまりません。何《な》んとか今少《いますこ》し大《おお》きくなる方法《ほうほう》はございますまいか」「ハ、、、、夫《そ》れでは斯《こ》んな譬《たとえ》がある。昔或《むかしあ》る処《ところ》に至《いた》って背《せ》の低《ひく》い人《ひと》がありましたが、世間《せけん》からいろ〳〵の事《こと》を云《い》われるので誠《まこと》に残念《ざんねん》でたまらぬ」「へーへ、真誠《まったく》でございます」「さア夫《そ》れでいろ〳〵考《かんが》えて自分《じぶん》は性来《うまれつき》であるから仕方《しかた》が無《な》いがセメテ自分《じぶん》の児《こ》だけは立派《りっぱ》な大《おお》きさのを産《うま》れさせたいと云《い》う処《ところ》から容貌《みめ》かたちよりも人並勝《ひとなみすぐ》れた体格《たいかく》の丈夫《じょうぶ》な家内《かない》を貰《もら》おうと彼方此方《あなたこなた》を探《さが》すと漸《よう》く一人《ひとり》見付《みつ》かった」「ヘーエ、そりゃ悦《よろこ》びましたろう」「背《せ》から体格《たいかく》から丁度《ちょうど》仁王《におう》さんか鍾馗《しょうき》のような頑丈《がんじょう》な女《おんな》であったが其代《そのかわ》り容貌《かたち》と云《い》えば二目《め》と見《み》られぬような醜《みに》くい姿《すがた》だったそうな。けれども何分《なにぶん》にも人並勝《ひとなみすぐ》れた丈夫《じょうぶ》な小供《こども》を産《うま》せたいと云《い》うので夫《そ》れを漸《よう》く女房《にょうぼう》に貰《もら》うたが間《ま》も無《な》く懐妊《かいにん》して産《うま》れたのは女《おんな》の子《こ》じゃ」「成程《なるほど》、すると其《その》小供《こども》は丈夫《じょうぶ》でございましたか」「如何《いか》にも、だん〳〵年《とし》が長《た》つにつれ体格《ほねぐみ》は母親《ははおや》に似《に》て至《いた》って丈夫《じょうぶ》な六尺余《しゃくあま》りの女《おんな》になりました」「六尺《しゃく》……ヘーン」「処《ところ》が年頃《としごろ》になっていよ〳〵嫁《よめ》入《いり》をさせようとしたが、何分《なにぶん》にも身体《からだ》の頭抜《ずぬ》けて大《おお》きい処《ところ》へ容貌《きりょう》と云《い》えば母親《ははおや》に似《に》て見《み》てもゾッとするような顔《かお》の為《た》めに誰《た》れも貰《もら》おうと云《い》うものが無《な》く、父親《てておや》も持《も》て扱《あつ》かえば当人《とうにん》も一生面白《しょうおもしろ》からん月日《つきひ》を送《おく》ったと云《い》うことがある」「何《ど》うも可愛《かわい》そうでございますな」「さア、夫《そ》れと云《い》うのも父親《ておや》が自身《じしん》の身体《からだ》を考《かんが》えずと余《あま》りな望《のぞ》みを起《おこ》したからじゃ。ツマリ針《はり》を棒《ぼう》にしようと考《かんが》えたから斯《こ》んなことが起《おこ》ったのじゃ。それでお前《まえ》さんも自分《じぶん》は小《ちい》さい黄金《こがね》か、衣服《きもの》を縫《ぬ》うのに無《な》くて無《な》らぬ針《はり》と思《おも》うて居《お》れば世間《せけん》へ出《で》ても少《すこ》しも卑下《ひげ》をするに及《およ》ばぬ」

噛《か》んで含《ふく》めるように云《い》う禅師《ぜんし》の言葉《ことば》に遉《さす》がの弟《おとうと》もスッカリ会得《えとく》をしたか非常《ひじょう》に悦《よろこ》んで「漸《ようや》く判《わか》りました、有《あ》り難《がと》うございます。就《つ》きましては私《わた》しにも兄《あに》と同様《どうよう》に何《なに》か一筆《ふで》お願《ねが》いを致《いた》します」と請《こ》われるまゝ早速禅師《さっそくぜんし》は筆《ふで》を執《と》られて、

見《み》るごとに皆《みな》そのまゝの姿《すがた》かな
柳《やなぎ》はみどり花《はな》はくれない

と書《か》き記《しる》され、其夜《そのよ》は其処《そこ》に一泊《ぱく》して、翌早朝《よくそうちょう》からいよ〳〵伊勢《いせ》へ向《むか》われた。

◎乞食坊主《こじきぼうず》に用《よう》は無《な》い

さて禅師《ぜんし》には格別道中《かくべつどうちゅう》を急《いそ》ぎもせられず、道意《どうい》を伴《つ》れられてブラ〳〵椋本《むくもと》も過《す》ぎ、久保田《くぼた》も過《す》ぎ、宗旨《しゅうし》は違《ちが》うが音《おと》に名高《なだか》い専修寺《せんしゅうじ》へも参詣《さんけい》をせられ是《こ》れから津《つ》へ向《むか》われようとする途中《とちゅう》、道端《みちばた》の茶店《ちゃみせ》に腰《こし》を下《おろ》して休《やす》まれると其処《そこ》に居合《いあわ》した三四人《にん》の百姓《しょう》「なア作蔵《さくぞう》どん、聞《き》けば吾平《ごへい》どんもトー〳〵鍬《くわ》を取《と》りあげられたとよ」「エッ、吾平《ごへい》どんが、フーム、又《ま》た例《いつ》もの通《とお》りでかい」「何《ど》うやらそうらしい。気《き》の毒《どく》なものじゃのオ」「ほんまに今《いま》のような調子《ちょうし》では終《しまい》に一人《ひとり》も働《はたら》くものは無《な》いようになるであろう」「そうだ〳〵そりゃ此方《こっち》も悪《わる》いと云《い》えば悪《わる》いがアンマリ御取《おと》り立《たて》の仕方《しかた》が厳《きび》し過《す》ぎるなア」「まったくだ、それもお取《と》り上《あげ》になるものに事《こと》を欠《か》いて我《わ》れ〳〵百姓《しょう》の肝腎《かんじん》のものを取《と》り上《あ》げられては何《ど》うすることも出来《でき》ぬから困《こま》ったものじゃテ」と何《ど》うやら年貢《ねんぐ》のことについて上役人《かみやくにん》の厳《きび》しいことを語《かた》って居《お》るらしく聞《きこ》えた。

禅師《ぜんし》は是《こ》れに暫《しば》らく耳《みみ》を傾《かたむ》けられたが軈《やが》て「モシ、一寸御尋《ちょっとおたず》ね致《いた》しますが、其吾平《そのごへい》どんとやらは何《ど》うせられましたので……」「ヘエ、是《こ》れは御出家《ごしゅっけ》でございますか。ナーニ実《じつ》はその……お上《かみ》のお取立《とりたて》がアンマリ厳《きび》しゅうございますので……」「ホヽー、夫《そ》れでは何《なん》でございますか無法《むほう》な御取立《おとりたて》でもすると云《い》うのでございますか」「イエ、別《べつ》に無法《むほう》と申《もう》す訳《わけ》ではございませんが、何分《なにぶん》にも土地《とち》の鳥山《とりやま》さんと云《い》う地頭《じとう》さんがヘヽヽヽ」「それでは鳥山《とりやま》とか云《い》う地頭《じとう》さんが厳《きび》しいとかでも云《い》うのでございましょうナ」「ヘエ〳〵、まアそんなものでございます。その何《な》んでございます、お取《と》り立《た》てが度々《たびたび》ございます処《ところ》へ万《まん》一納《おさ》めるのが後《おく》れますと私《わたく》し共《ども》が生命《いのち》から二番目《ばんめ》の百姓道具《しょうどうぐ》を御取上《おとりあげ》になられますので……尤《もっと》もお取《と》り立《た》てに付《つ》いては元《もと》より何《なに》も苦情《くじょう》がましいことを申《もう》すのではございませんが、道具《どうぐ》を御取《おと》りあげになられますのは第《だい》一に苦《くる》しゅうございますので……」「百姓道具《しょうどうぐ》を取《と》り上《あ》げられるフーム……、それは困《こま》るだろう。それでは一層其訳《そうそのわけ》を認《したた》めて御願《おねが》いをすればよろしかろう」「ヘーエ、その御願《おねが》いとは何《ど》う致《いた》しますので……」「ナーニ、外《ほか》では無《な》いが我《わ》れ我《わ》れは肝腎《かんじん》の道具《どうぐ》をお取《と》り上《あげ》になられては働《はたら》くことも出来《でき》ず非常《ひじょう》に困《こま》るから何《ど》うか夫《そ》れだけは許《ゆる》して貰《もら》いたいと記《しる》せば宜《よろ》しいではございませんか」「ヘエ、処《ところ》がそんなことを書《か》く迄《まで》も無《な》く是《こ》れ迄《まで》地頭《じとう》さんへ度々《たびたび》御願《おねが》いを致《いた》しましてさえ御聞《おき》き届《とど》けは下《くだ》さいませんので」「夫《そ》れは不可《いけ》ますまい。斯《こ》んなことは地頭《じとう》さんの腹《はら》で計《はか》らうにした処《ところ》が書面《しょめん》でなくては表面《おもてむき》にならぬから口先《くちさき》だけで御許《おゆる》し頂《いただ》くことは六《むつ》かしかろう」「左様《さよう》でございますか……けれども御愧《おはずか》しいことでございますが、その……書面《しょめん》を書《か》くものがございませんので……」「成《なる》ほど、それは気《き》の毒《どく》じゃ、夫《そ》れでは乃公《わし》が書《か》いて進《しん》ぜよう」「エッ、御出家様《ごしゅっけさま》は御書《おか》き頂《いただ》けますか。ヤレ〱夫《そ》れは有難《ありがた》い。が何《ど》うでしょう夫《そ》れを差出《さしだ》しますと御聞《おき》き届《とど》け頂《いただ》けましょうか」「無論《むろん》御許《おゆる》しはあろう。併《しか》し此《こ》の辺《へん》は大神宮様《だいじんぐうさま》の方《ほう》へ納《おさ》めるのですか、又《ま》た別《べつ》に領主《りょうしゅ》はございますのですか」「ヘエ〱、此処《ここ》は六条様《じょうさま》の御領分《ごりょうぶん》でございます」「左様《さよう》か夫《そ》れなれば別《べつ》に表《おもて》だった願書《がんしょ》にも及《およ》びますまい。ドレ〱記《しる》してあげましょう」と矢立《やたて》と懐紙《かいし》を取《と》り出《だ》されスラ〱と何《なに》か書《か》き付《つ》けられたが、フト何《なに》か考《かんが》えられて「モシお百姓《しょう》、是《こ》れは事《こと》によればお前《まえ》さんでは六《むつ》かしいかも知《し》れぬぜ」「ヘーン、何故《なぜ》でございます」「されば、万《まん》一先方《せんぽう》で尋《たず》ねられた時《とき》には返答《へんとう》は出来《でき》ますまい」「ドッ、何《ど》んな返答《へんとう》でございます」「ハ、、、、何《ど》んな返答《へんとう》と聞《き》かれては困《こま》るが、第《だい》一お前《まえ》さんは是《こ》れまで御家老《ごかろう》のお邸《やしき》へ行《ゆ》かれたことはありますか」「ゲッ、御家老《ごかろう》のお邸《やしき》……モシ御出家《ごしゅっけ》、迂闊《うかつ》にそんな処《ところ》へ出掛《でか》けて行《ゆ》けば何《ど》んなお咎《とが》めがあるかも知《し》れません」「コレく、御家老《ごかろう》は夫《そ》れほど無茶《むちゃ》のお方《かた》でございますか」「イエ別《べつ》に無茶《むちゃ》と云《い》うことはございませんけれども御門前《ごもんぜん》まで行《い》って御覧《ごらん》なさい。気味《きみ》の悪《わる》い御門番《ごもんばん》がギロリと眼《め》をむいて居《い》やっしゃるぜ」「ハ、、、、そんなことで御願《おねが》いに行《い》った処《ところ》で返答《へんとう》どころか御門内《ごもんない》までも這入《はい》ることは出来《でき》かねましょう」「そりゃ地頭《じとう》さんの御邸《おやしき》なれば参《まい》りますが御家老《ごかろう》のお邸《やしき》ではチット……」「さア、それじゃからお前《まえ》さんでは六《むつ》かしいと云《い》うのじゃ」「けれども地頭《じとう》さんのほうへ持《も》って行《ゆ》けば利《き》きませんか」「それは先《ま》ず御許《おゆる》しは無《な》かろう」「ヘーエ、夫《そ》れでは折角貴君《せっかくあなた》が御書《おか》き下《くだ》さっても仕方《しかた》がありませんなア」「さア其処《そこ》でじゃ、其《その》御家老《ごかろう》さまの御邸《おやしき》は何処《どこ》じゃ、お前《まえ》さんは知《し》って居《お》るだろう」「ヘエ〱、それは存《ぞん》じて居《お》ります。津《つ》の御城下《ごじょうか》でございます」「フム、それでは乃公《わし》も聞《き》かぬ内《うち》は兎《と》も角《かく》、耳《みみ》にした以上《いじょう》は捨《す》ておくわけにはなりかねるから此《こ》の書面《しょめん》を乃公《わし》が持《も》って行《い》って進《しん》ぜる」「エ、ッ、貴君《あなた》が……そッ、それは有《あ》り難《がと》うございますが夫《そ》れだけは御廃《およ》しなさいませ。尤《もっと》も旨《うま》くゆけば此《こ》の在所《ざいしょ》の為《た》めにはございますが、万《まん》一御許《おゆる》しの下《くだ》らぬ剰《あまつ》さえ貴公《あなた》が変《へん》なことから御咎《おとが》めを受《う》けるようなことがございましては申《もう》し訳《わけ》はありません」「其儀《そのぎ》は心配無用《しんぱいむよう》じゃ。人《ひと》を助《たす》けるのは出家《しゅっけ》の役《やく》、殊《こと》に沢山《たくさん》の人《ひと》の為《た》めにお咎《とが》めを受《う》くるは愚《おろ》か生命《いのち》を捨《す》てゝも本望《ほんもう》じゃぞッ」「それほどまでに仰言《おっしゃっ》て頂《いた》だきますれば無論《むろん》御願《おねが》いを致《いた》しますが、併《しか》し……」「ハヽヽヽ、併《しか》しも何《なに》もございません。処《ところ》でお前《まえ》さんに頼《たの》みがある」「ヘエ〳〵何《ど》んな御用《ごよう》でございます」「外《ほか》のことでは無《な》いが乃公《わし》は御家老《ごかろう》の御邸《おやしき》は何処《どこ》か存《ぞん》ぜんから気《き》の毒《どく》ではあるが其表《そのおもて》まで送《おく》ってはくれまいか」「メッ、メッ、滅相《めっそう》も無《な》い。それだけは真《ま》ッ平《ぴら》、万《まん》一御出家《ごしゅっけ》と一緒《しょ》に連累《まきぞえ》にされては大変《たいへん》でございますから……」「コレ〳〵、けれども全体《ぜんたい》はお前《まえ》さん方《がた》の在所《ざいしょ》の為《た》めではございませんか。さすれば普通《あたりまえ》なれば乃公《わし》は何《なに》も関係《かんけい》が無《な》いのじゃ。お前《まえ》さん方《がた》から進《すす》んで行《ゆ》かれずばなりますまい」「ヘッ、そりゃそうでございますが、それは出来《でき》ませんので……では御出家《ごしゅっけ》、折角御親切《せっかくごしんせつ》に仰言《おっしゃっ》て下《くだ》さいましたが是《こ》れは私共《わたしども》のほうからキッパリお断《ことわ》りを致《いた》しましょう」「コレ〳〵、何《な》んと云《い》うことを云《い》わっしゃる。乃公《わし》のほうから断《ことわ》ってもお前《まえ》さん方《がた》から頼《たの》むのは当然《あたりまえ》じゃ無《な》いか」「へエ、けれども御断《おことわ》りを致《いた》しますので……」「処《ところ》が乃公《わし》は意地《いじ》からでも行《ゆ》くことにする。が夫《そ》れについてお前《まえ》さん達《たち》へは少《すこ》しも迷惑《めいわく》を掛《か》けるようなことをせぬのは勿論《もちろん》、立派《りっぱ》にお許《ゆる》しを貰《もら》って進《しん》ぜるから御門前《ごもんぜん》まで行《ゆ》かずともよろしい、其近所《そのきんじょ》まで案内《あんない》して下《くだ》され」「ドッ、何《ど》うも御出家《ごしゅっけ》、貴公《あなた》は物好《ものずき》でございますな」「フム〳〵、乃公《わし》は此《こ》んなことは大層《たいそう》好《す》きじゃ。さ、早《はや》く案内《あんない》をして下《くだ》され」
百姓等《しょうら》は家老《かろう》の邸《やしき》へ出掛《でか》けて万《まん》一咎《とが》められてはと云《い》う懸念《けねん》から躊躇《ちゅうちょ》をして居《お》るもの丶頼《たの》みたいのは腹《はら》一杯《ばい》だから、遂《つい》には其場《そのば》に居合《いあわ》すもの等《ら》ヒソ〳〵相談《そうだん》を初《はじ》めた末《すえ》「御出家《ごしゅっけ》、夫《そ》れでは間違《まちが》いございませんな」「ハヽヽヽ、万《まん》一間違《まちが》いがあった処《ところ》でお前《まえ》さん方《かた》には一切迷惑《さいめいわく》を掛《か》けません」「そッ、それでは御案内致《ごあんないいた》しましょう」と其内《そのうち》の一人《ひとり》は漸《ようや》く納得《なっとく》して同行《どうこう》することゝなった。

其処《そこ》から津《つ》までは一里《り》ばかりの道中《どうちゅう》。何事《なにごと》も無《な》く打《う》ち過《す》ぎられた禅師《ぜんし》の一行《こう》は津《つ》の城下《じょうか》へ這入《はい》ってトある邸町《やしきまち》にかゝった時《とき》、例《れい》の百姓《しょう》は遥《はる》か彼方《あなた》の方《かた》を恐《おそ》る〳〵指《ゆびさ》して「御《ご》ッ、御出家《ごしゅっけ》、御家老様《ごかろうさま》の御邸《おやしき》はソレ先方《むこう》に見《み》える大《おお》きなお長屋《ながや》のある御門《ごもん》な、彼《あ》の御門《ごもん》のある処《ところ》でございますから私《わた》しは是《こ》れで帰《かえ》らして頂《いただ》きます。尚此方《なおこちら》のほうは何《ど》うか宜敷《よろしゅ》う御願《おねが》い致《いた》しますぜ。又《ま》た御用《ごよう》がございますれば先程《さきほど》の茶店《ちゃみせ》まで御越《おこ》し下《くだ》さいませ」と云《い》うだけ云《い》い捨《す》てたまゝ元来《もとき》た道《みち》へ韋駄天走《いだてんばし》りに立《た》ち去《さ》った。

其後《そのあと》を見送《みおく》られた禅師《ぜんし》はニコ〳〵笑《わら》いながら道意《どうい》を供《とも》にせられ教《おし》えられた邸《やしき》の表《おもて》まで足《あし》を運《はこ》び、フト見《み》ると如何《いか》にも門口《かどぐち》には二三人《にん》の門番《もんばん》、何《いず》れも厳《いか》めし気《げ》に表《おもて》の方《かた》を睨《にら》んで控《ひか》えておる。

禅師《ぜんし》は是《こ》れを横目《よこめ》でチラリと眺《なが》められ、其《その》まゝスタ〳〵と門内《もんない》へ這入《はい》られると其門番《そのもんばん》の一人《にん》忽《たちま》ち大声《おおごえ》をあげて「コラッ、無礼者《ぶれいもの》ッ。此処《ここ》を何処《どこ》と思《おも》うておる。乞食坊主《こじきぼうず》に用《よう》は無《な》いから出《で》て行《ゆ》けッ」と吐鳴《どな》り付《つ》けた。が禅師《ぜんし》には是《こ》れを聞《き》かれて少《すこ》しも立腹《りっぷく》の様《さま》も無《な》くニタリと笑《わら》って振《ふ》り返《かえ》られ「ホヽー、此処《ここ》は御家老《ごかろう》の御邸《おやしき》ではございませんか。御家老《ごかろう》に用事《ようじ》があって御家老《ごかろう》の御邸《おやしき》へ来《く》るのに何《なに》が無礼《ぶれい》でございます」「ダッ、黙《だま》れ、御家老様《ごかろうさま》には其方如《そのほうごと》き乞食坊主《こじきぼうず》に用事《ようじ》は無《な》いわい。早《はや》く出《で》ろッ」「是《こ》れは意外《いがい》なる御言葉《おことば》、成程《なるほど》御家《ごか》老《ろう》から私《わたく》しに用事《ようじ》はございますまい。けれども私《わたし》から御家老《ごかろう》に用事《ようじ》がありますから……」「エヽイッ、まだ無礼《ぶれい》を申《もう》すか。早《はや》く出《で》て行《ゆ》かぬかッ」「イヤ決《けっ》して無礼《ぶれい》は申《もう》しませぬ。用《よう》事《じ》さえ済《す》めば御言葉《おことば》は無《な》くとも出《で》て行《ゆ》きますから一寸暫《ちょっとしば》らく」「コッコリャッ、強情《ごうじょう》を張《は》ると許《ゆる》さぬぞッ」「滅相《めっそう》な、決《けっ》して強情《ごうじょう》は申《もう》しませぬから一寸用事《ちょっとようじ》の済《す》むまで」「コッ、此《こ》の無礼者《ぶれいもの》ッ……」

門番《もんばん》の一人《にん》よく〳〵短気《たんき》な男《おとこ》と見《み》えてイキナリ夫《そ》れへ飛《と》び出《だ》すと見《み》るまに拳《こぶし》を固《かた》めて禅《ぜん》師《し》の横面《よこつら》をハッタと叩《たた》き「コッ、是《こ》れでも出《で》て行《ゆ》かぬかッ」「ハイ〳〵仮令《たとえ》死《し》んでも用事《ようじ》の果《はた》すまでは……」「ウヌッ、まだかッ」

又《また》もや鉄拳《てっけん》を頭上《ずじょう》に加《くわ》えようとする時《とき》、表《おもて》の方《かた》からタッ〳〵と駆《か》け込《こ》んだ一人《ひとり》の下《げ》郎《ろう》、一段声《はりこえ》を張《は》りあげて「お帰《かえ》り……」

◎暴漢《ぼうかん》は此《こ》の門番《もんばん》

下《げ》郎《ろう》の声《こえ》は正《まさ》しく家老《かろう》の帰邸《きてい》を報《ほう》じたものであった。さア此《こ》の声《こえ》を聞《きい》て慌《あわ》てたのは門番《もんばん》の面々《めんめん》。「コレ塩田《しおた》、殿様《とのさま》の御帰《おかえ》りじゃ。そんな坊主《ぼうず》を早《はや》く御門前《ごもんぜん》へ突《つ》き出《だ》しなさい」「フム、だが強情《ごうじょう》な奴《やつ》だから何《ど》うしても出《で》よらん……コッ、コリャ坊主《ぼうず》、早《はや》く出《で》ろ、殿様《とのさま》のお帰《かえ》りじゃから」「イヤ〳〵乃公《わし》は出《で》んぞ。死《し》んでも出《で》んわい」「そッ、そんな事《こと》を申《もう》せば此《この》方《ほう》の落度《おちど》になる。頼《たの》むから早《はや》く出《で》て行《い》ってくれ」「嫌《いや》じゃ、御家老《ごかろう》に御目《おめ》にかゝらぬ上《うえ》はヒリ〳〵動《うご》きもせんぞ」「コレ〳〵、そんな強情《ごうじょう》を申《もう》せば其方《そのほう》の為《た》めにならんぞ。鳥目《ちょうもく》がほしくば此処《ここ》に三文《もん》あるから是《こ》れを進《しん》ぜよう。さア早《はや》く出《で》て行《い》ってくれ」

今《いま》の場合《ばあい》暴力《ぼうりょく》よりも金力《きんりょく》でと思《おも》ったか懐中《ふところ》から三文《もん》の鳥目《ちょうもく》を取《と》り出《だ》して是《こ》れで去《さ》らしめ

ようとしたが元《もと》より禅師《ぜんし》は斯《こ》んなものに目《め》もくれられる筈《はず》がない。其内《そのうち》家老《かろう》には最早程近《もはやほどちか》き処《ところ》まで帰《かえ》られたと見《み》た今一人《いまひとり》の門番《もんばん》、是《こ》れも堪《こら》えかねたかツーッと飛《と》び出《だ》したと見《み》るまに「塩田《しおた》、そんな手《て》ぬるいことをして居《お》っては仕方《しかた》が無《な》い。兎《と》も角《かく》も此方《こっち》へ引《ひ》っ張《ぱ》って来《こ》いッ」と先《さき》の門番《もんばん》に力《ちから》を合《あわ》せ、乱暴《らんぼう》にも禅師《ぜんし》を門番所《もんばんしょ》の中《なか》へ引《ひ》ッ張《ぱ》って行《い》って備《そな》え箱《はこ》の中《なか》へ押《お》し込《こ》み、上《うえ》から重《おも》しを置《お》いて僅《わず》かに其場《そのば》を取《と》り繕《つくろ》うて居《お》る。と是《こ》れを見《み》て驚《おどろ》いたのは禅師《ぜんし》の御供《おとも》をして居《お》った道意《どうい》であった。道意《どうい》は直様《すぐさま》飛《と》び込《こ》んで助《たす》けようとしたが、流石《さすが》は禅師《ぜんし》の高弟《こうてい》だけに突嗟《とっさ》の場合《ばあい》に早《はや》くも考《かんが》えたか、サット表《おもて》へ飛《と》び出《だ》すと、其処《そのところ》へ当邸《とうけ》の主人《しゅじん》、即《すなわ》ち禅師《ぜんし》の目指《めざ》した御家老《ごかろう》が多《おお》くの供人《ともびと》を従《したが》え乗馬《じょうば》で今《いま》しも門内《もんない》へ這入《はい》られようとする処《ところ》であったから、其側《そのそば》へツカ〳〵と進《すす》むと間《ま》も無《な》く、「御家老様《ごかろうさま》へお願《ねが》い、只今尊《ただいまたっと》き方《かた》の危急《ききゅう》の場合《ばあい》、直様御救助《すぐさまごきゅうじょ》を願《ねが》い上《あ》げます」と大音声《だいおんじょう》で叫《さけ》んだ。

何分《なにぶん》にも事《こと》は突嗟《とっさ》の場合《ばあい》だけに供《とも》の面々《めんめん》は「己《おの》れ無礼者《ぶれいもの》ッ」と云《い》うて居《お》る内《うち》にスラ〳〵と喋言《しゃべっ》て仕舞《しま》ったから家老《かろう》は驚《おどろ》いた。元《もと》より普通《ふつう》の事《こと》なれば兎《と》に角《かく》、仮《かり》にも尊《たっと》き方《かた》の危急《ききゅう》と聞《き》いては聞《き》き捨《す》てにする訳《わけ》には行《ゆ》かぬ。夫《そ》れで一同《どう》は今《いま》しも道意《どうい》を捕《とら》えて縛《しば》ろうとするのを慌《あわ》てゝ押《お》しとゞめ、馬上《ばじょう》ながらも道意《どうい》に向《むか》い「コレ〳〵、見受《みう》くる処其方《ところそのほう》は出家《しゅっけ》のようであるが、尊《たっと》き方《かた》の危急《ききゅう》とは何事《なにごと》である、早《はや》く申《もう》せ」「余《よ》の儀《ぎ》にございませぬ。御《お》聞及《ききおよ》びでもございましょうが京都紫野大徳寺《きょうとむらさきのだいとくじ》の住職《じゅうしょく》一休禅師《きゅうぜんし》」「フム、大禅師殿《だいぜんしどの》か、はて、此地《このち》へ御越《おこ》しになられて居《お》るとか」「ハッ、只今当地《ただいまとうち》へ着致《ちゃくいた》されると間《ま》もなく大変《たいへん》なることが出来致《しゅったいいた》しました」「ナニッ、大禅師《だいぜんし》の御身《おんみ》の上《うえ》に大変《たいへん》なこと……是《こ》れは聞《き》き捨《す》てには相成《あいな》らぬ。如何致《いかがいた》された、又《ま》た御身《おんみ》は何人《なにびと》じゃ」

一休禅師《きゅうぜんし》は今《いま》でこそ一芥《かい》の沙門《しゃもん》とは云《い》え、元《もと》は尊《たっと》き辺《あた》りの御連枝《ごれんし》であるとは家老《かろう》に於《お》いてもかねぐ〳〵承知《しょうち》をして居《お》る。殊《こと》に得道《とくどう》せられて以来《いらい》は名僧智識《めいそうちしき》の名《な》は恐《おそ》らく知《し》らぬ者《もの》も無《な》い程《ほど》であるから、其禅師《そのぜんし》が危急《ききゅう》の場合《ばあい》と聞《き》くのみか、主家《しゅか》の領地内《りょうちない》で万《まん》一の事《こと》があっては天朝《てんちょう》へ対《たい》し奉《たてまつ》っても申《もう》し訳《わけ》は無《な》いと云《い》うので家老《かろう》は顔色《かおいろ》変《か》えて驚《おどろ》かれる。且《か》つは其語《そのかた》る道《どう》意《い》の姿《すがた》を見《み》ても只人《ただびと》では無《な》いと思《おも》われたか言葉《ことば》さえ漸次《ぜんじ》叮重《ていちょう》になった。

「斯《か》く申《もう》す私《わたく》しは禅師《ぜんし》の仏弟子《ぶつでし》、道意《どうい》と申《もう》す者《もの》」「オヽそれはよくこそ知《し》らされた。して大禅師《だいぜんし》には何《いず》れで如何《いか》ようの危急《ききゅう》」「実《じつ》は暴漢《ぼうかん》の為《た》めに打《ぶ》ち叩《たた》かれ遂《つい》には見《み》るも憐《いた》わしき箱詰《はこづめ》とせられました」「ヤッ、タッ、大変《たいへん》。然《しか》らば早速御救《さっそくおすく》い申《もう》さねば相成《あいな》らぬ。して場《ば》所《しょ》は何処《いずく》、如何《いか》なるものの手《て》に御罹《おかか》りになられた。さ、早《はや》く御話《おはな》し下《くだ》されい。それッ者共《ものども》用意《ようい》……」

家老《かろう》は道意《どうい》の言葉《ことば》を聞《き》くと忽《たちま》ち地団太《じだんだ》を踏《ふ》んで気《き》を焦《いら》ち直《ただ》ちに家来《けらい》の人々《ひとびと》へ命《めい》を伝《つた》えると是《こ》れも又《ま》た共《とも》に慌《あわ》て出《だ》した。

「さゝ道意殿《どういどの》とやら、場所《ばしょ》は何処《いずく》、遅《おく》れては相済《あいす》まぬ。早《はや》く申《もう》されい」「夫《そ》れは申《もう》すも恐《おそ》れ入《い》りますが実《じつ》は御邸内《ごていない》で……」「ゲェッ、此方《このほう》の邸内《ていない》、それではいよ〳〵捨《す》て置《お》かれぬ。コレッ、門番《もんばん》を呼《よ》べッ」

門番《もんばん》は主人《しゅじん》が門前《もんぜん》に足《あし》を止《と》められて何《なに》かガヤ〳〵云《い》うて居《お》る位《くらい》に思《おも》うて居《お》る処《ところ》へ俄《にわ》かに呼《よ》ばれたので例《れい》の塩田《しおた》は取《と》り敢《あ》えず走《はし》り出《だ》し「ハヽッ、御召《おめ》しでございますか」とヌッと顔《かお》を出《だ》したのを道意《どうい》は早《はや》くも認《みと》めて「御家老《ごかろう》へ申《もう》し上《あ》げまする。只今御話《ただいまおはな》しを致《いた》しましたる暴漢《ぼうかん》とは此《こ》の者《もの》でございます」と云《い》う声《こえ》に家老《かろう》も驚《おどろ》けば塩田《しおた》は道意《どうい》の顔《かお》を眺《なが》めて訳《わけ》は判《わか》らぬながらも吃驚《びっくり》して居《お》る。

「ナニ、此《こ》の者《もの》……コリャ門番《もんばん》、其方《そち》は大変《たいへん》な不都合《ふつごう》を致《いた》したの。大禅師《だいぜんし》を何《いず》れへ御伴《おつ》れ申《もう》した。早《はや》く申《もう》せ、コラッ……」「ナッ、ナッ、何《なん》でございます。ワッ、私《わたく》し一向覚《こうおぼ》えがございません」「ダッ、黙《だま》れ、大禅師《だいぜんし》に不都合《ふつごう》を致《いた》して覚《おぼ》えが無《な》いで済《す》むか。さ、早《はや》く申《もう》せ」「そッ、その……大《だい》……ダイゼンとやらは一向《こう》に……」「ナニ、存《ぞん》ぜぬとか。なれども是《こ》れなる道意殿《どういどの》が申《もう》されて居《お》るでは無《な》いか」「そッ、それでは此《こ》の乞食《こじき》、乞食坊主《こじきぼうず》の伴《つれ》でございますか」「黙《だま》れ、尊《とうと》き御出家《ごしゅっけ》に無礼《ぶれい》を申《もう》すな。さア何《ど》うじゃ此《こ》の御出家《ごしゅっけ》の御伴《おつれ》は存《ぞん》じておろう」「ハッ、それなれば、余《あま》りの、余《あま》りの強情坊主《ごうじょうぼうず》でございますから、ゴッ、御《ご》門番所《もんばんしょ》の備《そな》え箱《はこ》へ入《い》れまして……」「ナニッ、備《そな》え箱《はこ》にお入《い》れ申《もう》したとか。無《ぶ》ッ、無礼者《ぶれいもの》……此奴《こいつ》を逃《の》がすなッ」

可哀《かわい》そうに塩田《しおた》は夥多《あまた》の家来《けらい》に見《み》る間《ま》に引《ひ》っ縛《くく》られる。と家老《かろう》は馬《うま》からヒラリ、飛《と》び下《お》ると其《その》まゝ手綱《たづな》を一人《ひとり》の家来《けらい》に渡《わた》してスタ〱門番小屋《もんばんごや》へ駆《か》けつけた。

◎此《こ》の御出家《ごしゅっけ》を誰《た》れと思《おも》う

主人公親《しゅじんこうみず》から門番小屋《もんばんごや》へ這入《はい》られることは殆《ほと》んど前古未曾有《ぜんこみぞう》の次第《しだい》であるだけ残《のこ》った二三の門番《もんばん》は吃驚《びっくり》してウロ〱して居《お》ると「コレ〱、備《そな》え箱《はこ》は何《いず》れじゃ。大禅師様《だいぜんしさま》は如何《いかが》いたされた」「コッ、是《こ》れは殿様《とのさま》。ナニ、何《なん》でございます」「何《な》んでも無《な》い。早《はや》く大禅師殿《だいぜんしどの》を御出《おだ》し申《もう》せ」「ダッ、ダイゼンシ殿《との》とは何《な》んでございます」「大禅師殿《だいぜんしどの》を知《し》らぬ馬鹿者《ばかもの》はあるか。備《そな》え箱《はこ》は何《ど》うした」「アッ、それでは乞食坊主《こじきぼうず》のことをダイゼンシ殿《どの》と申《もう》しますのでございますか」「黙《だま》れ、無礼《ぶれい》を申《もう》すな。兎《と》もあれ備《そな》え箱《はこ》は何《いず》れじゃ。早《はや》く大禅師殿《だいぜんしどの》を御出《おだ》し申《もう》せ」「アッ、畏《かし》こまりました」

充分《じゅうぶん》に訳《わけ》は判《わか》らぬが、備《そな》え箱《はこ》に入《い》ってある坊主《ぼうず》を出《だ》せと云《い》うことだけは解《かい》した門番《もんばん》は取《と》り敢《あ》えず禅師《ぜんし》を箱《はこ》の中《なか》から引《ひ》きずり出《だ》すと家老《かろう》は其前《そのまえ》へペタリと両手《りょうて》を突《つ》いて「ハヽッ、六条家《じょうけ》の家老職《かろうしょく》、飯島信之進《いいじまのぶのしん》にございます。尊《たっと》き大禅師《だいぜんし》とも存《ぞん》ぜず下郎《げろう》の無礼《ぶれい》、平《ひら》に御許《おゆる》しの程願《ほどねが》い入《い》りまする」「ホヽー、是《こ》れは六条殿《じょうどの》の御家老《ごかろう》でござるか。愚僧《ぐそう》は大徳寺《だいとくじ》の一休《きゅう》じゃ」「ハヽッ、只今御門弟《ただいまごもんてい》より承《うけたま》わり驚《おどろ》き入《い》りましたる次第《しだい》。就《つ》きましては御怪《おけ》我《が》は如何《いかが》でございます、誠《まこと》に以《もっ》て相済《あいす》まざる次第《しだい》」「イヤ〱、懸念御無用《けねんごむよう》。左《ひだ》りの頬《ほお》は少々手酷《しょうしょうてきび》しくこたえたが、併《しか》し箱《はこ》の中《なか》へ入《い》れられた為《た》め思《おも》わぬ御馳走《ごちそう》を頂戴《ちょうだい》しましたから……」「是《こ》れは怪《け》しからぬ。夫《そ》れでは勿体《もったい》なくも箱《はこ》へ御入《おい》れ申《もう》した上《うえ》、又《また》も何《なに》か無礼《ぶれい》を致《いた》しましてござりまするか」「ハヽヽヽ、箱《はこ》の中《なか》には一升徳利《しょうとくり》と鮓《すし》を竹《たけ》の皮《かわ》に包《つつ》んだのが有《あ》りましたから夫《そ》れを遠慮《えんりょ》なく頂戴《ちょうだい》しました。イヤモー久々《ひさびさ》で中々結構《なかなかけっこう》」

門番《もんばん》はいよ〳〵驚《おどろ》いた。勤務中《きんむちゅう》は買食《かいぐい》はまだしも飲酒《いんしゅ》なぞは絶体《ぜったい》に禁物《きんもつ》であるが、無聊《ぶりょう》の余《あま》り同僚《どうりょう》の者等《ものら》申《もう》し合《あわ》せて俗《ぞく》に云《い》う阿弥陀籤《あみだくじ》と云《い》うようなものを行《おこな》い夫《そ》れで酒《さけ》と鮓《すし》を買《か》って来《き》て後《のち》の楽《たの》しみに備《そな》え箱《はこ》の中《なか》へソッと隠《かく》してあったのが禅師《ぜんし》の為《た》めにお先《さき》に失敬《しっけい》をやられたばかりか殿様《とのさま》の前《まえ》で素葉抜《すっぱぬ》かれたのだからたまらぬ。互《たが》いに顔《かお》を見合《みあわ》して青《あお》くなって居《お》ると、家老《かろう》の飯島《いいじま》は其方《そのかた》をギロリと眺《なが》めて「コリャ、其方等《そちら》此《こ》の御出家《ごしゅっけ》を何殿《どなた》と思《おも》う」「ハッ……恐《おそ》れながら乞食坊《こじきぼう》……」「ダッ、黙《だま》れ。如何《いか》に端《はし》たなき身分《みぶん》とは申《もう》せ何《な》んたる無礼《ぶれい》、御出家《ごしゅっけ》こそは恐《おそ》れ多《おお》くも生仏《いきぼとけ》とまで称《とな》えられる京都大徳寺《きょうとだいとくじ》の一休大禅師《きゅうだいぜんし》であるぞ」「ゲェッ……」「定《さだ》めて数々《かずかず》の失礼《しつれい》を致《いた》したであろう。無《ぶ》ッ、無礼者《ぶれいもの》めッ」

禅師《ぜんし》は此《こ》の様《さま》を眺《なが》めて「アコレ〳〵飯島殿《いいじまどの》とやら、決《けっ》して咎《とが》められな。斯《か》く申《もう》す愚僧《ぐそう》も斯《か》かる風体《ふうてい》を致《いた》して居《お》りましたから、疑《うたが》われるのも尤《もっと》も至極《しごく》」「恐《おそ》れ入《い》りまする。なれども存《ぞん》ぜぬことゝは申《もう》せ尊《たっと》き御身《おんみ》に手《て》を下《くだ》したる無礼《ぶれい》、何《な》ん共御詫《ともおわび》の致《いた》し方《かた》もござりませねば」「イヤ〳〵、幸《さいわ》い生命《いのち》に別条《べつじょう》は無《な》かったから何《ど》うか許《ゆる》して下《くだ》さるよう」「御情《おなさ》け深《ぶか》き御《お》言葉《ことば》有《あ》り難《がた》く存《ぞん》じまする」「処《ところ》で卒爾《そつじ》ながら其方《そなた》に折入《おりい》って頼《たの》みたき用事《ようじ》ござって参《まい》ったのであるが何《な》んと聞《き》いては下《くだ》さるまいか」「ハヽッ、兎《と》も角《かく》、此処《ここ》では失礼《しつれい》でございますれば、先《ま》ず御通《おとお》り下《くだ》さるよう」

家老《かろう》の案内《あんない》によって禅師《ぜんし》と道意《どうい》は奥《おく》の座敷《ざしき》へ通《とお》され、手厚《てあつ》き待遇《もてなし》の内《うち》に来意《らいい》を聞《き》かれると、禅師《ぜんし》は懐中《ふところ》を探《さぐ》って取《と》り出《だ》したのは前刻茶店《せんこくちゃみせ》で認《したた》めた書面《しょめん》。「愚僧《ぐそう》の用事《ようじ》とは斯様《かよう》のことでござるが何《ど》うか御覧下《ごらんくだ》され」「ハヽッ」と飯島《いいじま》は恐《おそ》る〳〵手《て》に受《う》けて読《よ》み下《くだ》すと、

又《また》もまたとりてもきかぬ一村《ひとむら》の
　　のう具《ぐ》のこらずくせやとりやま

の狂歌《きょうか》が一句認《くしたた》められてある。尤《もっと》も此《こ》の内《うち》の「くせやとりやま」の「くせや」の三字《じ》は下《くだ》されやと云《い》う意味《いみ》に通《つう》じることは説明《せつめい》するまでもない。

処《ところ》が其農具《そののうぐ》を没収《ぼっしゅう》したのは地頭《じとう》の鳥山《とりやま》だけの計《はか》らいで領主《りょうしゅ》は元《もと》より家老《かろう》に於《おい》ても一向知《こうし》らぬのであるから折角《せっかく》の歌《うた》も家老《かろう》に取《と》っては意味《いみ》は解《かい》しかねる。いろ〳〵と首《くび》を振《ふ》ったが判《わか》らぬので恐《おそ》る〳〵「恐《おそ》れながら御伺《おうかが》い致《いた》しまする。是《こ》れは如何《いか》ようの意味《いみ》でござりまする」「ホヽー、其方《そなた》は家老《かろう》ともあるべき身分《みぶん》に似合《にあわ》しからぬことを申《もう》されますナ」「恐《おそ》れ入《い》りまする歌道《かどう》は少々心得《しょうしょうこころえ》おりますなれども……」「ホヽー、夫《そ》れでは申《もう》すが六条家《じょうけ》には不思議《ふしぎ》の規定《おきて》を設《もう》けられてあるようでござるの」「不思議《ふしぎ》の規定《おきて》……自体如何《じたいいか》ようの儀《ぎ》で

……」「されば、百姓《しょう》の年貢《ねんぐ》を滞《とどこ》おるものがあれば農作物《のうさくぶつ》に使用《しよう》するいろ〳〵の器具《きぐ》を取《と》り上《あ》げになるとか」「ケッ、怪《け》しからぬ仰《おお》せでございまする。農具《のうぐ》は百姓《しょう》の宝《たから》と申《もう》します程《ほど》でございますれば決《けっ》して左様《さよう》の……」「さゝ、そうなくてはならぬ筈《はず》。然《しか》るに専修寺《せんしゅうじ》の附近《ふきん》に居《お》る地頭鳥山《じとうとりやま》とやら申《もう》す者《もの》の地下《じげ》では何《ど》うやら左様《さよう》の儀《ぎ》を致《いた》し居《お》るやにて百姓衆《しょうしゅう》は非常《ひじょう》に迷惑《めいわく》をせられて居《お》りますぞ。自体年貢《じたいねんぐ》の滞《とどこ》おりは心《こころ》あって致《いた》すものでは無《な》く、其者《そのもの》の家事《かじ》の都合《つごう》か又農作品《またのうさくひん》の不出来《ふでき》、其他降《そのほかふ》って湧《わ》いた不祥事《ふしょうじ》の為《た》めに已《やむ》を得《え》ず滞《とどこ》おるものと思《おも》いますから反《かえ》って左様《さよう》なものを慰《なぐ》さめてやってこそ領主《りょうしゅ》の徳《とく》に靡《なび》くもの。夫《そ》れを年貢《ねんぐ》が滞《とどこ》おったからと一概《がい》に頭《あたま》から宝《たから》として居《お》る農具《のうぐ》を没収《ぼっしゅう》するなぞとは論外《ろんがい》の沙汰《さた》ではござりませんか。尤《もっと》も愚僧《ぐそう》は出家《しゅっけ》の身分《みぶん》であれば斯様《かよう》なことに嘴《くちばし》を入《い》れべき筈《はず》では無《な》いけれども一つは六条家《じょうけ》の為《た》め一つは百姓《しょう》の為《た》めに其歌《そのうた》の通《とお》りに御願《おねが》いをするのじゃ。何《ど》うか其方《そなた》の力《ちから》で取《と》りあげた農具《のうぐ》を返《かえ》してやって貰《もら》いたいが何《ど》うでござろうな」

初《はじ》めて聞《き》いた飯島《いいじま》は今更《いまさ》らのように驚《おどろ》いて「不肖《ふしょう》ながらも家老《かろう》の職《しょく》にある某《それが》しが斯《か》ようの儀《ぎ》を存《ぞん》ぜぬと申《もう》せば誠《まこと》に御愧《おはず》かしい次第《しだい》でございますなれども鳥山《とりやま》の不都合《ふつごう》は只今初《ただいまはじ》めて聞《き》き及《およ》びます次第《しだい》。何《ど》うも尊《とうと》き禅師《ぜんし》の御口《おくち》より承《うけたまわ》りまして誠《まこと》に申《もう》し訳《わけ》ございませぬ。就《つ》きましては是《こ》れより早速没収《さっそくぼっしゅう》の器具下渡《きぐさげわた》しの儀《ぎ》を申《もう》し遣《つか》わしますれば何卒《なにとぞ》悪《あ》しからず思召《おぼしめ》しの程願《ほどねが》い奉《たてま》つります」「ア、そうして下《くだ》されば蘇生《よみがえ》るように思《おも》う者《もの》が何人《なんにん》あるかも知《し》れませぬ。夫《そ》れで私《わたし》の役目《やくめ》が立《た》ちました」「併《しか》し恐《おそ》れながら大禅師《だいぜんし》には此度《このたび》の御旅行《おんりょこう》は何《いず》れへ御越《おこ》し遊《あそ》ばされる御心算《おつもり》にござります」「されば別《べつ》に是《こ》れと云《い》う目途《めあて》は無《な》いが俄《にわ》かに思《おも》い立《た》って先《ま》ず伊勢《いせ》の御廟《ごびょう》を参拝《さんぱい》し、夫《そ》れから後《あと》は其時《そのとき》の都合《つごう》で何《いず》れへ参《まい》るやら」「でござりますか。就《つ》きましては某《それがし》主人《しゅじん》に於《お》きましてもかね〴〵大禅師《だいぜんし》の御事《おんこと》を耳《みみ》に致《いた》され一度《ど》は拝顔致《はいがんいた》したき由申《よしもう》し居《お》りますれば、誠《まこと》に陋《むさく》ろしくはございますなれども暫《しば》らく当宅《とうたく》に御《ご》逗留《とうりゅう》の程願《ほどねが》い上《あ》げまする。何《いず》れ明日《みょうにち》は出仕《しゅっし》の上主人《うえしゅじん》にも伝《つた》えますれば」「夫《そ》れでは御言葉《おことば》に任《まか》して一両日《りょうじつ》は御厄介《ごやっかい》になりますが、兎《と》も角只今《かくただいま》の儀《ぎ》を至急御計《しきゅうおはか》らい下《くだ》されや」「畏《かしこ》まりました」

飯島家老《いいじまかろう》のほうから鳥山地頭《とりやまじとう》のほうへ早速使《さっそくつかい》をたて、「爾来《じらい》一休大禅師《きゅうだいぜんし》から斯様々々《かようかよう》の御話《おはな》しがあったが重々不都合《じゅうじゅうふつごう》の仕儀《しぎ》であるから没収《ぼっしゅう》の百姓道具《しょうどうぐ》は悉皆《しっかい》百姓《しょう》に返《かえ》すよう。尚《なお》今後《こんご》は一切左様《さいさよう》のことをしてはならぬ」と厳《きび》しく申《もう》し渡《わた》されたので鳥山《とりやま》も驚《おどろ》いて直《ただち》に夫《そ》れ〴〵元《もと》の通《とお》り下《さ》げ渡《わた》される。と村《むら》の者等《ものら》は悦《よろこ》んだどころでは無《な》い。「一休大禅師様《きゅうだいぜんしさま》は豪《えら》いお方《かた》や」「我《わ》れ〱百姓《しょう》の為《た》めには生仏《いきぼとけ》さまじゃ」と誰《た》れも彼《か》れも禅師《ぜんし》を讃《たた》えぬものは無《な》い程《ほど》。

◎此《こ》の処《ところ》小便《しょうべん》無用《むよう》

さて翌朝《よくちょう》になると家老《かろう》、飯島《いいじま》は領主《りょうしゅ》の御殿《ごてん》へ出仕《しゅっし》して「時《とき》に突然《とつぜん》にはござりますれど某《それが》し昨日《さくじつ》帰邸《きてい》致《いた》しましたる処《ところ》、偶然《ぐうぜん》にも兼《かね》て御話《おはな》しの一休禅師《きゅうぜんし》が訪《たず》ね来《こ》されましたゝめ取《と》り敢《あ》えず御泊《おと》め申《もう》してございまする」と昨日《きのう》の話《はなし》だけは流石《さすが》に語《かた》らなんだが兎《と》に角禅師《かくぜんし》の来《こ》られてあることを告《つ》げると領主《りょうしゅ》も非常《ひじょう》の悦《よろこ》び。「夫《そ》れは丁度幸《ちょうどさいわ》いのこと、是非《ぜひ》に是《こ》れへ御《ご》案内申《あんないもう》し上《あ》ぐるよう」と命《めい》ぜられた。

夫《そ》れで飯島《いいじま》は早速自分《さっそくじぶん》の邸《やしき》へ引《ひ》き取《と》り、禅師《ぜんし》に其事《そのこと》を語《かた》って共《とも》に連《つ》れだち、再《ふた》び領主《りょうしゅ》の御殿《ごてん》へ出仕《しゅっし》する。と六条殿《じょうどの》には自《みずか》ら是《こ》れを迎《むか》えられて大層《たいそう》な待遇《もてなし》。何《なに》かと話《はなし》のあった末《すえ》「時《とき》に大禅師《だいぜんし》の当地《とうち》へ御越《おこ》しになられたのを幸《さいわ》い、我《わ》が六条家《じょうけ》へ紀念《かたみ》の為《た》めに何《なに》か一筆《ふで》御《ご》執筆《しっぴつ》を御願《おねが》い致《いた》しとう存《ぞん》ずるが」「されば、愚僧《ぐそう》は出家《しゅっけ》は職分《しょくぶん》で文字《もじ》を書《か》くことは拙《つた》のうございますが夫《そ》れでも御構《おかま》い無《な》くば」「元《もと》よりのこと、恐《おそ》れながら能筆《のうひつ》を尊《たっと》ぶなれば当地《とうち》は狭《せま》しとは云《い》え夫《そ》れ相当《そうとう》のものもござる。なれども大禅師《だいぜんし》の御徳《おんとく》を慕《した》い御名《おんな》を慕《した》い奉《たてま》つるの余《あま》り御願《おねが》い致《いた》すのなれば是非《ぜひ》に」「イヤ、左程《さほど》までの御懇望《ごこんもう》、夫《そ》れでは……」

禅師《ぜんし》は座敷内《ざしきうち》をジロリ……見廻《みま》わされると六条家《じょうけ》では何分《なにぶん》にも珍客《ちんきゃく》の来訪《らいほう》と云《い》うので床《とこ》の掛物《かけじく》を初《はじ》め立《た》て廻《まわ》した屏風《びょうぶ》なぞは何《いず》れも自慢《じまん》のものばかりを飾《かざ》ってある。と其内《そのうち》にも禅《ぜん》師《し》の目《め》に止《とま》ったのは一双《そう》の屏風《びょうぶ》であった。画《が》は落款《らっかん》が無《な》いから誰《た》れの筆《ふで》とも判《わか》らぬが吉野《よしの》山《やま》の図《ず》で、中々《なかなか》見事《みごと》に出来《でき》ておる。是《こ》れをツク〴〵眺《なが》められて「六条殿《じょうどの》、誠《まこと》に見事《みごと》な出来《でき》でございますな」「御賞《おほ》めに預《あず》かって恐《おそ》れ入《い》りますが……なれども落款《らっかん》がございませぬ為《た》め誠《まこと》に残念《ざんねん》に心得《こころえ》まする」と口《くち》では云《い》うものゝ心《こころ》の内《うち》では中々《なかなか》の自慢《じまん》。

「イヤ〳〵、斯様《かよう》のものは落款《らっかん》の無《な》いだけ殊更《ことさら》奥床《おくゆか》しゅう心得《こころえ》まする。定《さだ》めて御秘蔵《ごひぞう》の品《しな》と存《ぞん》じますが如何《いかが》でございましょう愚僧《ぐそう》紀念《きねん》の為《た》めの親筆《しんぴつ》とてものことに此《こ》の図《ず》に賛《さん》を致《いた》しとうございますが御許《おゆる》しを願《ねが》えましょうか」と云《い》う禅師《ぜんし》の言葉《ことば》に六条《じょう》の悦《よろこ》びは譬《たと》えるものが無《な》い。何《なに》がさて屏風《びょうぶ》は名画《めいが》とは云《い》え落款《らっかん》の無《な》いのを常々《つねづね》残念《ざんねん》に思《おも》うて居《お》ったのであるが、今是《いまこ》れへ当代《とうだい》の大智識《だいちしき》と称《とな》えられて居《お》る一休禅《きゅうぜん》師《し》が賛《さん》を記《しる》してくれると云《い》えば中々《なかなか》大《たい》したもの。元《もと》より許《ゆる》すも許《ゆる》さぬもの問題《もんだい》どころか二ツ返事《へんじ》で「夫《そ》れこそ願《ねご》うても無《な》いこと。是非《ぜひ》に御願《おねが》いを……コレ〳〵誰《た》れか早《はや》く硯《すずり》を持《も》て……」

声《こえ》に応《おう》じて一人《ひとり》の若侍《わかざむらい》は大《おお》きな硯《すずり》と筆《ふで》を恭々《うやうや》しく持《も》ち出《だ》し、軈《やが》て墨《すみ》も程《ほど》よく磨《す》り終《お》わると禅師《ぜんし》は筆《ふで》を執《と》った。筆《ふで》を執《と》って又《また》も図《ず》を眺《なが》めると何《な》んとも云《い》えぬ面白味《おもしろみ》がある。殊《こと》に前刻来《せんこくらい》の饗応《きょうおう》で酒色《しゅしょく》は相当《そうとう》に廻《まわ》っておるから親《した》しく吉野山《よしのやま》に遊《あそ》んで居《お》るような気持《きもち》になったらしい。「六条殿《じょうどの》、此《こ》の山《やま》の向《むこ》う側《がわ》は如意輪堂《にょいりんどう》でございますな。フーム、成程中々《なるほどなかなか》よく出来《でき》ておる。ハヽーン、此方《こっち》は下《しも》の千本《ぼん》でございますかナ。此辺《このへん》の芝生《しばふ》で一瓢《ひょう》を傾《かたむ》ければ殊更《ことさら》に興《きょう》が深《ふか》かろう」なぞと右手《みぎて》に筆《ふで》を持《も》ったまゝ深《ふか》く感《かん》に絶《た》えて居《お》ったが、遂《つい》には感《かん》極《きわ》まってか持《も》ったる筆《ふで》をペタリと紙面《しめん》に当《あ》て一気呵成《きかせい》に墨黒々《すみくろぐろ》と書《か》きも書《か》いたり殊更《ことさら》大《だい》字《じ》でもって、

此《こ》のところ小便無用《しょうべんむよう》

と認《したた》めたので六条《じょう》は勿論《もちろん》、側《そば》に見《み》ておった飯島《いいじま》の顔色《かおいろ》も俄《にわ》かに変《かわ》った。其内《そのうち》にも六条《じょう》は絶《た》えかねたか「是《こ》れは大禅師《だいぜんし》には御戯《おたわむ》れも事《こと》によります。斯《か》ような処《ところ》へ斯《か》ような文字《もじ》は甚《はなは》だもって……」と気色《けしき》ばんだが流石《さすが》に理屈《りくつ》も云《い》いかねたか口惜《くちおし》そうにジロリと眼《まなこ》を光《ひか》ら

す。

禅師《ぜんし》も六条《じょう》の言葉《ことば》にフト気《き》がついて見《み》れば自分《じぶん》ながら何《ど》うも愧《はず》かしい。と云《い》うて既《すで》に書《か》いて仕舞《しま》っては仕方《しかた》が無《な》い。「ヤッ、是《こ》れは何《ど》うも大変《たいへん》なことを致《いた》しました。余《あま》りに吉野《よしの》の図《ず》が好《よ》く出来《でき》てございましたゝめ此《こ》の辺《へん》で休《やす》もうと存《ぞん》じましたが、さるにても誠《まこと》に宜《よ》い景色《けしき》、後々《あとあと》に来《く》る客《きゃく》も定《さだ》めて此処《ここ》を観桜《かんおう》の場所《ばしょ》と定《さだ》めよう、なれども心無《こころな》き者《もの》で万《まん》一不浄《ふじょう》の事《こと》を致《いた》せば誠《まこと》に惜《お》しきものと思《おも》いましたゝめツイ斯様《かよう》のことを認《したた》めて相済《あいす》みませぬ」「最早御認《もはやおしたた》めになったる上《うえ》は致《いた》し方無《かたな》し。是《こ》れよ、誰《た》れか此《こ》の屏風《びょうぶ》を彼方《あちら》へ取《と》り片付《かたづ》けよ」

六条《じょう》は諦《あき》らめたとは云《い》え立腹《りっぷく》の余《あま》り若侍《わかざむらい》を呼《よ》んで屏風《びょうぶ》を取《と》り片付《かたづ》けさせようとしたが、是《こ》れには禅師《ぜんし》も少々悄気《しょうしょうしょげ》かえられた。が性来《しょうらい》の頓智《とんち》は忽《たちま》ち湧《わ》き出《い》でた様子《ようす》。「アイヤ六条殿《じょうどの》、暫《しば》らく。如何《いか》にも斯《か》ようのことを記《しる》しては結構《けっこう》なる御座敷《おざしき》へ据《す》えかねるは元《もと》より、なれども愚僧《ぐそう》是《こ》れに下《しも》の句《く》を付《つ》けますれば先《ま》ず御覧下《ごらんくだ》されい。其上《そのうえ》にて取捨《しゅしゃ》は御任《おまか》せ申《もう》す」「ナニ、下《しも》の句《く》……」「如何《いか》にもよく〳〵考《かんが》えますと是《こ》れが丁度《ちょうど》五七の句《く》に成《な》ってございますれば是《こ》れに今《いま》五文字《もじ》を添《そ》えて見《み》ましょう」「では兎《と》も角《かく》も御心《おこころ》のまゝに……」と尚《なお》不興《ふきょう》の気《き》は去《さ》りかねた。

　其内禅師《そのうちぜんし》は再《ふたた》び筆《ふで》を取《と》ってスラ〳〵と記《しる》されたのは「花《はな》の山《やま》」の五文字《もんじ》。「六条殿《じょうどの》、是《こ》れで如何《いかが》でございましょう」「ナニ、此《こ》の処《ところ》小便《しょうべん》無用《むよう》花《はな》の山《やま》……フム是《こ》れは面白《おもしろ》い。是《こ》れは意外《いがい》、流石《さすが》は大禅師《だいぜんし》、恐《おそ》れ入《い》りました。イヤ誠《まこと》に結構《けっこう》」「ハヽヽヽ、御気《おき》に入《い》りましたか」「気《き》に入《い》るの入《い》らぬのでは無《な》い。是《こ》れなれば失礼《しつれい》ながら立派《りっぱ》な名句《めいく》、結構々々《けっこうけっこう》」と忽《たちま》ち笑顔《えがお》をつくって機嫌《きげん》を直《なお》し「今《いま》一つ御願《おねが》いがござるが……」「ホヽー如何《いか》ようなる……」「余《よ》の儀《ぎ》ではござらん。かね〴〵聞《き》き及《およ》ぶに禅家《ぜんけ》には悟道《ごどう》と申《もう》すことがござるとやら。就《つ》いてはそれを御聞《おき》かせに預《あず》かりとうござる」「宜《よろ》しい。が併《しか》し此《こ》の事《こと》を御話《おはな》しすれば中々《なかなか》容易《ようい》に尽《つ》きませぬから悟道《ごどう》の歌《うた》として是《こ》れも紀念《きねん》の為《た》め記《しる》しておきましょう」「夫《そ》れは辱《かたじ》け無《な》い、では是非《ぜひ》に」「宜《よろ》しゅうござる」と又《また》もや座敷《ざしき》の隅々《すみずみ》に目《め》を付《つ》けられた。

　彼方此方《あなたこなた》を眺《なが》められた禅師《ぜんし》、今度《こんど》は床《とこ》の間《ま》の掛軸《かけじく》に目《め》を付《つ》けられた。「オヽ丁度《ちょうど》よいものがある。六条殿《じょうどの》、如何《いかが》でございましょう。今度《こんど》は充分注意《じゅうぶんちゅうい》を致《いた》して認《したた》めるにより、彼《あ》の掛軸《かけじく》を拝借願《はいしゃくねが》えますまいか。見受《みう》くる処松《ところまつ》に有明《ありあけ》の月《つき》。其方《そなた》のお身分《みぶん》として悟道《ごどう》の歌《うた》を示《しめ》すには丁度《ちょうど》よい画題《がだい》でござれば」「夫《そ》れは決《けっ》して苦《くる》しゅうござらん。思召《おぼしめ》しに適《かな》うとあれば何《ど》うか御認《おしたた》めを願《ねが》いとう存《ぞん》ずる。コレ〳〵彼《あ》れなる掛軸《かけじく》を大禅師《だいぜんし》の御手許《おてもと》へ差《さ》し上《あ》げよ」「畏《かしこ》まりました」
若侍《わかざむら》いは直《ただ》ちに取《と》りはずして禅師《ぜんし》の前《まえ》へ差《さ》し置《お》くと、其画《そのが》を暫《しば》し見《み》つめて居《お》られた禅師《ぜんし》は軈《やが》て筆《ふで》を執《と》り、

さとり得《え》て心《こころ》のやみの晴《はれ》ぬれば
　慈悲《じひ》もなさけも有《あり》あけの月《つき》

「是《こ》れが禅家悟道《ぜんけごどう》の歌《うた》でございます。一国一郡《こくぐん》の領主《りょうしゅ》とは申《もう》さず、凡《すべ》て人道《じんどう》を歩《あゆ》むには慾《よく》をはなれ己《おの》れを捨《す》て慈悲善根《じひぜんこん》を積《つ》まねばなりませぬ。何事《なにごと》によらず執着《しゅうちゃく》に捕《とら》われて居《お》る内《うち》は誠《まこと》の悟《さとり》は得《え》るものではございませぬ。斯《か》くして人道《じんどう》を歩《あゆ》めば胸《むね》に蟠《わだかま》りは無《な》く、気《き》は皎々《こうこう》として是《こ》れなる有明《ありあけ》の月《つき》と同様《どうよう》、少《すこ》しの曇《くも》りも止《とど》めるものではございません」「是《こ》れは辱《かたじ》け無《な》い。今日認《こんにちしたた》められたる品《しな》は永《なが》く六条家《じょうけ》の家宝《かほう》と致《いた》すでござろう」

斯《か》くて禅師《ぜんし》は六条家《じょうけ》の御殿《ごてん》を退出《たいしゅつ》せられたのは其日《そのひ》の夕間暮《ゆうまぐれ》であった。家老飯島《かろういいじま》の邸《やしき》へ帰《かえ》ると飯島《いいじま》も又《ま》た大悦《おおよろこ》び。「大禅師《だいぜんし》には今日《こんにち》は定《さだ》めて御迷惑《ごめいわく》の御事《おんこと》と存《ぞん》じまする。なれども某《それがし》御蔭《おかげ》を以《もっ》て主人《しゅじん》の手前思《てまえおも》わぬ面目《めんぼく》を施《ほど》こし身《み》に余《あま》る光栄《こうえい》と心得《こころえ》まする」「イヤ〳〵愚僧《ぐそう》こそ六条殿《じょうどの》に初《はじ》めて対面致《たいめんいた》し、いろ〳〵叮重《ていちょう》なる御待遇《おもてなし》辱《かたじ》け無《の》うございました」「恐《おそ》

れ入《い》りまする。就《つ》きましては誠《まこと》に恐《おそ》れ多《おお》き次第《しだい》にござりますれど某《それが》しも折入《おりい》って御願《おねが》いがございます」「是《こ》れは改《あらた》まった御言葉《おことば》、如何《いか》なる御用《ごよう》で」「ハッ、実《じつ》は某《それが》し手許《てもと》に俗人《ぞくじん》には願《ねが》わしからぬ一軸《じく》を所持致《しょじいた》し居《お》りまする」「ホヽー、俗人《ぞくじん》に似合《にあ》わしからぬとは如何《いか》ようのものでござるかナ。凡《およ》そ軸物《じくもの》と云《い》えば出家《しゅっけ》には用《よう》の無《な》きものでござるが」「処《ところ》が斯様《かよう》のものにござりまするが一応《おう》何《ど》うか御覧《ごらん》の上《うえ》是《こ》れに何《なに》か御認《おした》ための程《ほど》御願《おねが》い致《いた》したく」「ドレ〳〵、拝見《はいけん》を致《いた》そう」

飯島《いいじま》の差《さ》し出《いだ》した一軸《じく》を手《て》に取《と》り披《ひら》かれて見《み》ると一つの髑髏《されこうべ》を画《えが》かれてあるばかり、是《こ》れも落款《らっかん》も無《な》ければ他《た》に何等記《なんらしる》したものも無《な》い。禅師《ぜんし》はツク〴〵眺《なが》められた後《のち》「ホヽー、是《こ》れは中々目出《なかなかめで》たい画《が》じゃ。アヽ目出《めで》たい、世《よ》の中《なか》に是《こ》れほど目出《めで》たい画《が》はあるまい。何《な》んと飯島殿《いいじまどの》、是《こ》れを俗人《ぞくじん》に似合《にあ》わしからぬ画《が》とは愚僧《ぐそう》トント解《げ》しかねる。人《ひと》は鶴《つる》だとか亀《かめ》だとかを悦《よろこ》ぶが彼《あ》れは畜類《ちくるい》じゃ。愚僧《ぐそう》にはあんなものは少《すこ》しも好《この》ましく無《な》いが是《こ》れは一番《ばん》好《す》きじゃ。アー目出《めで》たい画《が》じゃな」

禅師《ぜんし》はアマリに目出《めで》たい〳〵と云《い》うので飯島《いいじま》は聊《いささ》か面喰《めんくら》って「恐《おそ》れながら御伺《おうかが》いを致《いた》します。世《よ》の人《ひと》は骸骨《がいこつ》を最《もっと》も忌《い》み嫌《きら》いますに何故左程目出《なにゆえさほどめで》たくございます」「ハヽヽヽ、其方《そなた》は是《こ》れくらいのことを判《わか》りかねますか。夫《そ》れでは兎《と》も角《かく》も是《こ》れに賛《さん》を書《か》き加《くわ》えましょう。一寸硯《ちょっとすずり》を貸《か》して下《くだ》され」「ハヽッ、畏《かしこ》まりました」

飯島《いいじま》は硯《すずり》を取《と》り出《だ》しよき程《ほど》に墨《すみ》を磨《す》り恐《おそ》る〳〵禅師《ぜんし》の前《まえ》へ差《さ》し出《だ》すと早速筆《さっそくふで》を執《と》られて

にくげなき此《こ》のされこうべあなかしこ
目出《めで》たくかしく是《こ》れよりはなし

「ハヽヽヽ、是《こ》れで何《ど》うです、判《わか》りましたか。されこうべの目出《めで》たき穴《あな》ばかり残《のこ》ってあるのは是《こ》れこそ誠《まこと》の目出《めで》たいと云《い》わねばなりませぬ。人《ひと》の生身《なまみ》は今日《きょう》あって明日《あす》も知《し》れぬは浮世《うきよ》の慣《なら》いじゃ。たゞ人《ひと》は是《こ》れにならねば誠《まこと》の目出《めで》たいとは云《い》われぬ筈《はず》。ハヽヽヽ、何《ど》うじゃ飯島殿《いいじまどの》目出《めで》たくは思《おも》われませぬか」「ヤッ、判《わか》りました誠《まこと》に結構《けっこう》でございます。御蔭《おかげ》で某《それがし》しのほうの家宝《かほう》も出来《でき》ましてございます」と家老《かろう》も非常《ひじょう》に悦《よろこ》んだ。

◎お前《まえ》の云《い》う事《こと》が判《わか》らぬ

飯島《いいじま》の邸《やしき》に二晩宿《ばんやど》られた禅師《ぜんし》は其翌朝俄《そのよくちょうにわ》かに暇《いとま》を告《つ》げて出立《しゅったつ》せられた。是《こ》れは予《あらか》じめ告《つ》げておけば大層《たいそう》に送《おく》られると早《はや》く覚《さと》ったから、常々華派《つねづねけば》〳〵しいことを好《この》まれぬ性質《せいしつ》だけに反《かえ》って有難迷惑《ありがためいわく》に思《おも》われた結果《けっか》に外《ほか》ならぬ。

さて津《つ》の城下《じょうか》を離《はな》れて間《ま》も無《な》き頃《ころ》、一人《ひとり》の百姓《しょう》ツカ〳〵と禅師《ぜんし》の側《そば》へ立《た》ち寄《よ》って「一休《きゅう》大禅師様《だいぜんしさま》へ御願《おねが》いを致《いた》します」と突然声《とつぜんこえ》を掛《か》けたから禅師《ぜんし》は驚《おどろ》かれて「オヽ如何《いか》にも乃公《わし》は大徳寺《だいとくじ》の一休《きゅう》であるが、まだ見《み》も知《し》らぬ其方《そなた》は乃公《わし》を何《なん》として知《し》って居《お》られる」「ヘッ、其御不審《そのごふしん》は御尤《ごもっと》もでございますが、私《わたくし》は此程大禅師様《このほどだいぜんしさま》の御蔭《おかげ》で御助《おたす》けを頂《いただ》きましたる鳥山《とりやま》さんの地下《じげ》のものでございます。大禅師様《だいぜんしさま》には其後御家老様《そのごごかろうさま》の御邸《おやしき》に御逗留《ごとうりゅう》と承《うけたま》わりましたので実《じつ》は昨日《きのう》の朝《あさ》から只今《ただいま》まで御家老様《ごかろうさま》の御邸《おやしき》の御近所《ごきんじょ》で御出立《ごしゅったつ》を御待《おま》ち申《もう》して居《お》りました」「昨日《きのう》の朝《あさ》から今《いま》まで……夫《そ》れでは乃公《わし》がまだ〳〵滞在《たいざい》して居《お》ったなれば何《ど》うなさる」「ヘエ、仮令幾日《たとえいくか》でも御待申《おまちもう》して居《お》ります心組《こころぐみ》でございました」「ヤレ〳〵……して夫《そ》れほどまでに此《こ》の乃公《わし》を待《ま》たれるのは何《な》にか用《よう》でもあってゞあろうの」「ヘエ、実《じつ》は此程《このほど》の御礼《おれい》も申《もう》し上《あげ》たく、又《ま》た誠《まこと》に恐《おそ》れ入《い》りますが一つ御願《おねが》いを致《いた》したいことがございますので」「乃公《わし》に願《ねが》い……夫《そ》れは全体何《ぜんたいど》んなことじゃ、先《ま》ず云《い》うて見《み》なされ」「ヘエ、其前《そのまえ》に一寸御尋《ちょっとおたず》ね致《いた》します」「フム、何《な》んじゃ」「その……誠《まこと》に失礼《しつれい》なことでございますが大禅《だいぜん》師様《しさま》は矢《や》ッ張《ば》り死人《しにん》に引導《いんどう》を御授《おさず》け遊《あそ》ばされますか」「ホヽー、妙《みょう》なことを聞《き》く。如何《いか》にも引導《いんどう》を授《さず》けるのは出家《しゅっけ》の役《やく》じゃ」「左様《さよう》でございますか。処《ところ》で是《こ》れもその……何《な》んでございますエー……誠《まこと》に失礼《しつれい》でございますが先《ま》ずそのエー……早《はや》い処《ところ》を申《もう》しますと何《な》んでございます……」「コレ〳〵、お前《まえ》さんの云《い》うことはトント判《わか》らんが夫《そ》れでは誰《た》れか死人《しにん》があるので乃公《わし》に引導《いんどう》を授《さず》けてくれとでも云《い》うのではないのかい」「まッ、まったく夫《そ》れでございますが夫《そ》れに付《つ》きましてエーその……」「ハヽヽヽ、又《ま》たエーその……が初《はじ》まったナ。其何《そのな》んじゃ無《な》いのかい、お前《まえ》さんに対《たい》して失礼《しつれい》かは知《し》らぬが引導《いんどう》を授《さず》けるのに金《かね》が無《な》いから何《ど》うか只《ただ》で授《さず》けてくれいとでも云《い》うのであろう」「メッ、滅相《めっそう》も無《な》い。木《こ》ッ葉《ぱ》坊《ぼう》主《ず》に御願《おねが》いをしてさえ金《かね》を取《と》られるのでございますもの況《ま》して大禅師様《だいぜんしさま》に御願《おねが》いをすれば何《な》んぼ何《な》んでも只《ただ》とは申《もう》されません。けれども其日暮《そのひぐら》しのことでございますからその……何《な》んでございますエーその……」「コレ〳〵、そんなことを云《い》わいでも判《わか》って居《お》る。人《ひと》を助《たす》けるのも出家《しゅっけ》の役《やく》なれば引導授《いんどうさず》けるのも出家《しゅっけ》の役《やく》じゃ。乃公《わし》は礼《れい》を貰《もら》った処《ところ》で仕方《しかた》が無《な》いから只《ただ》で授《さず》けて進《しん》ぜる」「エッ、只《ただ》で……モシ、そんなことをして貰《もら》いましては誠《まこと》に済《す》みませぬ」「イヤ〳〵乃公《わし》は礼《れい》を貰《もら》っては済《す》まぬ。只《ただ》なれば授《さず》けて進《しん》ぜるが礼《れい》を出《だ》すと云《い》うのなればお断《ことわ》りじゃ」「ヘーン、夫《そ》れでは真誠《まったく》の只《ただ》でございますか。授《さず》けてくれた後《あと》で幾許《いくら》貰《もら》わねばならぬと云《い》うようなことはございませんな。何日《いつ》やらも私《わたし》と同《おな》じ在所《ざいしょ》の佐《さ》五平《へい》さんところのお葬《とむら》いの時《とき》に、頼《たの》んだ坊《ぼう》さんが最初《さいしょ》はそんなことを云《い》うて後《あと》で佐《さ》五平《へい》さんに目《め》をむかしたことがございますから充分念《じゅうぶんねん》を入《い》れておきませんと……」「ハ、、、、そんな心配《しんぱい》をせずともよい。処《ところ》で何《なに》かい矢張《やは》り専修寺《せんしゅうじ》のほうへ行《ゆ》くのかな」「イエ、彼方《あっち》に私《わた》しは居《お》りますけれども死人《しにん》は此《こ》の少《すこ》し先《さき》の阿漕《あこぎ》と云《い》う処《ところ》にございますので……」「成程《なるほど》、して夫《そ》れはお前《まえ》さんの為《た》めに親戚《しんせき》にでもなるのかい」「左様々々《さようさよう》、親戚《しんせき》も親戚《しんせき》、私《わたし》の為《た》めには親父《おやじ》でございます」「それは気《き》の毒《どく》なこっちゃ。矢《や》ッ張《ば》り百姓《しょう》かナ」「イヤ違《ちが》います。私《わたし》こそ百姓《しょう》をして居《お》りますが、親父《おやじ》は漁師《りょうし》でございました」「左様《さよう》か。よし〳〵夫《そ》れでは案内《あんない》して下《くだ》され是《こ》れから行《ゆ》きましょう」「ヘエ〳〵畏《かしこ》まりました」

◎アンナ無茶《むちゃ》な引導《いんどう》

百姓《しょう》の案内《あんない》につれて赴《おもむ》かれたのは阿漕《あこぎ》の浜《はま》の陋《むさ》くろしい荒家《あばらや》であったが、夫《そ》れでも処《ところ》の人々等《ひとびとら》が寄《よ》り集《あつ》まって何《なに》かと慰《なぐ》さめて居《お》るものもあれば悔《くやみ》を述《の》べて居《お》るものもあり世話《せわ》をやって居《お》るものもあれば手伝《てつだ》うて居《お》るものもある。そこへ禅師《ぜんし》が来《こ》られたと云《い》うので忽《たちま》ち大騒《おおさわ》ぎ。「それ大禅師様《だいぜんしさま》が御越《おこ》しになられた」「生仏《いきぼとけ》さまが御越《おこ》し遊《あそ》ばした」「有《あ》り難《がた》いことじゃ」「南無阿弥陀仏《なむあみだぶつ》」「仏《ほとけ》も仕合《しあわ》せじゃ」

処《ところ》へ禅師《ぜんし》はツカ〳〵と通《とお》られ「コレ〳〵、騒《さわ》いでは仏《ほとけ》の為《た》めによくない。静《しず》かに〳〵」「何《ど》うも、何《ど》うも大禅師様《だいぜんしさま》には御苦労様《ごくろうさま》でございます」「有《あり》がとうございます」「御蔭《おかげ》で死《し》人《にん》も浮《うかば》れます」「コレ〳〵判《わか》った〳〵、引導授《いんどうさず》けるのは出家《しゅっけ》の役《やく》じゃから礼《れい》を云《い》うに及《およ》ばぬ」「ヘエ〳〵、有《あ》り難《がと》うございます」「時《とき》に仏《ほとけ》は何《な》んと云《い》う名《な》であったナ」「ヘエ〳〵、戒名《かいみょう》はまだ付《つ》けてございませんが弥五郎《やごろう》と申《もう》しました」「そうかナ、そして何日《いつ》亡《な》くなられました」「ヘエ、一昨日《おとつい》の朝《あさ》でございます。それで一同《どう》の者等《ものら》は昨日《きのう》にもお葬《とむら》いをしようと申《もう》しましたのでございますが、弥蔵《やぞう》の申《もう》しますには親《おや》のことではあり同《おな》じ引導《いんどう》を授《さず》けて頂《いただ》くのなれば土地《ところ》の木《こ》ッ葉坊《ばぼう》さんよりは生仏《いきぼとけ》さんに御願《おねが》いをするとのことでございましたのでツイ遅《おそ》くなりました、ヘエ〳〵……」「よし……判《わか》った。夫《そ》れでは何処《どこ》かに米俵《こめだわら》がありましょうな」「ヘエ、米俵《こめだわら》は何《な》んになさいます」「何《な》んでもよろしい、有《あ》れば持《も》って来《き》て下《くだ》され」

一同《どう》の者《もの》は不思議《ふしぎ》に思《おも》うたが禅師《ぜんし》の云《い》うことであるから何処《どこ》からか持《も》ってくると「夫《そ》れでは仏《ほとけ》を此《こ》の中《なか》に入《い》れて下《くだ》され」「俵《たわら》の中《なか》へでございますか」「そうじゃ〳〵」「モシ、桶《おけ》の中《なか》へ入《い》れてございますが……」「桶《おけ》では少《すこ》し工合《ぐあい》は悪《わる》い。兎《と》も角《かく》俵《たわら》へ入《い》れて下《くだ》され」「へエ〳〵畏《かしこ》まりました」

一同《どう》は怪訝《けげん》な顔《かお》をしながら弥五郎《やごろう》の死骸《しがい》を俵《たわら》へ入《い》れると「夫《そ》れから仏《ほとけ》が生前《せいぜん》に乗《の》った船《ふね》がござろうナ」「へエ〳〵、ございます」「それでは気《き》の毒《どく》じゃが仏《ほとけ》を一寸船《ちょっとふね》の中《なか》へ運《はこ》んで下《くだ》され」

さア一同《どう》はいよ〳〵解《げ》し兼《か》ねたから「何《ど》うも可怪《おか》しな引導《いんどう》じゃ無《な》いか」「さア、多分何《たぶんな》んじゃろう、仏《ほとけ》が生《い》きて居《お》る内《うち》に始終《しじゅう》乗《の》って居《お》ったと云《い》う処《ところ》から其船《そのふね》の中《なか》で引導《いんどう》を御授《おさず》け下《くだ》さるのであろうかい」「違《ちが》いない。矢《や》ッ張《ば》り大禅師様《だいぜんしさま》じゃノ、此《こ》んなことは木《こ》ッ葉坊《ぱぼう》主《ず》じゃ気《き》が付《つ》くまい」「そうじゃ〳〵、矢《や》ッ張《ば》り大禅師様《だいぜんしさま》は豪《えら》いナ」などと小声《こごえ》ながらも口々《くちぐち》で云《い》い初《はじ》めた。

其内《そのうち》に船《ふね》の中《なか》へ運《はこ》ぶと「御苦労々々々《ごくろうごくろう》、夫《そ》れでは御苦労序《ごくろうついで》に少《すこ》し沖《おき》のほうへ漕《こ》いで貰《もら》おうかナ」「ヘッ、ですが大禅師様《だいぜんしさま》、此処《ここ》で御授《おさず》け頂《いただ》いたら何《ど》うでございましょう。そう致《いた》しますれば直《じき》に穴《あな》のほうへ運《はこ》べますから」「イヤ〳〵、此処《ここ》では仏《ほとけ》も得心《とくしん》せられまい。少《すこ》し沖《おき》のほうへ浮《うか》べねば」「左様《さよう》でございますか。夫《そ》れでは出《だ》しますから御気《おき》をお付《つ》け下《くだ》さい、危険《あぶの》うございますから」と漕《こ》ぎ出《だ》したが軈《やが》てよき程《ほど》と思《おも》われた頃《ころ》「コレ〳〵一寸《ちょっと》待《ま》って下《くだ》され。此辺《このへん》はよかろう」「ヘエ〳〵……」「此処《ここ》は深《ふか》かろうな」「そりゃもう中々深《なかなかふか》うございます」「左様《さよう》か、それでは引導《いんどう》を授《さず》けますぞ」と俵《たわら》を舳先《へさき》へ運《はこ》ばせ其前《そのまえ》に立《た》たれて声高々《こえたかだか》と「此《こ》の俵《たわら》は元来米俵《がんらいこめだわら》にあらず糠俵《ぬかだわら》にもあらねば麦俵《むぎだわら》にもあらず。是《こ》れ阿漕《あこぎ》が浦《うら》の漁師弥五郎《りょうしやごろう》の死骸《しがい》を入《い》れたる弥五郎俵《やごろうたわら》なり。汝弥五郎俵此《なんじやごろうたわらこ》の海中《かいちゅう》に入《い》って魚《うお》の餌食《えじき》となり而《しこう》して仏果《ぶっか》を得《え》よ喝《かつ》」と云《い》う言葉《ことば》の終《お》わらぬ内《うち》、禅師《ぜんし》の手《て》は俵《たわら》に掛《かか》ったと見《み》るまに波《なみ》の上《うえ》へドブンとばかり投《な》げ込《こ》まれたから一同《どう》の面々《めんめん》は驚《おどろ》く中《なか》にも弥蔵《やぞう》は怒《おこ》り出《だ》した。

「モシ、貴君《あなた》は大禅師《だいぜんし》とも云《い》われるお方《かた》に似合《にあ》わず何《な》んと云《い》う無茶《むちゃ》なことをなさいます。第《だい》一彼《あ》の引導《いんどう》は一寸《ちょっと》も引導臭《いんどうくさ》いことはございませんじゃありませんか。其上私《そのうえわたし》の為《た》めには大切《たいせつ》ない親父《おやじ》の死骸《しがい》を魚《さかな》の餌食《えじき》となれなぞとは丸《まる》ッ切《き》り無茶苦茶《むちゃくちゃ》じゃ。さア早《はや》く彼《あ》れを拾《ひろ》って下《くだ》さい。夫《そ》れで無《な》くば如何《いか》に生仏《いきぼとけ》か大禅師《だいぜんし》か知《し》らぬが私《わたし》は承知《しょうち》は出来《でき》ん」

プン〳〵怒《おこ》り出《だ》した弥蔵《やぞう》は今《いま》にも禅師《ぜんし》を引《ひ》ッ摑《つか》んで海《うみ》の中《なか》へ投《な》げ込《こ》まんばかりの権幕《けんまく》に一同《どう》の人々《ひとびと》も殺気立《さっきだ》ったが、夫《そ》れでも禅師《ぜんし》は平気《へいき》に「ホヽー、弥蔵《やぞう》どのとやら怒《おこ》るは一応尤《おうもっと》もであるが併《しか》し引導《いんどう》は何《な》んの為《た》めに授《さず》けるか存《ぞん》じておるか」「そッ、そんなことは知《し》らぬがアンナ無茶《むちゃ》な引導《いんどう》は何処《どこ》にある……」「まア聞《き》きなさい。成程乃公《なるほどわし》のような引導《いんどう》は外《ほか》に無《な》いかも知《し》れぬ。併《しか》し夫《そ》れでは形《かたち》ばかりで仏《ほとけ》は浮《う》かばれまい。第一《だいい》引導《いんどう》と云《い》うものは仏《ほとけ》の罪《つみ》を亡《ほろ》ぼすものでありますぞ」「そッ、夫《そ》れにしても魚《うお》の餌食《えじき》になれドブンじゃ何《ど》うして浮《う》かばれます」「ハヽヽヽ、其方《そなた》は物《もの》の判《わか》り悪《にく》い人《ひと》じゃナ。先《ま》ず聞《き》くがお前《まえ》さんの親父《おとっ》さんは何《なに》を商売《しょうばい》にしていなさった」「それくらいの事《こと》は知《し》ってます。云《い》わずと知《し》れた漁師《りょうし》です」「さア夫《そ》れじゃ、漁師《りょうし》は魚《さかな》を取《と》って世《よ》を渡《わた》る商売《しょうばい》でありましょう。さすれば生前《せいぜん》に何《なん》百何万《なんまん》と云《い》う魚《さかな》の生命《いのち》を取《と》ってあることを知《し》りませんか。如何《いか》に商売《しょうばい》とは云《い》え沢山《たくさん》な殺生《せっしょう》をした上《うえ》は必《かなら》ず魚《さかな》の怨《うらみ》があります。さア其怨《そのうらみ》じゃ、其怨《そのうらみ》はお前《まえ》さんの親父《おとっ》さんの身《み》の上《うえ》に罪《つみ》となって背負《せお》うて居《お》る。処《ところ》が其罪《そのつみ》を背負《せお》うたまゝで陸《おか》へ埋《うず》めて仕舞《しま》えば其罪《そのつみ》の消《き》えることがあるか考《かんが》えて見《み》なさい」「フム……夫《そ》れでは海《うみ》の中《なか》へドブンでは消《き》えますか」「オヽ元《もと》よりのこと。夫《そ》れも其《その》まゝでドブンでは中々《なかなか》消《き》えぬ、魚《さかな》の餌食《えじき》になれドブンでなくば仏果《ぶっか》を得《え》られませんぜ」「ヘーン……」「早《はや》い話《はなし》は武士《さむらい》なぞは親《おや》を討《う》たれた時《とき》に必《かなら》ず復讐《かたきうち》をしましょうナ」「それは当然《あたりまえ》じゃ」「さア、すれば魚《さかな》でも魂《たましい》のある以上《いじょう》は自分《じぶん》の親《おや》は漁師《りょうし》の弥五郎《やごろう》に漁《と》られた、乃公《わし》の兄弟《きょうだい》も弥五郎《やごろう》に漁《と》られた、家内《かない》も弥五郎《やごろう》に漁《と》られた、可愛《かわ》いゝ子供《こども》も弥五郎《やごろう》に漁《と》られたと怨《うら》んで居《お》るに相違《そうい》は無《な》い。其奴等《そいつら》は絶《た》えず復讐《かたきうち》をしようと思《おも》うて居《お》る内《うち》に弥五郎《やごろう》は死《し》んだ、其死骸《そのしがい》は陸《おか》へ葬《ほうむ》られたと聞《き》いては残念《ざんねん》で堪《たま》らぬばかりか何日《いつ》まで経《た》っても復讐《かたきうち》は出来《でき》まい」「成程《なるほど》……」「復讐《かたきうち》は出来《でき》ず其怨《そのうらみ》ばかりが残《のこ》って居《お》ると何《ど》れほど立派《りっぱ》な坊《ぼう》さんに引導《いんどう》を授《さず》けて貰《もら》った処《ところ》で罪《つみ》が消《き》えるか浮《うか》ばれるか考《かんが》えて見《み》なさい」「ヤッ、判《わか》りました。夫《そ》れで親父《おやじ》の死骸《しがい》をドブンで復讐《かたきうち》をさしてやって下《くだ》さったのでございますな」「其通《そのとお》り〳〵」「御話《おはな》しを伺《うかご》うて見《み》ますれば御尤《ごもっと》もでございます。ツイ勝手《かって》が違《ちが》うものでございますから。いろ〳〵失礼《しつれい》なことを申《もう》し上《あ》げて誠《まこと》に申《もう》し訳《わけ》ございません。何《ど》うもよく御心付《おこころづ》け下《くだ》さいまして有難《ありがと》う存《ぞん》じます」と弥蔵《やぞう》が悦《よろ》こべば今《いま》まで呆《あき》れて居《お》った面々《めんめん》も「オイ矢《や》ッ張《ば》り生仏様《いきぼとけさま》は豪《えら》いな。成程此《なるほどこ》んなことは木《こ》ッ葉坊主《ばぼうず》には気《き》が付《つ》かんわい」

◎是《こ》れなればよかろう

弥蔵《やぞう》に別《わか》れを告《つ》げられて山田《やまだ》へ赴《おもむ》かれる間《あいだ》は何《なに》も話《はな》しは無《な》いが、さて山田《やまだ》の町《まち》へかえろうとすると町《まち》の外《はず》れに居《お》った四五人《にん》の侍《さむらい》何《いず》れも恭々《うやうや》しく礼《れい》をした。中《なか》にも一人《にん》は「誠《まこと》に無躾《ぶしつけ》ながらお伺《うかが》いを致《いた》します。御出家《ごしゅっけ》は大禅師様《だいぜんしさま》ではございませんか。拙者共《せっしゃども》は一昨日来《さくじつらい》大禅師様《だいぜんしさま》の御着《おつ》きを御待《おま》ち申《もう》して居《お》る者《もの》でございます。既《すで》に御宿《おやど》の準備《したく》も整《ととの》えてございますれば是《こ》れより御案内《ごあんない》を申《もう》し上《あげ》まする」と叮重《ていちょう》な言葉付《ことばつき》。

是《こ》れには禅師《ぜんし》も面喰《めんくら》ってまるで狐《きつね》にでも摘《つま》まれたような思《おも》い。「モシ、夫《そ》れは若《も》しや御《お》人違《ひとちが》いではございませんか。私共《わたしども》は京都《きょうと》から参《まい》りました者《もの》でございますが」「恐《おそ》れながら京都《きょうと》は紫野大徳寺《むらさきのだいとくじ》の一休大禅師様《きゅうだいぜんしさま》でございましょう。決《けっ》してお人違《ひとちが》いではございません」「ハイ〱、如何《いか》にも一休《きゅう》でございますが失礼《しつれい》ながら貴方《あなた》がたは誰殿《どなた》でございます」「ハ、ッ、是《こ》れは初《はじ》めまして御目《おめ》に掛《かか》ります。拙者共《せっしゃども》は此《こ》の土地《とち》の御役《おやく》を承《うけたま》わって居《お》る者《もの》でございます。先《ま》ず兎《と》も角《かく》も御宿《おやど》まで御案内致《ごあんないいた》しまする」「それは〱有《あ》り難《がと》うございますが、夫《そ》れにしては愚僧共《ぐそうども》が当地《とうち》へ参拝致《さんぱいいた》しますことは何《いず》れから御聞《おき》きなさいました」「ハッ実《じっ》は一昨日《さくじつ》津《つ》の六条殿《じょうどの》より急使《きゅうし》を立《た》てられ、大禅師様《だいぜんしさま》には斯様々々《かようかよう》の御風体《ごふうてい》にて御二人《おふたり》連《づ》れにて御参拝《ごさんぱい》あらせられるに付《つ》き、御風体《ごふうてい》は……誠《まこと》に失礼《しつれい》なる申《もう》し分《ぶん》ではござりますれど、兎《と》に角御風体《かくごふうてい》は御風体《ごふうてい》であるから万事粗忽《ばんじそこつ》の無《な》きようとの御注意《ごちゅうい》を頂《いただ》きましたる為《た》めにござりまする」「ナッ、ナール……六条殿《じょうどの》より……左様《さよう》でございますか、夫《そ》れは〳〵御苦労《ごくろう》に存《ぞん》じます」「さ、兎《と》もあれ御宿《おやど》まで御案内《ごあんない》を仕《つか》まつりまする」

そこで禅師《ぜんし》は所役人《ところやくにん》の案内《あんない》によって定《さだ》められた宿《やど》へ行《い》って見《み》ると中々立派《なかなかりっぱ》な処《ところ》へ何分《なにぶん》にも一休大禅師《きゅうだいぜんし》と云《い》うので下《した》にも置《お》かぬ待遇《たいぐう》。是《こ》れには反《かえ》って迷惑《めいわく》を感《かん》ぜられた程《ほど》であるが併《しか》し参拝《さんぱい》や諸所《しょしょ》の見物《けんぶつ》には便利《べんり》であったが、其内《そのうち》で一寸魔誤付《ちょっとまごつ》かれたのは内宮《ないぐう》の参拝《さんぱい》であった。

内宮《ないぐう》の参拝《さんぱい》は現今《げんこん》でこそ緩《ゆるや》かになっておるが、昔《むかし》は女人《にょにん》を禁《きん》ぜられたこともあれば僧侶《そうりょ》……俗人《ぞくじん》でも頭《かしら》に髷《まげ》の無《な》いものは一切参拝《さいさんぱい》を許《ゆる》されなんだこともあった。処《ところ》が禅師《ぜんし》の赴《おもむ》かれた時《とき》には此《こ》の制《せい》があったので所役人《ところやくにん》は心《こころ》を苦《くる》しめておる。「御同役《ごどうやく》、大禅師《だいぜんし》の御来泊中《ごらいはくちゅう》は一切不都合《さいふつごう》の無《な》きようと心得《こころえ》てござるが一つ困《こま》ったことがござるぞ」「はて、如何《いか》なることでござるか」「さればさ外宮《げぐう》の御参拝《ごさんぱい》も済《す》み、二見浦《ふたみのうら》から其他《そのた》の名所《めいしょ》も粗《ほ》ぼ御見物《ごけんぶつ》になられたが内宮御参拝《ないぐうごさんぱい》を仰《おお》せ出《だ》された時《とき》には如何致《いかがいた》したものでござろう」「オヽ、如何《いか》さま、僧侶御禁制《そうりょごきんせい》とござるの……だが外《ほか》ならぬ御人《ごじん》、殊《こと》に畏《かしこ》き辺《あた》りの御連枝《ごれんし》ともござれば如何《いかが》でござろう宮司殿《ぐうじどの》のほうへ申《もう》し出《い》で特《とく》に御許《おゆる》しを願《ねが》っては」「されば……だが御規則《ごきそく》は御規《ごき》則《そく》であるから御許《おゆる》しは無《な》かろう」「如何《いか》さまナ」

互《たが》いに額《ひたい》を鳩《あつ》めて協議《きょうぎ》して居《お》るとは気《き》の付《つ》かれぬ禅師《ぜんし》、或日其役人《あるひそのやくにん》に向《むか》って「此程来《このほどらい》は何《なに》かと御配慮《ごはいりょ》に預《あずか》り有難《ありがと》うございました。就《つ》きましては最早明朝出立致《もはやみょうちょうしゅったついた》したいと存《ぞん》じますが夫《そ》れに付《つ》けても肝腎《かんじん》の内宮《ないぐう》へはまだ参拝《さんぱい》を致《いた》しませぬから何《ど》うか御苦労《ごくろう》ではございますが御案内《ごあんない》を願《ねが》えますまいか」

さア弱《よわ》った暫《しば》らくは互《たが》いに顔《かお》を見合《みあわ》せて居《お》ったが軈《やが》て其《その》一人《にん》「恐《おそ》れながら申《もう》し上《あ》げまする。誠《まこと》に申《もう》し訳無《わけな》き次第《しだい》にござりまするが内宮《ないぐう》へは御出家方《ごしゅっけがた》の御参拝《ごさんぱい》は適《かな》いませぬ」「ホヽー、是《こ》れは初耳《はつみみ》でございますが、それは如何《いか》なる訳《わけ》で」「ハッ、何分《なにぶん》にも大切《たいせつ》なる御廟所《ごびょうしょ》でございますれば御出家《ごしゅっけ》に拘《かか》わりませず剃髪《ていはつ》したる僧体《そうたい》の方《かた》は一切《さい》適《かな》いませぬので」「成程《なるほど》、公《おおやけ》の規定《おきて》とすれば致《いた》し方《かた》はございませぬが、併《しか》し僧侶《そうりょ》は俗人《ぞくじん》よりも清浄《せいじょう》なるもの殊《こと》に朝廷《ちょうてい》の下《もと》に居《お》ります同《おな》じ国民《こくみん》でございますが……仏前《ぶつぜん》に仕《つか》えると云《い》う点《てん》でござりましょうかナ……が斯様《かよう》に致《いた》しては如何《いかが》でございましょうナ。御制定《ごせいてい》を犯《おか》すのは心苦《こころぐる》しゅうございますによって是《こ》れなる法衣《ほうい》を脱《ぬ》ぎ、頭《かしら》は申《もう》し訳《わけ》までに付《つ》け髷《まげ》を拵《こし》らえては……」

禅師《ぜんし》の言葉《ことば》に一人《ひとり》の侍《さむら》いは思《おも》わず横手《よこて》を打《う》って「ナッ、成程《なるほど》夫《そ》れなれば元《もと》より差支《さしつか》えはございますまい。」が兎《と》も角《かく》も宮司殿《ぐうじどの》まで御尋《おたず》ねを致《いた》して見《み》ましょう」と早速《さっそく》駆《か》け付《つ》けて其《その》話《はなし》をすると、宮司《ぐうじ》に於《お》いても大禅師《だいぜんし》と云《い》うことを聞《き》いて一言《ごん》も無《な》い。「余人《よじん》は兎《と》に角大禅師《かくだいぜんし》なれば如何《いか》ようにせられるとも特《とく》に含《ふく》み置《お》きますによって」とのことであったので道意《どうい》は宿《やど》に残《のこ》され、禅師《ぜんし》は白衣《びゃくい》のまゝ頭《かしら》へ黒色《くろいろ》の紙《かみ》を髷形《まげがた》に切《き》って鬢付油《びんつけあぶら》で貼《は》り付《つ》け参拝《さんぱい》せられた。尤《もっと》も此《こ》の途中風《とちゅうかぜ》が吹《ふ》いて髷《まげ》が飛《と》んだなぞと云《い》う滑稽談《こっけいだん》はあるが反《かえ》って冗長《じょうちょう》にわたる嫌《きらい》があるから省《はぶ》いておく。

◎一つの舞《まい》が七十日《にち》

兎《と》も角《かく》も無事《ぶじ》に伊勢参宮《いせさんぐう》を終《おわ》った禅師《ぜんし》は再《ふたた》び元《もと》の道《みち》を引《ひ》っ返《かえ》される途中《とちゅう》、道意《どうい》は気《き》になるところから「時《とき》にお師匠様《ししょうさま》、是《こ》れから一時京都《じきょうと》へ御帰《おかえ》り遊《あそ》ばしては如何《いかが》でございましょう。御出立後相当《ごしゅったつごそうとう》に日数《にっすう》も経《た》ってございますれば一同《どう》には定《さだ》めて心配《しんぱい》を致《いた》し居《お》ることゝ存《ぞん》じますれば」と言《い》うたのが負《ま》けず嫌《きら》いの禅師《ぜんし》の癪《しゃく》に触《さわ》られた。黙《だま》って居《お》れば其《その》まゝ帰《かえ》る心算《つもり》であったのだが道意《どうい》の言葉《ことば》を聞《きい》て「イヤ〱、出家《しゅっけ》は三界《がい》に家《いえ》なしじゃ、心《こころ》に任《まか》せ足《あし》に任《まか》せ行《ゆ》こうと思《おも》う処《ところ》まで行《ゆ》くぞ」「へーエ、夫《そ》れでは是《こ》れから何《いず》れへ御越《おこ》しなさいます」「されば……」と考《かんが》えたが突然《とつぜん》のことで一寸返答《ちょっとへんとう》をしかねたが、フト津《つ》の六条家《じょうけ》で書《か》いた屏風《びょうぶ》のことを思《おも》い出《だ》し「是《こ》れから吉野《よしの》へ行《い》って見《み》ようかナ」「吉野《よしの》……モシ、吉野《よしの》は最早花《もはやはな》も大方散《おおかたち》ってございますことゝ存《ぞん》じますが」「イヤ〱、桜《さくら》は花《はな》よりも葉桜《はざくら》のほうが面白《おもしろ》い」

何処《どこ》までも負惜《まけおし》みを云《い》われながら津《つ》まで行《い》って道《みち》を西《にし》に取《と》り、伊賀《いが》の上野《うえの》から名張《なばり》、萩原《はぎわら》を過《す》ぎて初瀬《はせ》の観世音《かんぜおん》に参詣《さんけい》し、多武峰《とうのみね》の談山神社《たんざんじんじゃ》も参拝《さんぱい》して吉野《よしの》に向《むか》われた。

さて来《き》て見《み》ると梢《こずえ》の花《はな》は概《おおむ》ね散《ち》り失《う》せて見《み》る限《かぎ》り葉桜《はざくら》となって居《お》ったが禅師《ぜんし》の負惜《まけおしみ》では無《な》いけれども葉桜《はざくら》の眺《なが》めは又《ま》た捨《す》て難《がた》い情《じょう》がある。それで先《ま》ず宿《やど》りを求《もと》めて一日二日《にちふつか》は彼方此方《あなたこなた》の旧蹟《きゅうせき》を見物《けんぶつ》せられて居《お》ると、或日《あるひ》の夕宿《ゆうべやど》の亭主《ていしゅ》は禅師《ぜんし》の座敷《ざしき》へツカ〱と這入《はい》って来《き》た。

物事《ものごと》には元来無頓着《がんらいむとんちゃく》の禅師《ぜんし》であるから亭主《ていしゅ》の姿《すがた》を見《み》られて心易《こころやす》げに「オヽ御亭主《ごていしゅ》、何《なに》か御用《ごよう》がありますかナ。まア此方《こっち》へ坐《すわ》って御話《おはな》しをなさい」「ヘエ、有《あ》り難《がと》うございます。時《とき》に妙《みょう》なことを御尋《おたず》ね致《いた》しますが貴君《あなた》は元《もと》からの御出家《ごしゅっけ》ではございませんそうですな」「ホヽー、如何《いか》さま、真逆母《まさかはは》の胎内《たいない》から出家《しゅっけ》で飛《と》び出《だ》しは致《いた》しません」「ヘヽヽヽ、是《こ》れは何《ど》うも恐《おそ》れ入《い》ります。真誠《まったく》のところは近頃御剃髪《ちかごろごていはつ》なさったのやそうで……」「是《こ》れは〳〵妙《みょう》なことを御尋《おたず》ねになりますが誰《た》れかそう云《い》うことを申《もう》しましたか」「ヘエ〳〵、実《じつ》は彼方《あっち》の間《ま》にお在《いで》になるお客《きゃく》さんが左様《さよう》に仰《おお》せられました」「ヘーン、それは〳〵」「就《つ》きまして誠《まこと》に突然《とつぜん》でございますが御願《おねが》いがございます」「ハイ〳〵」「実《じつ》は私共《わたくしども》は近所《きんじょ》の仲間《なかま》の人々《ひとびと》と近頃稽古《ちかごろけいこ》を初《はじ》めて居《お》りますので、貴君《あなた》は立派《りっぱ》なお師匠様《ししょうさま》と伺《うかご》うたのを幸《さいわ》い何《ど》うか一つだけで結構《けっこう》でございますから是非拝見《ぜひはいけん》を致《いた》しとう存《ぞん》じます」

亭主《ていしゅ》の云《い》うことは如何《いか》な禅師《ぜんし》も解《げ》しかねた。兎《と》に角何《かくなに》かの師匠《ししょう》と誤《あや》まられて居《お》るのは判《わか》ったが、さて何《なん》と云《い》うことは何《ど》う考《かんが》えられても一向《こう》に判《わか》りかねる。が性来《せいらい》の気質《きしつ》は飽《あく》まで狸《たぬき》をきめこんで見《み》ようと思《おも》われたので「ヤッ、とう〳〵化《ばけ》の皮《かわ》は現《あら》われましたかナ。併《しか》し近頃《ちかごろ》はトント止《や》めて居《お》りますので、到底御覧《とうていごらん》に入《い》れるようなことは出来《でき》ません」「御尤《ごもっと》もでございます。斯様《かよう》な田舎《いなか》で殊《こと》に私《わたく》しどものような素人《しろうと》に御見《おみ》せになられる方《かた》と違《ちが》うのは万々承知《ばんばんしょうち》を致《いた》して居《お》りますが、そこは御馴染甲斐《おなじみがい》に一つだけでも結構《けっこう》でございます」「さアそれでございます。一つ御覧《ごらん》に入《い》れるのなれば十《とお》でも二十《にじゅう》でも御覧《ごらん》に入《い》れますが何分《なにぶん》にも近頃《ちかごろ》はトント……」「メッ、滅相《めっそう》な、都《みやこ》で指折《ゆびおり》な御師匠《おししょう》さんが僅《わず》かばかりの間《あいだ》御休《おやす》みなされたと、云《い》う左程《さほど》まで御忘《おわす》れになるようなことがございますか。然《しか》も私共《わたしども》のような素人《しろうと》に御見《おみ》せ頂《いただ》くのでございますから少々《しょうしょう》くらい型《かた》にはまらずとも結構《けっこう》でございます」「ハヽヽヽ、併《しか》し私《わたく》しのことを一体《たい》何《ど》んな人《ひと》から御聞《おき》きになられました」「ヘエ〳〵、矢《や》ッ張《ば》り都《みやこ》の方《かた》でございます。最初《さいしょ》は下女《げじょ》に何気《なにげ》なく御話《おはな》し頂《いただ》きましたのを私《わたく》しが聞《き》きまして自分《じぶん》も好《す》きなものでございますから更《さ》らに御邪魔《おじゃま》に出《で》て伺《うかが》いますと、彼《あ》の御出家《ごしゅっけ》のような方《かた》は都《みやこ》でも名高《なだか》い舞《まい》の師匠《ししょう》で近頃《ちかごろ》は入道《にゅうどう》せられて諸国《しょこく》の師匠《ししょう》を御訪《おたず》ねになり、尚更《なおさ》ら其道《そのみち》を御究《おきわ》めになって居《お》るのじゃと詳《くわ》しく教《おし》えて頂《いただ》きました。ですから御休《おやす》みになって居《お》られるなぞとはホンの御口実《ごこうじつ》でございましょう」

間違《まちが》いも間違《まちが》い天下《てんか》の名僧智識《めいそうちしき》を舞《まい》の師匠《ししょう》と間違《まちご》うたのであった。「ハヽヽヽ、御亭《ごてい》主《しゅ》、夫《そ》れは大変《たいへん》な間違《まちが》いじゃ。私《わた》しは中々《なかなか》そんな粋《すい》なものは知《し》りません。それは何《なに》かの間《ま》違《ちが》いでございましょう」「イヤ〳〵、それは駄目《だめ》でございます。既《すで》に都《みやこ》の方《かた》が確《たしか》に御話《おはな》しがありました程《ほど》ですから沢山《たくさん》とは申《もう》しませんセメテ一つだけなりとも是非《ぜひ》に御見《おみ》せを願《ねが》います」「御見《おみ》かけの通《とお》り何分《なにぶん》にも出家《しゅっけ》のことでございますから阿房陀羅経《あほだらきょう》くらいなれば下手《へた》ながらも少々《しょうしょう》はやりますが舞《まい》ときては丸《まる》ッ切《き》り……」「モシ、夫《そ》れでは困《こま》ります。実《じつ》は無論御承知下《むろんごしょうちくだ》さるものと思《おも》いましたので同《おな》じ仲間《なかま》の者《もの》へも申《もう》しまして何《いず》れも楽《たの》しんで居《お》る程《ほど》でございますから万《まん》一御承諾《ごしょうだく》を下《くだ》さらねば私《わたし》は皆《みな》の者《もの》に合《あわ》す顔《かお》はございません。何《ど》うか一つだけでも……」

最初《さいしょ》は冗談半分《じょうだんはんぶん》に相手《あいて》になって居《お》られた禅師《ぜんし》も此処《ここ》まで頼《たの》まれては何《ど》うしても免《のが》れることは出来《でき》ぬ。と云《い》うて稽古《けいこ》したことも無《な》ければ習《なら》ったことは元《もと》より無《な》い。それが為《た》め返答《へんとう》に困《こま》って居《お》ると、亭主《ていしゅ》のほうから泣《な》かんばかりにしきりと頼《たの》み込《こ》む。遂《つい》には返答《へんとう》に困《こま》って絶体絶命《ぜったいぜつめい》。「左程《さほど》まで申《もう》されるのなれば仕方《しかた》ございませんから私《わたく》しも習《なら》ったことは無《な》いが御亭主《ごていしゅ》の顔《かお》を立《た》てゝ見覚《みおぼ》えたものを少《すこ》し御覧《ごらん》に入《い》れましょう。尤《もっと》も覚束《おぼつか》ないところは見免《みのが》して貰《もら》わねばなりません。「エッ、夫《そ》れでは御承諾下《ごしょうだくくだ》さいますか。ヤレ〳〵、是《こ》れで私《わたく》しの肩《かた》の荷《に》が下《おり》ました。夫《そ》れでは早速《さっそく》一同《どう》の者《もの》に伝《つた》えてやりましょう」と其《その》まゝ駆《か》け下《おり》たが、稍暫《ややしば》らくあって再《ふたた》び顔《かお》を出《だ》し「お師匠様《ししょうさま》、夫《そ》れでは恐《おそ》れ入《い》りますが此方《こちら》へ御越《おこ》しを願《ねが》います」

禅師《ぜんし》は苦《くる》しい中《なか》にも可笑《おか》しゅう思《おも》われたが苦笑《にがわら》いをされながら亭主《ていしゅ》の云《い》うがまゝに附《つ》いて行《ゆ》かれると奥《おく》の一間《ま》には其仲間《そのなかま》の者《もの》を初《はじ》め其他《そのた》の見物人《けんぶつにん》は沢山《たくさん》に詰《つ》めかけて居《お》る。と軈《やが》て亭主《ていしゅ》は禅師《ぜんし》に向《むこ》うて「時《とき》にお師匠様《ししょうさま》、何《なに》を御見《おみ》せ頂《いただ》けましょう」「されば、何分《なにぶん》にも前刻《せんこく》も申《もう》した通《とお》り習《なろ》うたことが無《な》いから何《なに》と云《い》うて確《しか》とは存《ぞん》じませんが、高館《たかだち》と云《い》う舞《まい》は少《すこ》し見覚《みおぼ》えがございますによって其内《そのうち》の鈴木三郎《すずきさぶろう》が紀州《きしゅう》の藤白峠《ふじしろとうげ》から奥州《おうしゅう》の衣川《ころもがわ》へ行《ゆ》く処《ところ》を少《すこ》しばかり御覧《ごらん》に入《い》れましょう」

禅師《ぜんし》の言葉《ことば》に亭主《ていしゅ》は悦《よろこ》んで一同《どう》へ其旨《そのむね》を伝《つた》えたが、何分《なにぶん》にも素人連中《しろうとれんちゅう》のことであるから高館《たかだち》と云《い》う舞《まい》があるのか、又《ま》た夫《そ》れが何《ど》んな舞《まい》かと云《い》う事《こと》は少《すこ》しも知《し》る筈《はず》は無《な》く、只《た》だ都《みやこ》のお師匠《ししょう》さんが得意《とくい》の舞《まい》じゃ、定《さだ》めて皮肉《ひにく》な六《むつ》かしいものであろう位《くらい》に思《おも》うて舞《ま》わぬ先《さき》から大喝采《だいかっさい》で頻《しき》りと四方《ほう》から手《て》を拍《たた》き初《はじ》めた。

其内《そのうち》に禅師《ぜんし》は支度《したく》を整《とと》のえ其場所《そのばしょ》へ進《すす》んで、唄《うた》う調子《ちょうし》もトンチンカンに「さる程《ほど》に鈴《すず》木《き》の三郎《ろう》重家《しげいえ》は、旅《たび》の装束《しょうぞく》めされつゝ、藤白峠《ふじしろとうげ》を立《た》ち出《い》でて奥州《おうしゅう》さして下《くだ》られけるほどに……」と唄《うた》いながら舞台《ぶたい》と定《さだ》めた場所《ばしょ》を二三遍《べん》シズ〱と廻《まわ》られると、熱心《ねっしん》な連中《れんちゅう》は「成程《なるほど》、都《みやこ》の師匠《ししょう》だけに中々《なかなか》落《お》ち付《つ》いてあるな」「矢《や》ッ張《ぱ》り違《ちが》ったものじゃ、アレ彼《あ》の足許《あしもと》を見《み》よ。一寸《ちょっと》彼《あ》の稽古《けいこ》は出来《でき》んぜ」「そうだ〱足許《あしもと》だけじゃ無《な》い身体《からだ》の備《そな》えが旨《うま》いな」なぞと互《たが》いに無暗《むやみ》と賞《ほ》めちぎって居《お》る。惚《ほ》れた慾目《よくめ》で見《み》れば痘痕《あばた》も靨《えくぼ》に見《み》えると同様《どうよう》、禅《ぜん》師《し》の無茶苦茶《むちゃくちゃ》の舞《まい》も非常《ひじょう》に感心《かんしん》をしたらしい。

処《ところ》が禅師《ぜんし》のほうでは「奥州《おうしゅう》さして下《くだ》られけるほどに」まで唄《うた》って又《また》もや元《もと》の「下《くだ》られけるほどに……下《くだ》られけるほどに……と同《おな》じことばかり唄《うた》っては相変《あいかわ》らずクル〱〱〱同《おな》じ調子《ちょうし》に廻《まわ》って居《お》るので流石《さすが》の連中《れんちゅう》も遂《つい》には訝《いぶ》かり初《はじ》めた。「オイ〱、彼《あ》の舞《まい》は何《な》んであろう」「さア、タカダチとか何《な》んとか云《い》うて居《お》ったじゃ無《な》いか」「フム、舞《まい》の名《な》も名《な》やが同《おな》じようにクル〱廻《まわ》って居《お》るだけでチョッとも面白《おもしろ》いことは無《な》いなア」「そうだなア可訝《おか》しいな……オヤッ、オイ一寸《ちょっと》アノ歌《うた》を聞《きい》て見《み》い。ソレ下《くだ》られけるほどに……と同《おな》じことばかりを唄《うた》って居《お》るぜ」「フム〱、是《こ》りゃ可訝《おか》しい、何《ど》うしたんだろう真逆《まさか》気《き》が違《ちが》ったのじゃ無《な》かろうな」なぞと云《い》うて居《お》ると中《なか》に生意気《なまいき》な鼻折《はなお》れ天狗《てんぐ》はサモ知《し》ったかぶりで「オイ、お前等《まえら》彼《あ》の舞《まい》を知《し》らんとは情《なさ》けないな、彼《あ》れは有名《ゆうめい》の舞《まい》じゃ」「ヘーン、吉兵衛《きちべえ》はん貴君《あんた》アノ舞《まい》を知《し》ってるかい」「乃公《わし》は習《なろ》うたことは無《な》いが去年都《きょねんみやこ》へ行《い》った時《とき》に見《み》たがアノ下《くだ》られけるほどにを六十遍唄《べんうた》うのじゃ。夫《そ》れから次《つ》ぎが面白《おもしろ》いぜ。兎《と》に角《かく》彼《あ》の舞《まい》は許《ゆる》し物《もの》の内《うち》でも中々八釜《なかなかやかま》しいからなア」「ヘーン、けれども吉兵衛《きちべえ》はん、乃公《わし》は最前《さいぜん》から聞《き》いて居《お》るのに下《くだ》られけるほどにを中々《なかなか》六十遍《ぺん》や百遍《ぺん》では無《な》いぜ」「フム〱そうだろう、普通《あたりまえ》に舞《ま》うと六十遍《ぺん》じゃ。けれども上手《じょうず》な師匠《ししょう》になるほど沢山唄《たくさんうた》うのじゃ。見《み》てゝ見《み》い、彼《あ》れ位《くら》いの師匠《ししょう》になったらまだ〱云《い》うだろう。けれども『けるほどに』を仕舞《しま》ってから次《つ》ぎは中々少々《なかなかしょうしょう》の稽古《けいこ》では舞《ま》えぬが其代《そのかわ》りそりゃ面白《おもしろ》いぜ」「ヘーン、では何《ど》うだろう、けるほどにを宜《よ》い加減《かげん》に抜《ぬ》いてもろうて次《つ》ぎを見《み》せて貰《もら》おうじゃ無《な》いか」「フム〱そりゃよかろう本式《ほんしき》にやる時《とき》は無論数通《むろんかずどお》り舞《ま》わねばなるまいけれども此処《ここ》では抜《ぬ》いて貰《もら》おうなア」「そうしよう、夫《そ》れでは三兵衛《べえ》はん一寸貴方《ちょっとあなた》からお師匠《ししょう》さんに願《ねが》って下《くだ》さいませんか」「宜《よろ》しい〱」

知《し》ったかぶりの鼻折《はなお》れ先生《せんせい》に担《かつ》がれたとは知《し》らんから宿屋《やどや》の亭主《ていしゅ》は禅師《ぜんし》の側《そば》へ行《い》って是《こ》れも知《し》ったかぶりの受売《うけうり》をやる。「モシ御師匠《おししょう》さん、モシ」「オヽ御亭主《ごていしゅ》、何《な》んでございます」「ヘエ、外《ほか》ではございませんが、其《その》、下《くだ》られけるほどにと云《い》うのは御立派《ごりっぱ》な師匠《ししょう》ほど沢山舞《たくさんま》うのじゃそうでございますが、其次《そのつ》ぎは面白《おもしろ》いとか申《もう》しますから其《その》けるほどにを宜《よ》い加減《かげん》に抜《ぬ》いて次《つ》ぎを見《み》せて頂《いただ》きとうございますが……」

禅師《ぜんし》は其言葉《そのことば》を聞《き》いて吹《ふ》き出《だ》そうとせられたが僅《わず》かに押《おさ》えて「さア私《わた》しも早《はや》く次《つ》ぎをと思《おも》うのですがまだ〳〵かゝれません」「でもございましょうが其処《そこ》を何《ど》うか……」「コレ〳〵御亭主《ごていしゅ》、そりゃ貴君無理《あなたむり》と云《い》うものじゃ」「ヘーエ……」「まア考《かんが》えても御覧《ごらん》なさい。紀州《きしゅう》の藤白《ふじしろ》から奥州《おうしゅう》の衣川《ころもがわ》まで行《ゆ》くのに何《ど》れほど日数《ひかず》が掛《かか》ると思《おも》うてなさる」「ヘエ……」「紀州《きしゅう》から奥州《おうしゅう》までは中々《なかなか》百里《り》や二百里《り》ではございませんぜ」「ヘエ……」「さア其道中《そのどうちゅう》を鈴木《すずき》三郎《ろう》が行《ゆ》くのですから三十日《にち》や五十日《にち》はかゝりましょう」「モシ、それでは一体《たい》けるほどにを何《ど》れほど御舞《おま》いになられます」「さア少《すくな》くも五十日《にち》は掛《かか》りましょうな」「五十日《にち》……五十日《にち》の間同《あいだおな》じことをお舞《まい》になるのでございますか」「勿論《もちろん》のこと、それで無《な》くば情《じょう》が移《うつ》りませんからな」「ヘーエ……」

余《あま》りのことに亭主《ていしゅ》も呆《あき》れて一同《どう》へ話《はな》しをすると「何《な》んぼお師匠《ししょう》さんでも面白《おもしろ》くも無《な》いけるほどにばかりを五十日《にち》も見《み》せられて堪《たま》るものか」と云《い》う事《こと》になって舞《まい》は夫《そ》れなりけりに

仕舞《しま》ってしまった。

◎此《こ》んな詩《し》が何処《どこ》にある

吉野《よしの》の見物《けんぶつ》は殆《ほと》んど済《す》んだ禅師《ぜんし》は是《こ》れからボツ〱大徳寺《だいとくじ》へ帰《かえ》られようと思《おも》うて居《お》ると例《れい》の道意《どうい》は又《また》もや「お師匠《ししょう》さん、如何《いかが》でございましょう、此処《ここ》の御見物《ごけんぶつ》も御済《おす》みになりましたなれば一先《ま》ず御帰《おか》えり遊《あそ》ばしては……」と先繰《さきぐり》さして勧《すす》めたので又々禅師《またまたぜんし》の気《き》は俄《にわ》かに変《かわ》った。「コレ〱道意《どうい》、又《また》しても帰《かえ》る〱と申《もう》すが其方《そなた》はまだ娑婆《しゃば》の執着心《しゅうちゃくしん》が去《さ》らぬなア」「ハッ、恐《おそ》れ入《い》りまする」「出家《しゅっけ》に帰《かえ》る家《いえ》は無《な》いとは知《し》らぬか、乃公《わし》はまだ〱都《みやこ》へは行《ゆ》かぬぞ」「ハッ、それでは奈辺《いずこ》へ御越《おこ》し遊《あそ》ばされます」「されば、此処《ここ》まで来《き》た序《ついで》じゃから紀州《きしゅう》の高野山《こうやさん》へ参詣《さんけい》をして見《み》ようかナ」「ヘーエ、高野山《こうやさん》へ……」「フム、高野《こうや》は弘法《こうぼう》大師《だいし》の開基《かいき》で我国《わがくに》での霊場《れいじょう》じゃ。其方《そなた》も一度《ど》は参詣《さんけい》をしておきなさい」「ハッ」と云《い》うことになって吉野《よしの》出立《しゅったつ》の後《のち》は相変《あいかわ》らず道中急《どうちゅういそ》ぎもせずに暮《くれ》ゆく春《はる》の景色《けしき》を賞《め》でつゝもブラリ〱と高野《こうや》の山《やま》に辿《たど》り付《つ》き諸所《しょしょ》を拝《はい》せられて奥《おく》の院《いん》へ進《すす》まれる。

時《とき》は初夏《しょか》とは云《い》え暑《あつ》さ厳《きび》しき世《よ》の中《なか》も此処《ここ》ばかりは春《はる》の名残《なごり》をまだ止《とど》めて見渡《みわ》たすかぎり峰《みね》の山々《やまやま》青葉《あおば》を添《そ》え森厳《しんごん》の気《き》は胸《むね》に応《こた》えて尽《つ》きせぬ眺《なが》め遉《さす》がに仏教諸宗《ぶっきょうしょしゅう》の大本山《だいほんざん》とも云《い》うべき霊山《れいざん》。「道意《どうい》、流石《さすが》は弘法《こうぼう》じゃナ。宜《よ》い処《ところ》を見《み》たてた」「ハヽッ……」「其方《そなた》も少《すこ》しは疲労《つかれ》たであろう。まア此処《ここ》で暫《しば》らく休《やす》まっしゃれ」「ハヽッ……」

坂《さか》の上《うえ》の捨《す》て石《いし》に腰《こし》を下《お》ろして四方《よも》の景色《けしき》に見《み》とれて居《お》られると遥《はる》かに此《こ》の体《てい》を見《み》とめた一人《ひとり》の僧侶《そうりょ》。「又《ま》た厄介《やっかい》な乞食坊主《こじきぼうず》が居《お》るわい。一つ追《お》い払《はら》ってやろう」とでも思《おも》うたものか忽《たちま》ち二三の同僚《どうりょう》を呼《よ》び出《だ》して共《とも》にツカ〳〵と禅師《ぜんし》の側《そば》へ駈《か》け寄《よ》って「オイ〳〵、お前《まえ》さんは何処《どこ》から来《こ》られた。一体《たい》其処《そこ》で何《なに》をしてなさるのじゃ。参詣《さんけい》が済《す》んだらサッサと下《げ》山《ざん》をさっしゃれ」言葉《ことば》さえ荒々《あらあら》しく云《い》うをニヤリと眺《なが》められた禅師《ぜんし》「ハイ〳〵、愚僧《ぐそう》は都《みやこ》の雲水《うんすい》でございますが、当山《とうざん》へ参詣《さんけい》を致《いた》しまして此処《ここ》まで参《まい》りますと中々《なかなか》景色《けしき》が宜《よろ》しゅうございますので思《おも》わず腰《こし》を下《お》ろして何《なに》か一句《く》をと考《かんが》え居《お》ります処《ところ》でございます」「何《なに》か一句《く》……夫《そ》れでは歌《うた》くらいは詠《よ》まれると見《み》えますな」

僧侶《そうりょ》は真逆当代《まさかとうだい》の名僧《めいそう》一休《きゅう》大禅師《だいぜんし》であろうとは心付《こころづ》かぬから頭《あたま》から見《み》くびって冷《ひや》やかに言《い》うと「ハイ〳〵、曲《ゆが》みながらも歌《うた》でも詩《し》でも少々《しょうしょう》はやります」「ナニッ、詩《し》……オイ〳〵

お前《まえ》さんは詩《し》を作《つく》りますか。詩《し》とは唐歌《からうた》のことじゃぜ」「左様々々《さようさよう》、詩《し》は唐歌《からうた》で歌《うた》は大和《やまと》歌《うた》、三味線《みせん》で合《あわ》すのは小唄《こうた》、鼓《つづみ》で合《あわ》すのは謡《うたい》、坊《ぼう》さんの歌《うた》うのはお経《きょう》……」「冗《じょう》、冗談《じょうだん》じゃない。併《しか》しお見受《みう》けするとお前《まえ》さんはそんなものを作《つく》りそうな風体《ふうてい》じゃ無《な》いが人《ひと》は見《み》かけによらぬものじゃな」「左様々々《さようさよう》、立派《りっぱ》な坊《ぼう》さんの風《ふう》をして居《お》っても仏《ほとけ》を売《う》る御人《ごじん》がございますからナ」「何《ど》うじゃ夫《そ》れでは其唐歌《そのからうた》を一ツ作《つく》って見《み》なさい。乃公《わし》が見《み》てあげよう」

其言《そのい》うことは余《あま》りに小面憎《こづらにく》く思《おも》われたので如何《いか》な禅師《ぜんし》も少々癪《しょうしょうしゃく》に触《さわ》られたがわざと「ハイ〱、夫《そ》れでは一ツ書《か》いて見《み》ましょう」と矢立《やたて》と懐紙《かいし》を取《と》り出《だ》し小首《こくび》を傾《かたむ》けられたと思《おも》う間《ま》も無《な》くスラ〱と記《しる》されたのは、

山秋葉落
山春開花発空
山迎連峰報仏心亦
山高近都卒内院土進空
山閑表華蔵世界地醒寂
山平幽臨化仏悩亦

山夏涼風煩寂

山冬素雪

「ハッ〳〵、漸《ようや》く出来《でき》ましたが是《こ》れです。一寸《ちょっと》読《よ》んで下《くだ》され」「ドレ〳〵……」と僧侶《そうりょ》は手《て》に取《と》ったは取《と》ったが丸《まる》ッ切《き》り勝手《かって》が違《ちが》うので薩《さっ》ぱり訳《わけ》が判《わか》らぬ。「オイ〳〵、此《こ》んな詩《し》が何処《どこ》にあるものか。詩《し》なれば五言絶句《ごんぜっく》とか七言律《ごんりつ》とか字《じ》の使《つか》いかたに限《かぎ》りがあるものじゃ。此《こ》んな端《はし》の方《ほう》で四文字《もじ》で真《ま》ん中《なか》が十文字《もじ》なぞと云《い》う変《へん》テコな詩《し》があるものか。オヤッ、夫《そ》れから頭《かしら》の文字《もじ》は山《やま》ばかりでは無《な》いか。ハヽヽヽ、お前《まえ》さん豪《えら》そうなことを云《い》うても平仄《ひょうそく》は知《し》りませんな。凡《すべ》て詩《し》を作《つく》るには平仄《ひょうそく》と云《い》うて文字《もじ》の使《つか》いかたがあるものじゃ。だが字《じ》だけは旨《うま》く書《か》けておる……」と自分《じぶん》が読《よ》めぬから禅師《ぜんし》の書《か》かれたのを頭《あたま》から誘《くさ》そうとする。

「ハッ〳〵〳〵、お前《まえ》さんも豪《えら》そうなことを仰言《おっしゃ》るが東坡居士《とうばこじ》の有名《ゆうめい》な径山寺《きんざんじ》の山《やま》形《がた》の詩《し》は知《し》りますまいな」「エッ、ナッ、何《な》んの詩《し》ですて……」「山形《やまがた》の詩《し》じゃ。ところで是《こ》れは夫《そ》れに倣《なろ》うて作《つく》って見《み》ましたが端《はし》から読《よ》んでは元《もと》より詩《し》にはなっておらん」「そッ、それでは何処《どこ》から読《よ》みます」「ハヽヽヽ、先《ま》ず私《わた》しが読《よ》んで見《み》ましょう。それ初《はじ》めは真《ま》ん中《なか》から山高近都卒内院《やまたこうしてとそつないいんにちかく》、次《つ》ぎに其隣《そのとなり》の山閑表華蔵世界《やましずかにしてけぞうせかいをあらわし》それから此方《こっち》の隣《となり》から横《よこ》へ折《お》れて山迎連峰報仏土《やまはれんぽうをむかえてぶつどにほうず》、又《ま》た左《ひだ》りの隣《となり》から横《よこ》へ折《お》れて山平幽臨化仏地《やまたいらにしてかすかにけぶつのちにのぞみ》、又《ま》た右《みぎ》の方《ほう》で山春開花発心進《さんしゅんのかいかほっしんすすみ》、それから左《ひだ》りのほうで山夏涼風煩悩醒《さんかのりょうふうぼんのうさむ》、今度《こんど》は右《みぎ》の端《はし》で山秋葉落空亦空《さんしゅうようらくくうまたくう》、次《つ》ぎに左《ひだ》りの端《はし》で山冬素雪寂亦寂《さんとうのそせつじゃくまたじゃく》と吟《よ》めばよろしいのじゃ判《わか》りましたかナ、ハヽヽヽ」

さア是《こ》れを聞《きい》た僧侶《そうりょ》は呆《あき》れたの何《な》んの、暫《しば》らくは目《め》をパチつかせて禅師《ぜんし》と詩《し》を七分《ぶ》三分《ぶ》に睨《にら》み比《くら》べをして居《お》る。

◎弘法大師《こうぼうだいし》も野原《のはら》の土《つち》

禅師《ぜんし》はニコ〳〵しながら呆《あき》れて居《お》る僧侶《そうりょ》の顔《かお》を眺《なが》めて「ハヽヽヽ、何《ど》うじゃな少《すこ》しは詩《し》になってますかな、平仄《ひょうそく》は違《ちが》っていませぬかナ」「ハイ……」「何《ど》うか点削《てんさく》をして下《くだ》され」「メッ、滅相《めっそう》な……まッ、誠《まこと》に失礼《しつれい》でございますが、貴君《あなた》は只人《ただびと》ではございますまい。何《ど》うか御名前《おなまえ》を御聞《おき》かせ下《くだ》さいませ」「ハッ〳〵〳〵、矢《や》ッ張《ば》り普通《あたりまえ》の出家《しゅっけ》でございます。夫《そ》れでは私《わた》しの名《な》を記《しる》しましょう」と筆《ふで》を執《と》られて山形《やまがた》の詩《し》の下《した》へ一《いち》の字《じ》を記《しる》された。「私《わた》しの名《な》は是《こ》れでございます」「ヘーン、一……モシ、是《こ》れは何《なに》一とか何《な》んとか云《い》うのではございませんか」「イヤ〳〵、一《いち》の字《じ》が一《ひと》ツでございます……ドレ〳〵ボツ〳〵参《まい》りましょう。コレ道意《どうい》出掛《でか》けましょう」

僧侶達《そうりょたち》が呆《あき》れて居《お》るのを見向《みむ》きもせず、道意《どうい》を伴《つ》れられてサッサと奥《おく》の院《いん》の方《ほう》へ行《ゆ》かれたが後《あと》に残《のこ》った僧侶達《そうりょたち》は鳶《とび》に油揚《あぶらあげ》でも引《ひ》ッ潫《さら》えられたように暫《しば》らくは互《たが》いに顔《かお》を見合《みあ》わせてポカンとして居《お》ったが軈《やが》て其内《そのうち》の一人《にん》「何《な》んだろう」と云《い》う声《こえ》に忽《たちま》ち他《た》の面々《めんめん》も「さア何《な》んだろう」「何《ど》うも可訝《おかし》いじゃ無《な》いか」「まったくだ、彼《あ》の風体《ふうてい》で此《こ》んな立派《りっぱ》なものを作《つく》るとは思《おも》われんなア」「そうだ〳〵或《ある》いはお山《やま》の天狗《てんぐ》さまではあるまいか」「フム〳〵、そう云《い》えば鼻《はな》の恰好《かっこう》は何《な》んだか変《へん》であったぞ」「エッ、そうだったか、さアそれじゃ大変《たいへん》じゃ。最初御咎《さいしょおとが》めをしたのは誰《た》れじゃ」「雲底《うんてい》さんじゃ無《な》いか」「馬鹿《ばか》ッ、馬鹿《ばか》なことを云《い》うて下《くだ》さるな。何《なに》も愚僧《ぐそう》ばかりじゃ無《な》い。若《も》し御怒《おいか》りに触《ふ》れるようだったら皆《み》んな一同《どう》だ」なぞと云《い》うて居《お》る内《うち》に「何《ど》うだろう兎《と》も角《かく》一応長老《おうちょうろう》さんに御話《おはな》しをして見《み》ようでは無《な》いか」と云《い》うものがあって遂《つい》に一同《どう》は坊《ぼう》へ馳《は》せ帰《かえ》った。

さて自分等《じぶんら》の坊《ぼう》の長老《ちょうろう》に遇《お》うて其話《そのはな》しをすると長老《ちょうろう》は暫《しば》らく其詩《そのし》を眺《なが》めて、「フーム、当時《とうじ》是《こ》れ位《くらい》のものを御作《おつく》りになる御人《ごじん》は沢山《たくさん》あるまい……ナニ都《みやこ》の方《かた》とか、フム御出家《ごしゅっけ》の風体《ふうてい》で……はてな、御姓名《ごせいめい》はと問《と》えば一《いち》……フーム」と稍考《ややかんが》えた後《のち》、ポンと小膝《こひざ》を打《う》って「オヽ判《わか》った、定《さだ》めて大徳寺《だいとくじ》の一休大禅師《きゅうだいぜんし》であられよう。して是《こ》れは何時頃《いつごろ》御目《おめ》にかゝった。ナニ、今《いま》の先《さき》……夫《そ》れでは遠《とお》く御越《おこ》しにはなるまい。誰《た》れか早《はや》く参《まい》って今《いま》一度《ど》お迎《むか》え申《もう》し上《あ》げよ」

長老《ちょうろう》の言葉《ことば》に一人《ひとり》の僧侶《そうりょ》は慌《あわ》てゝ飛《と》び出《だ》し、漸《よう》やくのことで追《お》い付《つ》いていろ〳〵と御詫《おわ》びを申《もう》し上《あ》げ、さて「長老《ちょうろう》には是非《ぜひ》御目《おめ》に掛《か》かりたき由申《よしもう》し居《お》りますれば今《いま》一応《おう》御立《おた》ち帰《かえ》りのほどを御願《おねが》い致《いた》します」とさまぐ〵御勧《おすす》めをしたが、「イヤ〳〵今《いま》一応上《おうのぼ》るのは大儀《たいぎ》だから」と云《い》われて何《ど》うしても応《おう》じられん。それで使《つかい》に立《た》ったものは仕方《しかた》なく引《ひ》ッ帰《かえ》して其《その》旨《むね》を復申《ふくしん》する。と長老《ちょうろう》には「それは誠《まこと》に残念《ざんねん》じゃ。大禅師程《だいぜんしほど》の方《かた》は今後御登山《こんごごとざん》せられるようなことは先《ま》ずあるまいから何《なに》か紀念《きねん》の為《た》め一筆願《ぴつねが》っておきたい」と云《い》うことから早速所《さっそくしょ》蔵《ぞう》の一幅《ぷく》を取《と》り出《いだ》し「今《いま》一応参《おうまい》って是《こ》れに御賛《ごさん》を願《ねが》ってまいるよう」と又《また》もや申《もう》し付《つ》けた。

それで命《めい》を受《う》けた僧侶《そうりょ》は彼《か》の幅《ふく》を以《もっ》て再《ふたた》び韋駄天走《いだてんばし》りに後《あと》を追《お》い「実《じつ》は斯《か》よう〳〵でございますから何《ど》うか一筆御願《ひつおねが》い致《いた》しまする」と差《さ》し出《だ》すと、禅師《ぜんし》は道端《みちばた》の石《いし》の上《うえ》に腰《こし》を下《おろ》され、早速幅《さっそくふく》を披《ひろ》げて見《み》ると当山《とうざん》の開祖《かいそ》、弘法大師《こうぼうだいし》の御影《みえい》が画《えが》かれておる。「是《こ》れは大師《だいし》の御影《みえい》じゃな。よし〳〵一寸待《ちょっとま》って下《くだ》され」

軽《かる》らかに言《い》いながら矢立《やたて》の筆《ふで》を執《と》られると其《その》まゝ墨《すみ》を含《ふく》ませ、考《かんが》える間《ま》も無《な》くサラ〳〵と記《しる》されたのは、

弘法大師生仏《こうぼうだいしいきぼとけ》死《し》ねば野《の》はらの土《つち》となる

「さア〳〵是《こ》れを持《も》って帰《かえ》って下《くだ》され」と云《い》い残《のこ》してスタ〳〵と坂道《さかみち》を辿《たど》られた。

◎御罰《おばつ》が当《あた》るぞ

さて禅師《ぜんし》には奥《おく》の院《いん》へ着《つ》かれて其参詣《そのさんけい》も無事《ぶじ》に済《す》ませ、是《こ》れから下山《げざん》と云《い》うことになってハッタと困《こま》られた。「道意《どうい》、困《こま》ったことになったぞ」「ハッ、如何《いかが》なさいました」「さればじゃ、実《じつ》は此処《ここ》の参詣《さんけい》を済《す》まして兎《と》に角《かく》一応大徳寺《おうだいとくじ》の門《もん》を潜《くぐ》ろうと思《おも》うたが何《ど》うも妙《みょう》な

ことから出来《でき》かねるぞ」「ヘーエ、夫《そ》れは一体《たい》何《ど》う云《い》う訳《わけ》でございます」「外《ほか》では無《な》いが、今《いま》フット気《き》が付《つ》けば此《こ》の奥《おく》の院《いん》は一方口《ぼうぐち》じゃ。都《みやこ》のほうへ下山《げざん》しようと思《おも》えば何《ど》うしても以前《いぜん》の処《ところ》へ戻《もど》らねばならぬ。ところが今戻《いまもど》ると云《い》うと何《ど》うせ一山《さん》の僧侶達《そうりょたち》がツマラぬことを云《い》うて騒《さわ》ぐに相違《そうい》はあるまい。乃公《わし》は夫《そ》れが嫌《きら》いじゃ」「で……お師匠様《ししょうさま》には何《ど》うなさいます」「ソッと抜《ぬ》けて行《ゆ》きたいが多分《たぶん》待《ま》ち構《かま》えておって其《その》まゝで通《とお》すまいから裏道《うらみち》へ廻《まわ》るより仕方《しかた》が無《な》い」「ヘーン、裏道《うらみち》がございますれば宜《よろ》しいではございませぬか」「さア処《ところ》が其裏道《そのうらみち》を越《こ》えると十津川《とつかわ》から熊野《くまの》のほうへ出《で》ねばならぬ」「ゲェッ、熊野《くまの》……モシ、熊《くま》野《の》と申《もう》しますと紀州《きしゅう》の南《みなみ》の端《はし》ではございませぬか」「そうじゃ〳〵」「そッ、それでは大変《たいへん》でございましょう。殊《こと》に紀州《きしゅう》の南《みなみ》の端《はし》の方《ほう》は険阻《けんそ》な山路《やまみち》ばかりと聞《き》き及《およ》んで居《お》りますが恐《おそ》れながら御老体《ごろうたい》では御困難《ごこんなん》でございましょう」「何《なに》がじゃ」「ハッ、御老体《ごろうたい》の御身《おんみ》で左様《さよう》な山路《やまみち》は……」「コレ〳〵道意《どうい》、乃公《わし》は如何《いか》に年《とし》を取《と》ったところで山路《やまみち》が険阻《けんそ》だからと屁古《へこ》垂《た》れるような腑甲斐《ふがい》ない、人間《にんげん》では無《な》い。さア夫《そ》れでは意地《いじ》からでも裏道《うらみち》を行《ゆ》こう」

再《ふたた》び以前《いぜん》の道《みち》に戻《もど》ろうか何《ど》うしようと迷《まよ》うて居《お》られる折柄道意《おりからどうい》の言葉《ことば》を聞《き》かれたので又《また》もや性来《せいらい》の気性《きしょう》がムラ〳〵と起《おこ》られ、遂《つい》に熊野《くまの》まで抜《ぬ》けられることゝなった。

道意《どうい》も思《おも》わず口《くち》を押《おさ》えて失敗《しまっ》たッと思《おも》うたが一旦《たん》云《い》い出《だ》された言葉《ことば》は何《ど》んなことがあっても反古《ほご》にされぬ禅師《ぜんし》の気質《きしつ》を知《し》って居《お》るから今更《いまさら》取《と》り返《かえ》しがつかぬ。顔《かお》を顰《しか》めながらも従《した》ごうて行《ゆ》くと道《みち》の悪《わる》いことは予想以上《よそういじょう》、一歩《ぽ》に一歩《ぽ》と足《あし》を固《かた》めて行《ゆ》かねばトモすると深《ふか》き谷間《たにま》に転《ころ》げ込《こ》もうとする。尤《もっと》も此《こ》の街道《かいどう》は開明《かいめい》の現今《げんこん》ですら中々《なかなか》の難路《なんろ》であるから数《すう》百年《ねん》の以前《いぜん》には獣《けもの》の為《た》めの間道《かんどう》であったかも知《し》れぬ。

是《こ》れには流石《さすが》の禅師《ぜんし》も大分弱《だいぶんよわ》って居《お》れば道意《どうい》は殆《ほと》んど弱《よわ》り切《き》った。其内《そのうち》に日《ひ》はだん〳〵西《にし》に落《お》ちかゝる其便《そのたよ》りなくて情《なさ》け無《な》いことは限《かぎ》り無《な》い。「お師匠《ししょう》さん是《こ》れから何《ど》うなります」「さア何《ど》うなるだろう」「最早日《もはやひ》の暮《くれ》に間《ま》もございますまいが、今晩《こんばん》のお宿《やど》は如何《いかが》なさいます」「さア何《ど》うしよう」「モシ、是《こ》れから先《さき》に在所《ざいしょ》でもございましょうか」「さア有《あ》るだろうか。有《あ》れば夫《そ》れへ頼《たの》んで泊《とめ》て貰《もら》うかなア」「ヘーン、けれども万《まん》一無《な》かった時《とき》には何《ど》う遊《あそ》ばします」「其時《そのとき》には仕方《しかた》が無《な》いから野宿《のじゅく》でもしよう」「エッ、野宿《のじゅく》、此《こ》んな山《やま》の中《なか》でゞございますか。万《まん》一悪獣《あくじゅう》なぞが現《あら》われましたなれば何《ど》う致《いた》します」「ハヽヽヽ、其《その》時《とき》には喰《く》われてやれば悦《よろこ》ぶだろう」

是《こ》れには道意《どうい》も返《かえ》す言葉《ことば》は無《な》いからオズ〳〵しながら相変《あいかわ》らず禅師《ぜんし》の後《あと》に附《つ》いて行《ゆ》く

と、傾《かたむ》いた日《ひ》は遠慮《えんりょ》無《な》く西《にし》に落《お》ちて附近《あたり》は殆《ほと》んど見分《みわ》けかねる程《ほど》となった。さア道意《どうい》は今《いま》は泣《な》き出《だ》さんばかり。「モシ、お師匠《ししょう》さん、お危険《あぶの》うございます」「ハ、、、、乃公《わし》は心配《しんぱい》は要《い》らぬが其方《そなた》こそ何《ど》うやら危険《あぶな》いらしいぞ」「まッ、まったく道《みち》は悪《わる》うございますから……」「ハ、、、、俗人《ぞくじん》なれば兎《と》も角《かく》、出家《しゅっけ》の身《み》をもって此《こ》んなことで泣事《なきごと》を云《い》うものでは無《な》い。人間《にんげん》の生命《いのち》は捨《す》てようとて捨《す》てられるもので無《な》ければ又《ま》た免《のが》れようとて免《のが》れるものでは無《な》い。只《た》だ天《てん》じゃ只《た》だ命《めい》じゃ。それくらいのことを判《わか》らぬ其方《そなた》ではあるまい」「ハ、ッ、恐《おそ》れ入《い》りまする。なれどもお師匠様《ししょうさま》の御身《おんみ》が……」「コレ〱、乃公《わし》のことは何《ど》うでもよい。生死苦楽《しょうしくらく》は望《のぞ》むとも得《え》ず望《のぞ》まずとも来《きた》る。只《た》だ自《おの》れの力《ちから》によって能《あた》う限《かぎ》り防《ふせ》ぎ能《あた》う限《かぎ》り免《のが》れよじゃ。弱《よわ》い音《ね》を出《だ》さずに元気《げんき》を出《だ》せ。元気《げんき》を出《だ》せ」「ハ、ッ……」「ハ、、、、だが道意《どうい》、口《くち》では云《い》うものゝ随分苦《ずいぶんくる》しいな」「まッ、まったく何《ど》うも……」

道意《どうい》の苦《くる》しさを察《さっ》しられた禅師《ぜんし》には気《き》を紛《まぎ》らす為《た》めに或《ある》いは祖師《そし》の訓戒《くんかい》を教《おし》え或《ある》いは無《む》駄口《だぐち》を語《かた》られて道《みち》を急《いそ》いで進《すす》まれて居《お》る内《うち》、フト行《ゆ》く手《て》に幽《かす》かな一道《どう》の燈火《とうか》が目《め》につかれた。「オヽ、道意《どうい》、彼《あ》れ見《み》よ先方《むこう》に燈火《あかり》がある。燈火《あかり》があれば人《ひと》が居《お》るに違《ちが》いは無《な》い。さア、彼《あ》れを見《み》た上《うえ》はまず〱安心《あんしん》するがよい」「ハッ……オヽ如何《いか》にも見《み》えまする。が併《しか》しお師匠様《ししょうさま》、御油断《ごゆだん》はなりませぬ。万《まん》一賊《ぞく》の徒《たぐい》でござりますれば大変《たいへん》……」「ハヽヽヽヽ、如何《いか》に兇悪《きょうあく》なものでも人間《にんげん》であれば理非曲直《りひきょくちょく》を弁《わき》まえぬものはあるまい。また望《のぞ》むものがあれば遣《つか》わすがよい。さアさ早《はや》く行《ゆ》きましょう」

禅師《ぜんし》は気味悪《きみわる》がる道意《どうい》を励《はげ》まし燈火《あかり》を目《め》あてに足《あし》を運《はこ》ばれ、軈《やが》て近《ちか》づくにつれてよく〱見《み》ると其処《そこ》には小《ささ》やかな祠《ほこら》があって、其前《そのまえ》に四五人《にん》の人等《ひとら》篝《かがり》を焚《た》き、一人《ひとり》の者《もの》は白《しろ》の装束《しょうぞく》を着《つ》けて一心《しん》に祠《ほこら》に祈願《きがん》して居《お》る様子《ようす》。

「ホヽー、道意《どうい》、彼《あ》れ見《み》い悪者《わるもの》でも無《な》いらしい。何《ど》うやら此《こ》の附近《ふきん》に在所《ざいしょ》があって其処《そこ》の者等《ものら》が何《なに》か祈禱《きとう》をして居《お》るものと見《み》える。兎《と》もあれ在所《ざいしょ》があれば今宵《こよい》の宿《やど》を頼《たの》むことも出来《でき》るから一応《おう》尋《たず》ねて見《み》よう」「ハッ、是《こ》れで私《わたく》しも漸《ようや》く落《お》ち付《つ》きましてござります」

「ハヽヽヽ、だが頼《たの》んで聞《き》かれるか聞《き》かれぬかはまだ判《わか》らぬから心《こころ》を落《お》ち付《つ》けるのは早《はや》いぞ。兎《と》も角《かく》も早《はや》く参《まい》ろう」と流石《さすが》に稍元気《ややげんき》を盛《も》り返《かえ》してスタ〱と其側《そのそば》へ進《すす》まれ「モシ、聊《いささ》か物《もの》を御尋《おたず》ね申《もう》します」と声《こえ》を掛《か》けると突然《とつぜん》のことに驚《おどろ》いたか其処《そこ》に居合《いあ》わした面々《めんめん》、暫《しば》しは禅師《ぜんし》と道意《どうい》の姿《すがた》をジロ〱眺《なが》めて居《お》るばかりで容易《ようい》に返答《へんとう》をしかねて居《お》る。

と禅師《ぜんし》は言葉《ことば》を次《つ》いで「私共《わたしども》は高野山《こうやさん》へ参詣《さんけい》を致《いた》しまして是《こ》れから熊野《くまの》へ参《まい》るものでござ

いますが、何分初《なにぶんはじ》めてのことで道《みち》は判《わか》りませず、殊《こと》に夜中《やちゅう》になりましたので誠《まこと》に困《こま》って居《お》ります。就《つ》きましては此《こ》の附近《あたり》に在所《ざいしょ》がございますれば御教《おおし》え頂《いただ》きたく又《ま》た其在所《そのざいしょ》に宿屋《やどや》がございますでしょうか何《ど》うか御教《おおし》えを願《ねが》います」

此時其内《このときそのうち》の一人《ひとり》は漸《ようや》く口《くち》を開《ひら》いて「在所《ざいしょ》と云《い》うては此《こ》の辺《へん》には無《な》いが是《こ》れから坂《さか》を下《くだ》りゃ二三軒《げん》の家《いえ》はある。けれども宿屋《やどや》なんぞと云《い》うのは無《な》いぜ」「ハイ〳〵有《あ》り難《がと》う存《ぞん》じます……が宿屋《やどや》が無《な》いと誠《まこと》に困《こま》りますが……何《ど》うでございましょう、若《も》し御差支《おさしつか》えがございませねば今晩《こんばん》一晩《ばん》だけ此《こ》の祠《ほこら》さんの御椽《ごえん》でも貸《か》して頂《いただ》けますまいか」「オイ〳〵、滅相《めっそう》なことを云《い》うないや。お前《まえ》さんは出家《しゅっけ》じゃ無《な》いか。出家《しゅっけ》が宮様《みやさま》の御椽《ごえん》を貸《か》せなぞとは丸《まる》ッ切《き》り道《みち》が違《ちが》ってら」「成程《なるほど》一応御尤《おうごもっと》もの御言葉《おことば》ではございますが、出家《しゅっけ》と申《もう》した処《ところ》で同《おな》じ人間《にんげん》でございますから……」「オイ〳〵、そんな理屈《りくつ》を云《い》うなやい。何《なに》も乃公等《わしら》は意地《いじ》悪《わる》く云《い》うのじゃ無《な》いぜ。第《だい》一お前《まえ》さん等《ら》の為《た》めを思《おも》うから道《みち》が違《ちが》ってると云《い》うのじゃ」「私等《わたしら》の為《た》め……ヘーン、それは何《ど》んな訳《わけ》でございます」「判《わか》らん人《ひと》じゃなア。そんなことを聞《き》かずとも知《し》って居《お》りそうなものじゃ。まア考《かんが》えて見《み》い出家《しゅっけ》は死人《しびと》を扱《あつか》うから身体《からだ》は汚《けが》れて居《お》るだろう。其汚《そのけが》れた身体《からだ》を宮様《みやさま》の御椽《ごえん》なぞで休《やす》めてみいキット御罰《おばつ》が当《あた》るぞ」

「ホヽー、イヤ御尤《ごもっと》もでございます。夫《そ》れでは其御罰《そのおばつ》の当《あた》るのを承知《しょうち》なれば御許《おゆる》し下《くだ》さいますか」「馬鹿《ばか》なことを云《い》う出家《しゅっけ》だな。御罰《おばつ》が当《あた》るのを承知《しょうち》で寝《ね》る奴《やつ》があるものか。如何《いか》に出家《しゅっけ》でも生命《いのち》は大切《たいせつ》なものと知《し》らぬか……だが全体《ぜんたい》お前《まえ》さん等《ら》は何処《どこ》の出家《しゅっけ》じゃ」「ハイ〳〵私共《わたしども》は都《みやこ》でございますが、是《こ》れまで諸国《しょこく》を修業《しゅぎょう》に廻《まわ》って居《お》りますので」「フーン、夫《そ》れでは悪《わる》い事《こと》をしたようなことはあるまいな」「滅相《めっそう》な、悪《わる》い事《こと》は普通《ただ》の人《ひと》でさえ滅多《めった》にするものでは無《な》い程《ほど》でございますから況《ま》して出家《しゅっけ》には致《いた》しそうな筈《はず》はございません」

「それもそうだな……それでは斯《こ》うしては何《ど》うじゃ食《く》うものは別《べつ》に無《な》いが今夜《こんや》乃公《わし》の家《うち》へ泊《と》めてやろうか」

初《はじ》めは横柄《おうへい》な男《おとこ》と思《おも》うたがヨク〳〵其言葉《そのことば》を味《あじお》うて見《み》ると横柄《おうへい》では無《な》く木訥《ぼくとつ》なツマリ飾《かざ》り気《け》の無《な》い男《おとこ》と判《わか》ったから禅師《ぜんし》は非常《ひじょう》の悦《よろこ》び。「ハイ〳〵有《あ》り難《がと》うございます。何《ど》うか宜《よろ》しゅう御願《おねが》い致《いた》します」「よし、夫《そ》れでは泊《と》めてやるから御祈《おいの》りが済《す》むまで待《ま》って居《お》れ」

「ハイ〳〵、畏《かし》こまりました」

仕方《しかた》が無《な》いから道意《どうい》と両人《ふたり》は側《そば》の木《き》の根《ね》に腰《こし》を掛《か》け、其仕舞《そのしま》うのを待《ま》って漸《よう》やく其男《そのおとこ》の住居《すまい》に伴《つ》れられたが、見《み》ると家《いえ》と云《い》うのは名《な》ばかりで壁《かべ》の代《かわ》りに丸木《まるき》を連《つ》らねて打《う》っ付《つ》け、畳《たたみ》の代《かわ》りに藁《わら》を束《つか》ねたような荒莚《あらむしろ》を敷《し》き、戸締《とじま》りも無《な》ければ襖障子《ふすましょうじ》は元《もと》より無《な》い。燈火《あかり》は家《いえ》の真《ま》ん中《なか》に炉《ろ》を切《き》って夫《そ》れに燃《た》いてる榾火《ほだび》が夫《そ》れと云《い》う至極簡略単純《しごくかんりゃくたんじゅん》なもの。

「オイ出家《しゅっけ》さん、遠慮《えんりょ》せずにモット此方《こっち》へ来《こ》いよ。都《みやこ》は立派《りっぱ》な処《ところ》と聞《き》いてるから此《こ》んな処《ところ》へ来《く》ると不自由《ふじゆう》だぜ」「イヤ〳〵是《こ》れが結構《けっこう》、人間《にんげん》は心《こころ》の不自由《ふじゆう》さえ無《な》ければ身体《からだ》の不自由《ふじゆう》は何《な》んでも無《な》い。都《みやこ》には外《そと》に玉《たま》を飾《かざ》って心《こころ》の不自由《ふじゆう》を忍《しの》んで居《お》る者《もの》は沢山《たくさん》あるが、此辺《このへん》は身体《からだ》の不自由《ふじゆう》を忍《しの》んで心《こころ》に玉《たま》を飾《かざ》って居《お》る人《ひと》は多《おお》かろう。是《こ》れでこそ真誠《まこと》の極楽《ごくらく》じゃ。其極楽《そのごくらく》の土地《とち》へ来《き》た私共《わたしども》は何《ど》うして不自由《ふじゆう》を感《かん》じましょう」「フーム、そうかなア。けれどもお前《まえ》さんたちは米《こめ》の御飯《ごはん》を喰《た》べねば辛抱《しんぼう》は出来《でき》まい。処《ところ》が此処《ここ》では滅多《めった》に喰《た》べられんぜ」「ホヽー夫《そ》れは何《ど》うして」「イヤ、けれども心配《しんぱい》するな。乃公《わし》のところにはまだ少《すこ》し位《くらい》は残《のこ》って居《お》るから明日《あした》は御馳走《ごちそう》に喰《く》わしてやるが、平常此処《しじゅうここ》に居《お》って見《み》ろ、外《ほか》から来《き》た人《ひと》には極楽《ごくらく》どころじゃあるまい」「左様《さよう》かな。夫《そ》れでは此《こ》の辺《へん》の人《ひと》は何《な》んにも食《た》べずに居《お》りますかな」「オイ〳〵、何処《どこ》の奴《やつ》でも食《く》わずに居《お》れるものか」「でも御飯《ごはん》を喰《た》べずに何《なに》を喰《た》べます」「そんなことを云《い》うから都《みやこ》の奴《やつ》は嫌《きら》いじゃ。勿体《もったい》ない米《こめ》の御飯《ごはん》を毎日《まいにち》食《く》っておってたまるかい。此処《ここ》では唐黍《とうきび》か芋《いも》を食《く》って居《お》るんじゃ。米《こめ》の御飯《ごはん》なぞはよく〳〵の御《ご》馳走《ちそう》じゃ無《な》ければ食《く》わんぞ」「ヘーン、処《ところ》で此処《ここ》は全体何《ぜんたいな》んと云《い》う土地《ところ》でございます」「エッ、お前《まえ》は此処《ここ》を知《し》らんのか。自分《じぶん》が遣《や》って来《き》た土地《ところ》の名《な》を知《し》らんとは余《よ》ッ程真抜《ほどまぬけ》じゃな」「アハヽヽヽ、そう云《い》われて見《み》ると仕方《しかた》は無《な》いが何分《なにぶん》にも初《はじ》めての土地《とち》で殊《こと》に夜《よ》に入《い》って道《みち》が丸《まる》ッ切《き》り判《わか》らんものですからなア」「アッ、それもそうじゃ。では教《おし》えてやるが此処《ここ》は十津川《とつかわ》と云《い》う土地《ところ》じゃ」

さていよ〳〵寝《やす》むとなっても雨戸《あまど》を締《しめ》るでは無《な》く、夜具《やぐ》を被《かぶ》るでは無《な》く、着《き》のみ着《き》のまゝ其場《そのば》へコロリと横《よこ》になると云《い》うような有様《ありさま》だったが、禅師《ぜんし》には反《かえ》って是《こ》れが非常《ひじょう》に気《き》に入《い》られたか其翌朝《そのよくちょう》になっても中々出立《なかなかしゅったつ》せられようとする気色《けしき》は無《な》い。「何《ど》うも此《こ》の土地《ところ》は極楽《ごくらく》じゃ。とてものこと今二三日《にち》御厄介《ごやっかい》になれませんかなア」と云《い》われると此方《こっち》も又《ま》た至《いた》って気楽《きらく》な男《おとこ》と見《み》え「フム〳〵、乃公《わし》も一人者《ひとりもの》じゃし米《こめ》の御飯《ごはん》は毎日《まいにち》喰《く》わすことは出来《でき》んがお前《まえ》さえ不自由《ふじゆう》じゃなければ何日《いつ》まで居《お》っても構《かま》わん」と呑気千万《のんきせんばん》な返答《へんとう》。此間《このあいだ》に立《た》って顔《かお》を顰《しか》めて居《お》るのは道意《どうい》だけである。

◎お前様《まえさま》は豪《えら》い出家《しゅっけ》か

主人《あるじ》は万事呑気《ばんじのんき》な男《おとこ》と見《み》えて朝《あさ》の片付《かたづ》けが済《す》むと禅師《ぜんし》と道意《どうい》を残《のこ》したまゝ背《せな》に籠《かご》を担《かつ》ぎ手《て》に鎌《かま》を持《も》ってブラリと出《で》て行《ゆ》くと禅師《ぜんし》も又《ま》た呑気《のんき》に構《かま》えて道意《どうい》を相手《あいて》に何《なに》かと話《はな》しをせられて居《お》る。と夫《そ》れから一時《とき》も経《た》ったと思《おも》う頃主人《ころあるじ》は慌《あわ》たゞしく駈《か》け戻《もど》った。

「オイ出家《しゅっけ》、豪《えら》いことを聞《き》いたが真逆《まさか》お前《まえ》じゃあるまいな」「ホヽー、自体何《じたいな》んでございます」「実《じつ》は斯《こ》うじゃ。乃公《わし》は今《いま》の先《さ》き一寸地頭《ちょっとじとう》さんの家《うち》へ行《い》った。と云《い》うのは外《ほか》じゃ無《な》い、実《じつ》は地頭《じとう》さんの隠居《いんきょ》は大病《たいびょう》でなア。お前《まえ》も知《し》ってる通《とお》り昨晩宮《ゆうべみや》さんで御祈禱《ごきとう》をしたのも其《その》病気《びょうき》を癒《なお》す為《ため》じゃが、それで見舞《みまい》に行《い》って見《み》ると、昨晩高野《ゆうべこうや》から急《きゅう》に御使《おつかい》が見《み》えたそうな」「ホヽー、何《なに》か急《きゅう》な用事《ようじ》でも出来《でき》ましたのかナ」「フム、まア急《きゅう》と云《い》えば急《きゅう》じゃ」「へーエ、何《ど》んな御用事《ごようじ》でございます」「何《な》んでも都《みやこ》の何《な》んとやら云《い》う豪《えら》いオゼンが十津川《とつかわ》の方《ほう》へ行《い》ったが何分《なにぶん》にも不自由《ふじゆう》なところだから不都合《ふつごう》の無《な》いようにしろだとさ。オヽ処《ところ》が此《こ》のオゼンと云《い》うのは出家《しゅっけ》と云《い》うことじゃそうなが真逆《まさか》お前《まえ》は豪《えら》いオゼンじゃなかろうなア」

禅師《ぜんし》は心《こころ》の内《うち》で「さては」と思《おも》われんでも無《な》いがわざとそしらぬ顔《かお》で「ホヽー、して其《その》オゼンとやらの名《な》は何《なん》と云《い》いますかナ」「さアそいつは一寸忘《ちょっとわす》れただ。都《みやこ》の出家《しゅっけ》と云《い》うのだがお前《まえ》も都《みやこ》だったな」「左様々々《さようさよう》」「処《ところ》でお前《まえ》の名《な》は何《な》んと云《い》う」「私《わた》しか、私《わた》しはその……私《わた》しの名《な》は……宗純《そうじゅん》と云《い》います」「ソージュン……そんな名《な》じゃ無《な》かったが、夫《そ》れから下《した》へその……オゼンは付《つ》くまいな」「ハイ〳〵、そんなものは付《つ》きません。まア〳〵付《つ》けば竹《たけ》の皮包《かわづつ》み位《くら》いでございます」「そッ、そんなものが付《つ》くもんか。兎《と》も角《かく》お前《まえ》じゃ無《な》いなア。お前《まえ》の名《な》は……ソージュンだな」「左様々々《さようさよう》」「フム、それではモー一遍《ぺん》行《い》ってくるぞ」

元来《がんらい》は偽《いつわ》りを云《い》うことを嫌《きら》われる禅師《ぜんし》であるだけ其名《そのな》を問《と》われても偽名《ぎめい》は一切《さい》せられぬが、併《しか》し都合《つごう》の悪《わる》いと思《おも》われた時《とき》には一休《きゅう》と云《い》えば大抵人《たいていひと》は知《し》って居《お》るから多《おお》く宗純《そうじゅん》を用《もち》いられたのである。

処《ところ》がそんなことを知《し》らぬ主人《あるじ》は禅師《ぜんし》の名《な》を聞《き》くと直様《すぐさま》飛《と》び出《だ》したが稍《やや》あって宙《ちゅう》を飛《と》んで馳《は》せ帰《かえ》った。「タッ、大変《たいへん》だ〳〵、オイ御出家《ごしゅっけ》さん、お前《まえ》さまはその……中々豪《なかなかえら》いお前様《まえさま》じゃそうなナア。さア早《はや》く来《き》てくれ、まッ、まって居《お》るんじゃ、さア早《はや》く……」「チョッ、一寸《ちょっと》御待《おま》ち下《くだ》さい。一体《たいど》何うせられたのです」「イヤ何《ど》うも斯《こ》うも無《な》い。今《いま》その……お前様《まえさま》の名《な》を地頭様《じとうさま》へ云《い》うたんじゃ。処《ところ》が地頭様《じとうさま》は都《みやこ》に暫《しば》らく在《おら》しゃったことがあるもんだからそのお前様《まえさま》の名《な》をよく知《し》って居《お》るぜ。フン、此先《このさき》に聞《きい》た時《とき》には一何《いちな》んたら云《い》うておったが聞《き》けばお前様《まえさま》は名《な》が二ツ有《ある》んじゃ」「ハ、、、、一休《きゅう》かナ」「それ〳〵、だから乃公《わし》が今地頭様《いまじとうさま》へソージュンと云《い》う出家《しゅっけ》なれば宅《うち》に居《お》ると云《い》うとね、地頭様《じとうさま》は小首《こくび》を捻《ひね》って夫《そ》れこそダイゼン様《さま》じゃ。お前《まえ》の宅《うち》なぞへ御置《おお》き申《もう》せば罰《ばち》が当《あた》る、セメテ己《お》れの宅《うち》へなと早《はや》く御迎《おむか》え申《もう》さねばならぬと仰言《おっしゃ》って飛《と》び出《だ》しかけたんじゃ。処《ところ》が御隠居様《ごいんきょさま》の御病気《ごびょうき》が急《きゅう》に悪《わる》くなったもんじゃから乃公《わし》に早《はや》く御迎《おむか》え申《もう》して来《こ》い、そうすれば御隠居様《ごいんきょさま》も悦《よろこ》ぶじゃろうと云《い》うんじゃ。さア早《はや》く来《き》て御隠居様《ごいんきょさま》を悦《よろこ》ばしてくれ」「左様《さよう》か、夫《そ》れでは参《まい》りましょう。では道意出掛《どういでかけ》よう。併《しか》しお前《まえ》さんにも大層厄介《たいそうやっかい》になって済《す》みませんな」「ナーニ乃公《わし》のほうは何《ど》うでもよい……オイ、ドーインお前《まえ》も早《はや》く行《い》ってくれ。だが御出家様《ごしゅっけさま》、乃公《わし》には罰《ばち》の当《あた》らんように頼《たの》むぜ」「ハ、、、、お前《まえ》さんに何《な》んで、罰《ばち》の当《あた》る筈《はず》がありますものか。私《わた》しからいろ〳〵御礼《おれい》を云《い》わねばなりません」「エッ、そうか夫《そ》れ聞《きい》て安心《あんしん》じゃ。それでは早《はや》く行《ゆ》こう」

処《ところ》で一寸《ちょっと》云《い》うておく。此《こ》の十津川《とつかわ》の郷《ごう》は建武《けんぶ》の昔《むかし》、南朝《なんちょう》の志士《しし》某々《ぼうぼう》等《ら》、北条氏《ほうじょうし》と闘《たたこ》うて利《り》あらず遂《つい》に尊《たっと》き方《かた》を奉《ほう》じて此《こ》の地《ち》に難《なん》を避《さ》け再挙《さいきょ》を計《はか》って居《お》る内《うち》に機《き》を失《しっ》して土着《どちゃく》の民《たみ》となり茲《ここ》に一郷《ごう》をなしたものであるそうな。それで其子孫《そのしそん》の代《よ》になっても外《ほか》とは余《あま》りに交通《こうつう》をせず武士的《ぶしてき》の遺風《いふう》は伝《つた》わって居《お》るから一郷《ごう》は一家《か》のように親《した》しい間《あいだ》にも其階級《そのかいきゅう》はキッパリと区別《くべつ》をされておったのである。

さて禅師《ぜんし》は伴《ともな》われて地頭《じとう》の邸《やしき》へ行《ゆ》くと地頭《じとう》は恭々《うやうや》しく迎《むか》えて非常《ひじょう》に悦《よろこ》んで居《お》る内《うち》にも眉宇《びう》の間《あいだ》に憂《うれい》の色《いろ》を浮《う》かべて「是《こ》れは一休大禅師《きゅうだいぜんし》にはよくこそ御越《おこ》し頂《いた》だきました。某《それが》しは当家《とうけ》の主人大原政明《しゅじんおおはらまさあき》と申《もう》す者《もの》にござります。当地《とうち》へ御越《おこ》しの御事《おんこと》は何分突然《なにぶんとつぜん》のことにして御迎《おむか》えも申《もう》し上《あ》げず誠《まこと》に失礼《しつれい》の儀《ぎ》は平《ひら》に御容赦《ごようしゃ》に預《あずか》りとう存《ぞん》じまする」「是《こ》れは〳〵御《ご》叮重《ていちょう》なる御挨拶《ごあいさつ》、一休只《きゅうた》だ〳〵恐縮《きょうしゅく》の外《ほか》ございませぬ。さて卒爾《そつじ》ながら承《うけたま》われば御隠居殿《ごいんきょどの》とやらには御重病《ごじゅうびょう》の趣《おもむき》、嘸《さぞ》かし御心配《ごしんぱい》の事《こと》と御察《おさっ》し致《いた》しまするが……」「ハヽッ、有《あ》り難《がと》う存《ぞん》じまする。何分《なにぶん》にも老年《ろうねん》にございますれば今日明日《きょうあす》とも計《はか》られませず、就《つ》きましては大禅師《だいぜんし》の御越《おこ》しを幸《さいわ》いと申《もう》せば誠《まこと》に失礼《しつれい》にはございますれど最期《さいご》の一大事《だいじ》を御申《おもう》し聞《き》け下《くだ》さりますれば本人《ほんにん》の一大幸福《だいこうふく》にございますれば特《とく》に御願《おねが》い致《いた》したく……」「イヤ承知致《しょうちいた》しました。して御本人《ごほんにん》の容体《ようたい》は如何《いか》ようでございますな」「ハッ、最早殆《もはやほと》んど……」「左様《さよう》か、夫《そ》れでは息《いき》の引《ひ》き取《と》られぬ内《うち》こそ肝要《かんよう》でございますれば是《こ》れより申《もう》し上《あ》げましょう。一寸御案内下《ちょっとごあんないくだ》さるよう」「恐《おそ》れ入《い》りまする。では是《こ》れへ……」

政明《まさあき》の案内《あんない》によって病室《びょうしつ》へ通《とお》られると、日本《にほん》一の名僧《めいそう》が御大事《ごだいじ》の一条《じょう》を申《もう》し聞《き》けられると云《い》うので家族《かぞく》、親戚《しんせき》は云《い》う迄《まで》も無《な》く、郷内《ごうない》の主《おも》なる人々《ひとびと》はズラリと次《つ》ぎの間《ま》に居並《いなら》んで耳《みみ》をすまして居《お》る、と禅師《ぜんし》は静《しず》かに病人《びょうにん》の側《そば》へ進《すす》み寄《よ》り其耳許《そのみみもと》に口《くち》をあてゝ然《しか》も大声《おおごえ》で、

汝《なんじ》すでに末期《まつご》や、われも行《ゆ》き人《ひと》もゆく、只《た》だ一生《しょう》は夢《ゆめ》の如《ごと》く幻《まぼろし》の如《ごと》く

と是《こ》れだけ言《い》われたまゝ座《ざ》を立《た》って元《もと》の座敷《ざしき》へ帰《かえ》られたから聞《き》いて居《お》った面々《めんめん》の内或者《うちあるもの》が「最期《さいご》の一大事《だいじ》と云《い》えば弥陀《みだ》の浄土《じょうど》の様々《さまざま》な結構《けっこう》のことを語《かた》って当人《とうにん》に安心《あんしん》をさせ、臨終《りんじゅう》を潔《いさぎ》よくさせるのこそ当然《とうぜん》であるのに、一休大禅師《きゅうだいぜんし》ともあろう御方《おかた》としてはアマリに呆気《あっけ》なし」と思《おも》わずつぶやくと側《そば》に居合《いあわ》した嘗《かつ》て高野《こうや》の坊《ぼう》に居《お》ったと云《い》う人是《ひとこ》れを打《う》ち消《け》して「成程普通《なるほどふつう》の坊《ぼう》さんでは、いろ〳〵の事《こと》を云《い》うたり念仏《ねんぶつ》や題目《だいもく》を唱《とな》えたりなぞせられるが彼《あ》れでは反《かえ》って当人《とうにん》を迷《まよ》わすようなものである。今大禅師様《いまだいぜんしさま》の仰《おお》せられたのは現世《げんせ》の果敢《はか》

ないことを説《と》かれ、現世《げんせい》に心残《こころのこ》りの無《な》いように仰言《おっしゃ》ったのであるから之《こ》れでこそ真誠《まったく》の安《あん》心立命《しんりつめい》をせられるであろう」と言《い》うたので一同《どう》は思《おも》わず感《かん》じ合《あ》うと、其時病人《そのときびょうにん》も嬉《うれ》しそうに呼吸《いき》を引《ひ》き取《と》った。

すると此《こ》の事《こと》を聞《き》き伝《つた》えて一郷《ごう》の人々《ひとびと》は何《いず》れも詰《つ》めかけ葬《とむら》いの用意《ようい》、手伝等《てつだいら》夫《そ》れ〴〵手配《てくばり》をして居《お》る中《なか》にも死者《ししゃ》の生前《せいぜん》に特《とく》に目《め》をかけられた人々《ひとびと》は何《いず》れも嘆《なげ》き悲《かな》しんで「御隠《ごいん》居様《きょさま》が御逝去《おかくれ》になられたのであれば我《わ》れも〳〵其御葬《そのおとむら》いの時《とき》に自害《じがい》をして御供《おとも》をしよう」と云《い》うことになった。

是《こ》れが外《ほか》の地方《ちほう》であれば側《そば》に居合《いあわ》す人々等《ひとびとら》は忽《たちま》ち驚《おどろ》いて止《とど》めるに違《ちが》いは無《な》いが此《こ》の土地《ところ》は前《まえ》にも書《か》いた通《とお》り武士気質《さむらいかたぎ》の八釜《やかま》しい処《ところ》だけに当人《とうにん》は嬉《うれ》しそうに用意《ようい》をすれば側《そば》の人々《ひとびと》は「誰々《だれだれ》は御隠居様《ごいんきょさま》の御供《おとも》が出来《でき》るとは羨《うらや》ましい」と云《い》う風《ふう》であるから禅師《ぜんし》は驚《おどろ》かれていろ〳〵其利害《そのりがい》を説《と》かれたけれども一向《こう》に聞《き》きそうな様子《ようす》が無《な》い。夫《そ》れでいろ〳〵と工風《くふう》せられた末《すえ》、其夜《そのよ》の内《うち》に門前《もんぜん》へ、

世《よ》の中《なか》に生死《しょうし》の道《みち》につれはなし
たゞさびしくも独死独来《どくしどくらい》

と一首《しゅ》の狂歌《きょうか》を認《したた》めて貼《は》り付《つ》け、翌朝夜《よくあさよ》の明《あ》けるのを待《ま》ちかねて道意共々《どういともども》出立《しゅったつ》されると、其後《そのあと》で主人《しゅじん》の政明《まさあき》が是《こ》れを見《み》て「成程是《なるほどこ》れ迄《まで》は自分《じぶん》も大《おお》いに考《かんが》え違《ちが》いであった。如何《いか》さま此《こ》の狂歌《きょうか》の通《とお》り、何人何十人《なんにんなんにん》の人々《ひとびと》が冥途《めいど》の供《とも》をした処《ところ》で独死独来《どくしどくらい》でもって同《おな》じように伴《つ》いて行《ゆ》けるものでは無《な》い。殉死《じゅんし》は畢竟世間《ひっきょうせけん》への申訳《もうしわけ》だけで死者《ししゃ》の為《た》めにはならぬ。つゞまり犬死《いぬじに》をするようなものであるから是《こ》れは今後固《こんごかた》く禁《とど》めねばならぬ」と感《かん》じて其後《そのご》は断然此《だんぜんこ》の事《こと》を禁止《きんし》したそうである。

◎是《こ》れは矢《や》ッ張《ば》り詩《し》ですか

十津川《とつかわ》を出立《しゅったつ》せられた禅師《ぜんし》は尚《なお》も南《みなみ》へ南《みなみ》へと向《むか》われ漸《ようや》く熊野《くまの》の本宮《ほんぐう》へと着《つ》いて先《ま》ず社殿《しゃでん》に参拝《さんぱい》し、夫《そ》れから拝殿《はいでん》へ上《のぼ》られて彼方此方《あなたこなた》の風景《ふうけい》を面白気《おもしろげ》に眺《なが》めて居《お》る処《ところ》へ一人《ひとり》の社僧《しゃそう》はツカ〳〵と立《た》ち寄《よ》り、暫《しば》らく禅師《ぜんし》の姿《すがた》を見守《みまも》って居《お》ったが、軈《やが》て恭々《うやうや》しく「恐《おそ》れながら御出家《ごしゅっけ》の様子《ようす》を伺《うかが》うに風体《ふうてい》こそ陋《むさ》くはございますが中々只人《なかなかただびと》ではござりますまい。何《ど》うか御姓名《ごせいめい》を御洩《おも》らし願《ねが》いとう存《ぞん》じまする」「是《こ》れは〳〵恐《おそ》れ入《い》った御尋《おたず》ね。如何《いか》にも私《わたく》しは只人《ただびと》ではございません、御覧《ごらん》の通《とお》り雲水《うんすい》の身《み》でございます、ハヽヽヽ、恐《おそ》れ入《い》りました。併《しか》し御冗談《ごじょうだん》は別《べつ》と致《いた》しまして更《あら》ためて御願《おねが》いがございます」「ハヽヽヽ」「ナニ、私《わたく》しに……」

突然《とつぜん》に逢《お》うたものから御願《おねが》いと云《い》われて禅師《ぜんし》、聊《いささ》か呆《あき》れられると「其御不審《そのごふしん》は御尤《ごもっと》もにございますが実《じつ》は私《わたく》し性来《せいらい》の楽《たのし》みがございます」「ホヽー、如何《いか》ようの……」「外《ほか》でもございませんが、詩歌俳諧《しいかはいかい》の御指《おたしな》みある方《かた》に御願《おねが》いを致《いた》し其御作《そのおつくり》になられたものと其筆跡《そのひっせき》を集《あつ》めて無上《むじょう》の楽《たのし》みと致《いた》して居《お》りまする。就《つ》きましては御見受《おみう》け申《もう》しまする処《ところ》、貴君《あなた》には此《こ》の何《いず》れかの道《みち》に定《さだ》めて御堪能《ごたんのう》の御事《おんこと》と存《ぞん》じますれば是非《ぜひ》に何《なに》にもあれ御認《おしたた》めの程願《ほどねが》いまする」と懐中《ふところ》から一冊《さつ》の筆跡帳《ひっせきちょう》を出《だ》して禅師《ぜんし》の前《まえ》へ差《さ》し出《だ》した。

最初《さいしょ》は意外《いがい》に思《おも》われた禅師《ぜんし》も話《はなし》を聞《きい》て見《み》れば元来《がんらい》は好《すき》の道《みち》であるから先《ま》ず其帳《そのちょう》を手《て》に取《と》って繙《ひもと》かれると中《なか》には名《な》も無《な》き悪戯書《いたずらがき》のようなものも無《な》いでは無《な》いが思《おも》わず手《て》を打《う》って感嘆《かんたん》するようなものもある。一通《とお》り見終《みおわ》られて「ホヽー、是《こ》れは中々《なかなか》集《よ》せられた。よし〳〵夫《そ》れでは私《わた》しも書《か》こう」と興《きょう》に乗《の》って筆《ふで》を執《と》られたのは高野山《こうやさん》で作《つく》られた東坡《とうば》の径山寺《きんざんじ》の詩《し》に倣《なろ》うたと同様《どうよう》、此処《ここ》でも其型《そのかた》を取《と》って、

山里放光
山滝吟落碧三
山海浪高船片雲社
山廟等一扶桑神片漲景
山客成群数万人輪塵夏
山楼鐘動月輪悩宮
山谷洗流煩本
山花猶馥

「さア是《こ》れで何《ど》うじゃな」「ヤッ、有《あ》り難《がと》うございます……オヽ……モシ御出家《ごしゅっけ》、誠《まこと》に失礼《しつれい》でございますが是《こ》れは一向《こう》見《み》馴《な》れぬ形《かたち》でございますが是《こ》れは矢張《やは》り詩《し》でございますか」「ハッくくく、く……」如何《いか》にも是《こ》れは昔唐土《むかしもろこし》に東坡居士《とうばこじ》と云《い》う人《ひと》がありました」「ヘエ「其人《そのひと》が或時《あるとき》径山寺《きんざんじ》へ行《ゆ》かれて興《きょう》に乗《じょう》じて作《つく》られたのは此《こ》の形《かたち》の詩《し》でございます」「ヘーエ」「処《ところ》が是《こ》れが山形《やまがた》になって居《お》りますから俗《ぞく》に山形《やまがた》の詩《し》と申《もう》して居《お》りますナ」

「ヘーエ、山形《やまがた》の詩《し》……成程《なるほど》、フーム、山形《やまがた》の詩《し》、是《こ》れは面白《おもしろ》い……ですが御出家《ごしゅっけ》、是《こ》れは何《な》んと吟《よ》むのでございます」「如何《いか》にも尤《もっと》もなる御尋《おたず》ね。夫《そ》れでは教《おし》えましょう。先《ま》ず初《はじ》めは真《ま》ん中《なか》の右側《みぎがわ》から吟《よ》みます」「ヘエ〳〵、成程《なるほど》一番高《ばんたか》い山《やま》のテッペンからで初《はじ》めますかナ」「左様《さよう》〳〵、次《つ》ぎに是《こ》れ、夫《そ》れから此処《ここ》へ来《き》て是《こ》れを吟《よ》んで斯々続《こうこうつづ》くのです」「へーン、何《ど》うもヤヽコシイ吟《よ》み方《かた》でございますな。では文句《もんく》は何《な》んと吟《よ》みます一寸御教《ちょっとおし》えを願《ねが》います」「ハヽヽヽでは吟《よ》みますぞ。山廟等《さんびょうひと》しく扶桑《ふそう》の神《しん》、山客群《さんかくぐん》を成《な》す数万《すまん》の人《ひと》、山海浪高《さんかいなみたこ》うして船片々《ふねへんぺん》、山楼《さんろう》の鐘動《かねうごい》て月《つき》は輪々《りんりん》、山滝吟落《さんろうぎんしおとし》て碧雲漲《へきうんみなぎ》り、山谷洗流《さんこくあら》う煩悩《ぼんのう》の塵《ちり》、山里放光三《さんりほうこうす》社景《しゃのけい》、山花猶馥《さんかなおかんば》し本宮夏《ほんぐうのなつ》と云《い》うのです」「ヘーエ……中々六《なかなかむつ》かしゅうございますな……オヽ時《とき》に貴君《あなた》の御名《おな》が入《い》って無《な》いようでございますが、恐《おそ》れ入りますが御筆《おふで》ついでに一寸御願《ちょっとおねが》い致《いた》します」「イヤ、別《べつ》に名《な》を記《しる》す程《ほど》のものでは無《な》いが夫《そ》れでは一寸書《ちょっとか》きましょう」と再《ふたた》び帳《ちょう》を取《と》られて「一休老人偶題《きゅうろうじんぐうだい》」の六文字《もじ》を其隅《そのすみ》に書《か》き加《くわ》えられた。

如何《いか》に文字《もじ》を知《し》らぬと云《い》うた処《ところ》で我国有数《わがくにゆうすう》の霊地《れいち》に居《お》る社僧《しゃそう》である。殊《こと》に一休禅師《きゅうぜんし》の名《な》は日本《にほん》の名僧《めいそう》として知《し》らぬものは無《な》い程《ほど》であるから、今書《いまか》き加《くわ》えられた文字《もじ》を見《み》た社僧《しゃそう》の眼《まなこ》は訝《いぶ》かしそうに禅師《ぜんし》の顔《かお》に移《うつ》し其法衣《そのほうい》に移《うつ》して俄《にわ》かに飛《と》び退《しざ》り、恭《うやうや》しく頭《かしら》を下《さ》げて「さてはかね〴〵承《うけたまわ》ります大徳寺《だいとくじ》の大禅師様《だいぜんしさま》でございましたか。存《ぞん》ぜぬことゝは申《もう》せ前刻来《せんこくらい》の無礼《ぶれい》何卒《なにとぞ》御赦《おゆる》し下《くだ》さりませ。就《つ》きましては斯《か》ようの処《ところ》では余《あま》りに失礼《しつれい》でございますから、兎《と》も角座敷《かくざしき》へ御通《おとお》りを願《ねが》いまする。最早盛《もはやさか》りは過《す》ぎましたなれども此辺《このへん》は総体《そうたい》に時候《じこう》が遅《おく》れてございます為《た》めに桜《さくら》はまだございますれば是非《ぜひ》に」

有《あ》らん限《かぎ》りの愛嬌《あいきょう》を振《ふ》りまいて是非《ぜひ》にと云《い》う言葉《ことば》に道意《どうい》を伴《つ》れて座敷《ざしき》へ通《とお》られると、時《とき》は青葉隠《あおばがく》れの初夏《しょか》ながら季候《きこう》の加減《かげん》か庭前《ていぜん》には桜《さくら》の花《はな》の風《かぜ》に吹《ふ》かれて片々《へんぺん》と散《ち》り交《こ》うておる。処《ところ》へ種々《しゅじゅ》の酒肴《しゅこう》を持《も》ち出《だ》した社僧《しゃそう》、取《と》り〲に勧《すす》めながら「時《とき》に大禅師様《だいぜんしさま》に今《いま》一ツ御《お》願《ねが》いがございます」「ハイ〲」「誠《まこと》に恐《おそ》れ多《おお》いことではございますが只今御記《ただいまおしる》し頂《いただ》きました山形《やまがた》の詩《し》は無学《むがく》の私《わたくし》しには読《よ》みにくうございますから今《いま》一つ私《わたく》し共《ども》のような者《もの》でも判《わか》り易《やす》いのを御記《おしる》し頂《いた》だきとう存《ぞん》じます」と前刻《せんこく》の帳《ちょう》を又《また》もや恐《おそ》る〲差《さ》し出《だ》した。

禅師《ぜんし》は是《こ》れを聞《きい》てニコ〲笑《わら》いながら「ハヽヽヽ、夫《そ》れでは今度《こんど》は此《こ》の庭《にわ》の桜《さくら》に寄《よ》せて和歌《わか》を記《しる》して見《み》ましょう」と矢立《やたて》の筆《ふで》を取《と》られて、

桜《さくら》ちる木《こ》の下《した》かぜは寒《さむ》からで
さらに知《し》られぬ雪《ゆき》ぞふりける

と認《したた》められ「是《こ》れなれば判《わか》りましょう」と社僧《しゃそう》の前《まえ》へ突《つ》き出《だ》されると、是《こ》れも小首《こくび》を捻《ひね》

って眺《なが》めた社僧《しゃそう》は「有《あ》り難《がと》う存《ぞん》じますが、まだ少々耳《しょうしょうみみ》なれませねば……」「左様《さよう》かそれでは今《いま》一ツ書《か》きましょう」と又《また》もや筆《ふで》を執《と》られて、

雪《ゆき》やこんこあられやこんこ御寺《おんてら》の
かきの木《き》に一ぱいふりつもれこんこ

と認《したた》められると社僧《しゃそう》は眺《なが》めて「ハヽヽヽ、誠《まこと》に面白《おもしろ》う結構《けっこう》ではございますが、如何《いか》に耳《みみ》なれたものとは申《もう》せ是《こ》れはアマリに何《ど》うもなれば願《ねが》いますれば今少《いますこ》し……」「ハッ〱〱、それでは今《いま》一つ記《しる》して見《み》ましょう」と又々筆《またまたふで》を執《と》られて、

きねが鈴海山木《すずうみやまき》こり谷《たに》のこえ
入相《いりあい》のかねに庭《にわ》さきのはな

と記《しる》されて「ハヽヽヽ、如何《いかが》でございます。是《こ》れなれば耳《みみ》にも目《め》にもなれてございましょう」と渡《わた》されると「是《こ》れは何《ど》うも、ナール程《ほど》、誠《まこと》に結構《けっこう》でございます」と大層《たいそう》な悦《よろこ》び。

すると禅師《ぜんし》もいよ〱興《きょう》ぜられて「ドレ〱、今《いま》一応其帳《おうそのちょう》を御貸《おか》しなさい。序《ついで》に東坡居《とうばこ》士《じ》の山形《やまがた》の詩《し》も認《した》ためてあげましょう」「ヘエ〱、有《あ》り難《がと》う存《ぞん》じます。夫《そ》れでは誠《まこと》に申《もう》

し兼《か》ねますが其吟《そのよ》みまする順序《じゅんじょ》も一寸御記《ちょっとおしる》しを御願《おねが》い致《いた》しまする」「宜《よろ》しい〳〵」と云《い》われながら悉皆記憶《しっかいきおく》せられてあるか少《すこ》しも考《かんが》えられる様《さま》も無《な》くスラ〳〵と記《しる》されたのは、

七　山―僧
五　山―鳥―菓　来
三　山―雲―飛―片　偸　問
一　山―花―発―茂―林　片　食　道
二　山―遠―路―幽―深　沈　吟　尋
四　山―水―碧―沈　抱　相
六　山―猿―樹　還
八　山―客

と認《したた》めて更《さ》らに別《べつ》に次《つ》ぎの通《とお》り、訓読《くんどく》を附《つ》けて記《しる》されたのには社僧《しゃそう》は勿論伝《もちろんつた》え聞《きい》た人々《ひとびと》まで何《いず》れも舌《した》を巻《ま》いて感嘆《かんたん》したようである。

山花発茂林《さんかはもりんにはっし》　山遠路幽深《やまとおくしてみちゆうしん》
山雲飛片片《さんうんとんでへんぺん》　山水碧沈々《さんすいみどりにしてちんちん》

山《さん》鳥《ちょう》菓《かを》偸《ぬすみて》食《くい》　山《さん》猿《えん》樹《きを》抱《いだいて》吟《なく》
山《さん》僧《そう》来《きたりて》問《みちを》道《とい》　山《さん》客《かく》還《かえって》相《あい》尋《たずぬ》

◎粥《かゆ》の字《じ》は何《ど》うして

さて禅師《ぜんし》はいよ〳〵打《う》ち興《きょう》ぜられて居《お》る内《うち》に流石《さすが》に短《みじ》か〻らぬ日《ひ》も何時《いつ》かトップリ暮《く》れたから、勧《すす》められるま〻其夜《そのよ》は本宮《ほんぐう》に泊《とま》られること〻なると社僧《しゃそう》は又《また》と得難《えがた》き珍客《ちんきゃく》のみ泊《とま》りと云《い》うので非常《ひじょう》な悦《よろこ》び。其内《そのうち》に話《はなし》は夫《そ》れから夫《そ》れへと続《つづ》いて遂《つい》には妙《みょう》な問答《もんどう》となった。

「時《とき》に大禅師様《だいぜんしさま》に御伺《おうかが》い致《いた》しますが、かね〴〵何《ど》うも解《げ》しかねますのは粥《かゆ》と云《い》う文字《もじ》でございます。粥《かゆ》は米《こめ》を水《みず》の中《なか》へ入《い》れて焚《た》きますものでございますれば水《みず》の中《なか》へ米《こめ》と云《い》う文字《もじ》を入《い》れてこそ至当《しとう》と存《ぞん》じますに夫《そ》れに使《つか》います文字《もじ》は弓《ゆみ》の中《なか》へ米《こめ》と記《しる》しますが是《こ》れには何《なに》か仔細《しさい》はございましょうか」「ハヽヽヽ、如何《いか》にも此《こ》の文字《もじ》には中々深《なかなかふか》い意味《いみ》がございます」「左様《さよう》でございますか。では其意味《そのいみ》とは如何《いか》ようでございましょう」「では御話《おはな》しを致《いた》しましょう。昔唐土《むかしもろこし》に神農伏羲《しんのうふくぎ》と云《い》う聖王《せいおう》がありました」「ヘエ〳〵、承《うけた》まわって居《お》りますする薬《くすり》を初《はじ》めて御見付《おみつけ》になられた神様《かみさま》でございますな」「左様《さよう》〳〵、其神様《そのかみさま》の頃《ころ》には六《む》つかしい文字《もんじ》と云《い》うものは出来《でき》てござりませなんだ。尤《もっと》も米《こめ》だとか食《しょく》だとか云《い》うような簡略《かんりゃく》なものは有《あ》りましたが、或日《あるひ》此《こ》の伏羲《ふくぎ》神農《しんのう》を初《はじ》め其他《そのた》夥多《あまた》の人々《ひとびと》等《ら》寄《よ》り合《あ》いを初《はじ》めていろ〳〵話《はなし》の末《すえ》に神農《しんのう》の仰《おお》せられるには米《こめ》を水《みず》の中《なか》へ入《い》れ柔《やわら》かく煮《に》る時《とき》は腹《はら》の中《なか》はよく整《ととの》うて身体《からだ》の為《た》めには誠《まこと》に薬《くすり》である……」「と神農様《しんのうさま》が仰《おお》せられましたかナ、成程其通《なるほどそのとお》りでございます。ヘーエ、夫《そ》れから粥《かゆ》と名付《なづ》けましたか」「されば、誠《まこと》に薬《くすり》になるが是《こ》れを御飯《ごはん》と云《い》うわけにはゆかず、と云《い》うて未《ま》だ何《な》んとも名《な》が無《な》いから程《ほど》よき名《な》を附《つ》けては何《ど》うであろう又《ま》た其文字《そのもんじ》は何《ど》う拵《こしら》えたればよかろうと云《い》うことになって一同《どう》の人々《ひとびと》はいろ〳〵評議《ひょうぎ》をせられたそうでございます」「ヘーン」「けれども誰《た》れも考《かんが》えるものは無《な》かったので神農《しんのう》もホト〳〵持《も》て余《あま》され、夫《そ》れでは一応見本《おうみほん》を見《み》せましょう見本《みほん》を見《み》れば又《ま》た宜《よ》い考《かんが》えは浮《うか》ばぬではあるまいと、早速家来《さっそくけらい》にも云《い》い付《つ》け粥《かゆ》を煮《に》させて一同《どう》の人々《ひとびと》にも饗応《ふるま》い自分《じぶん》も喰《た》べられました」「成程《なるほど》、しまするど浮《うか》びましてございますか」「イヤ〳〵、夫《そ》れでもトント思案《しあん》が出《で》ぬものでございますから流石《さすが》の神農《しんのう》も我《が》を折《お》って茶碗《ちゃわん》の上《うえ》へ手《て》に持《も》った箸《はし》を思《おも》わずカラリと乗《の》せられました」「モシ、夫《そ》れでは其時《そのとき》の評議《ひょうぎ》も無駄《むだ》になりましたのでございますか」「イヤ〳〵、是《こ》れからが肝腎《かんじん》の処《ところ》でございます」「ヘーエ……」「すると其箸《そのはし》は二本《ほん》ともに丁度茶碗《ちょうどちゃわん》の真《ま》ン中《なか》の処《ところ》へ橋《はし》のように並《なら》びましたが、ツク〴〵思案《しあん》に暮《く》れた神農《しんのう》は是《こ》れを何気無《なにげな》く眺《なが》められ、オヽ是《こ》れにしようとトー〳〵定《さだ》められたのは弓《ゆみ》の中《なか》へ米《こめ》の字《じ》でございますそうな」「アモシ大禅師様《だいぜんしさま》、茶碗《ちゃわん》の上《うえ》へ箸《はし》を置《お》きまして何故弓《なにゆえゆみ》の中《なか》に米《こめ》でございます」「ハヽヽヽ、其方《そなた》も中々覚《なかなかさと》りが悪《わる》うございますナ。それ茶碗《ちゃわん》は丸《まる》いものでございましょう」「左様《さよう》〳〵」「其丸《そのまる》い茶碗《ちゃわん》の真《ま》ん中《なか》を箸《はし》で区切《くぎ》りますと半分《はんぶん》の丸《まる》は弓形《ゆみがた》になりましょうがナ」「ヘエ〳〵如何《いか》にも……」「さ、すると二本《ほん》の箸《はし》がツマリ二筋《すじ》の弦《つる》となって右《みぎ》と左《ひだり》に二ツの弓《ゆみ》が出来《でき》る筈《はず》です。処《ところ》が其弓《そのゆみ》の中《なか》……取《と》りも直《なお》さず茶碗《ちゃわん》の中《なか》に米《こめ》が浮《う》いてございますからそこで弓《ゆみ》の中《なか》に米《こめ》と云《い》う字《じ》を入《い》れて初《はじ》めて粥《かゆ》と云《い》う字《じ》が出来《でき》ましたそうな、ハヽヽヽ」

禅師《ぜんし》の話《はなし》に社僧《しゃそう》はホト〳〵感心《かんしん》をして「ヘヽーエ、成程承《なるほどうけた》まわりますと理屈《りくつ》のあるものでございますな。それでは今《いま》一ツ御尋《おたず》ねを致《いた》します」「ハイ〳〵何《な》んなりとも申《もう》して御覧《ごらん》なさい」「それでは御伺《おうかが》い致《いた》しますが次《つ》ぎに笑《わら》うと云《い》う字《じ》も不審《ふしん》でございます。凡《すべ》て誰《た》れしも笑《わら》います時《とき》には口《くち》を広《ひろ》げさすか目元《めもと》に皺《しわ》を寄《よ》せるに極《きま》ったものにございますれば是《こ》れも口偏《くちへん》に広《ひろ》げると云《い》う文字《もじ》か又《ま》た目偏《めへん》に皺《しわ》と云《い》う文字《もじ》を付《つ》けねばなりませんが、夫《そ》れに全《まった》く寄《よ》り処《どころ》の無《な》い竹冠《たけかむり》に犬《いぬ》とは何《ど》う云《い》う訳《わけ》でございましょう」「ハ、、、、有《あ》りますく、無論意味《むろんいみ》がございます」「でございますか夫《そ》れでは是《こ》れも御序《おつい》でに御教《おおし》えを願《ねが》いまする」「さア、此《こ》の字《じ》の初《はじ》めも矢張《やは》り神農《しんのう》なぞが文字《もじ》を拵《こしら》える評議《ひょうぎ》を開《ひら》かれて居《お》る時《とき》でございます」「ヘーン……」「いろく考《かんが》えられて何《な》んと云《い》う字《じ》は斯《こ》うしよう彼《あ》れは斯《こ》う書《か》かねばなるまいなぞといろく考《かんが》えられて居《お》る処《ところ》へ何処《どこ》からとも無《な》く一疋《ぴき》の小犬《こいぬ》が頭《かしら》へ籠《かご》を被《かむ》って狂《くる》いながら這入《はい》って来《き》ましたが其様《そのさま》の如何《いか》にも可笑《おか》しかったので今《いま》まで真面目《まじめ》に控《ひか》えられて居《お》った人々《ひとびと》も思《おも》わずドッと笑《わら》われました為《た》めに是《こ》れは丁度《ちょうど》よいと云《い》う処《ところ》から竹《たけ》の下《した》へ犬《いぬ》と書《か》くことゝなりました」「ナッ、ナール程《ほど》、フーム、何事《なにごと》も聞《きい》て見《み》れば夫《そ》れぐ理屈《りくつ》はございますな、フーム……」

社僧《しゃそう》は益々感心《ますますかんしん》をして居《お》ると禅師《ぜんし》は其顔《そのかお》を眺《なが》めてニタリと笑《わら》われた。

◎金《きん》はシン・・では身《み》につかぬ

ニタリと笑《え》まれた禅師《ぜんし》は軈《やが》て言葉《ことば》を次《つ》ぎ「ハヽヽヽヽ、如何《いか》にも世《よ》の中《なか》の事《こと》は何《なに》によらず理屈《りくつ》の無《な》いものはございませんが特《とく》に文字《もじ》は一々《いちいち》理《り》の詰《つ》んだものでございます。其内《そのうち》にも日々《ひび》に誰《た》れでも書《か》かねばならぬ金《きん》と云《い》う文字《もじ》なぞは実《じつ》に面白《おもしろ》く出来《でき》てございますなア」「金《きん》……成程金《なるほどきん》……ヘーン、モシ是《こ》れは何《ど》う云《い》う訳《わけ》でございます」「ハヽヽヽヽ、御《お》判《わか》りになりませんかナ」「ヘエ、何《ど》うも判《わか》ったようで判《わか》りません。是《こ》れも御序《おつい》でに御教《おおし》えを願《ねが》いまする」「ハヽヽヽヽ、夫《そ》れでは申《もう》して見《み》ましょう。此《こ》の金《きん》と云《い》うものは誰《たれ》でも不要《いら》ぬものはございますまい」「ヘエ〳〵、そりゃ勿論《もちろん》でございます。特《とく》に私《わたく》しなぞは何《ど》れほどありましても頂戴《ちょうだい》いたします」「や、是《こ》れは何《ど》うもハッ〳〵〳〵〳〵……」「ヘヽヽヽ、是《こ》れは冗談《じょうだん》でございますが兎《と》も角其訳《かくそのわけ》を御願《おねが》い致《いた》します」「さそれで観音経《かんのんきょう》にも七ツの宝《たから》と書《か》き現《あら》わされた金銀瑠璃俥璖《きんぎんるりしゃこ》なぞの内《うち》でも金《きん》は第《だい》一番《ばん》となってございましょう」「ヘエ〳〵」「是《こ》れほど大切《たいせつ》なものではございますが持《も》つべき人《ひと》によっては宝《たから》となりませんものでございますから金《きん》と云《い》う字《じ》を用《もち》いました」「ヘーン……アッ、ナール程《ほど》しまするとと女《おんな》が持《も》っては宝《たから》に成《な》りませんでございますか」「是《こ》れは又《ま》た妙《みょう》なことを御尋《おたず》ねになられました何《なに》ゆえ女《おんな》が持《も》って宝《たから》になりません」「ヘッ、それでもキンヽは男《おとこ》の付《つ》きもので女《おんな》にはございますまい」「ハッ〳〵〳〵、是《こ》れは面白《おもしろ》い事《こと》を申《もう》される……が兎《と》も角金《かくきん》と云《い》う字《じ》は何《ど》う書《か》きます」「ヘッ、それくらいの事《こと》は誰《た》れでも存《ぞん》じて居《お》ります。先《ま》ず山形《やまがた》の下《した》へ玉《たま》と云《い》う字《じ》に似《に》たようなものを書《か》くではございませんか」「左様《さよう》〳〵、それでございます。是《こ》れも初《はじ》めはいろ〳〵と考《かんがえ》られまして人《ひと》と云《い》う字《じ》の下《した》へ主《ぬし》と云《い》う字《じ》を用《もち》いることになりました」「ヘーン……ナール程《ほど》」

社僧《しゃそう》は感心《かんしん》しながら、ジッと考《かんが》えたが俄《にわか》に鬼《おに》の首《くび》でも取《と》ったような勢《いきお》いで、「アモシ、大禅師様《だいぜんしさま》何《ど》うも私《わたく》しの心《こころ》に解《げ》しかねまする」「ホヽー、何《ど》うして……」「金《きん》と申《もう》す文字《もじ》は成《なる》程草行《ほどそうぎょう》で書《か》きますと人《ひと》の下《した》に主《ぬし》と云《い》う文字《もじ》かも存《ぞん》じませんが真字《しんじ》では何《ど》うも主《ぬし》の字《じ》のように思《おも》われませんが……」と云《い》う言葉《ことば》に禅師《ぜんし》はグッと詰《つま》られたが、それも暫《しば》らくで「ホヽー、如何《いか》にも其不審《そのふしん》は御尤《ごもっと》もでございます。それこそ肝腎《かんじん》のところでございます」「ヘーエ、それはまた何《ど》うしまして」「されば、生《い》きて居《お》る内《うち》は一日《にち》も無《な》くてはならぬ金《かね》でございますが、シンでは身《み》に付《つ》かず要《い》らぬものでございますからなア」と早《はや》くも答《こた》えられたので社僧《しゃそう》もハッと気《き》が付《つ》いたか「さても誠《まこと》に浅墓《あさはか》なる御尋《おたず》ねを申《もう》し上《あ》げ相済《あいす》みませぬ」と恐《おゆ》れ入《い》って引《ひ》っ下《さが》った。

◎何《な》んたる無礼者《ぶれいもの》

本宮《ほんぐう》を残《のこ》り無《な》く見物《けんぶつ》された禅師《ぜんし》は其処《そこ》を出立《しゅったつ》せられて那智《なち》に向《むか》われたが、那智《なち》は是《こ》れも熊野《くまの》三社《しゃ》の一として名高《なだか》い那智権現《なちごんげん》の外《ほか》に、西国観音第《さいごくかんのんだい》一の霊場《れいじょう》と数《かぞ》えられた普陀落寺《ふだらくじ》、且《か》つは日本第《にほんだい》一の称《しょう》ある大瀑布《だいばくふ》のある処《ところ》だけに参詣者遊覧者《さんけいしゃゆうらんしゃ》も中々《なかなか》に多《おお》く、従《したが》って楼閣《ろうかく》の美々《びび》しいのも附近《あたり》の手入《てい》れが行《ゆ》き届《とど》いたことも只《た》だ〱感嘆《かんたん》の外《ほか》なかった。

それで禅師《ぜんし》には飽《あ》かぬ眺《なが》めに境内《けいだい》を彼方此方《あなたこなた》と見物《けんぶつ》されておるとフト目《め》に入《い》れられたのは寄進金《きしんきん》の掲《かか》げた掲示札《けいじふだ》である。社楼《しゃろう》の横側《よこがわ》に建《た》てられて何《いず》れも墨黒々《すみくろぐろ》と、

一金　何百両也　何《なに》屋《や》何《なに》兵《べ》衛《え》

一金　何百両也　何《なん》野《の》屋《や》誰《たれ》助《すけ》

一金何十両也　　何《なに》々《なに》屋《や》何《なに》平《へい》

なぞとズラリと並《なら》べられた札数《ふだかず》は殆《ほと》んど数《かぞ》え切《き》らぬ程《ほど》。するとツカ〳〵と其側《そのそば》へ立寄《たちよ》られ、稍暫《ややしば》らく眺《なが》められた後《のち》、後《うしろ》に従《した》ごうた道意《どうい》を振《ふ》り返《かえ》って附近《あたり》に聞《きこ》えよがしの大声《おおごえ》で「コレ〳〵道意《どうい》是《こ》れを見《み》い。世《よ》の中《なか》には相変《あいかわ》らず随分馬鹿《ずいぶんばか》な人間《にんげん》が沢山《たくさん》あるなア。態々此《わざわざこ》んな処《ところ》へ馬鹿者《ばかもの》の看板《かんばん》を出《だ》さずとも宜《よ》さそうなものだが、是《こ》れも矢《や》ッ張《ば》り馬鹿者《ばかもの》の仕業《しわざ》であろう」と罵《のの》しられた。

処《ところ》が参詣者《さんけいしゃ》の多《おお》い処《ところ》から此《こ》の附近《ふきん》は絶《た》えず寺侍《てらざむらい》が巡回《じゅんかい》して居《お》ったがフト此《こ》の言葉《ことば》が耳《みみ》に入《い》ったから少《すこ》しも容赦《ようしゃ》は無《な》い。真《ま》ッ赤《か》になって怒《おこ》りながらツカ〳〵と禅師《ぜんし》の側《そば》へ立《た》ち寄《よ》ると見《み》るまに其襟頭《そのえりがみ》をムンズと摑《つか》み「コリャッ、何《な》んと云《い》うことを云《い》う。見《み》れば其方《そのほう》も出家《しゅっけ》であるが、今彼方《いまあなた》にて聞《き》き及《およ》べば是《こ》れなる勧進者《かんじんしゃ》を馬鹿者《ばかもの》と罵《ののし》るさえあるに是《こ》れを掲《かか》げた当寺《とうじ》の納所方《なっしょがた》にまで悪口《あくこう》を致《いた》したが何《な》んたる無礼《ぶれい》じゃ。さア今《いま》一応申《おうもう》して見《み》よッ」

さア是《こ》れを見《み》た道意《どうい》は側《そば》に立《た》って青《あお》くなりながら慄《ふる》えて居《お》ると禅師《ぜんし》は襟頭《えりがみ》を取《と》られながらも大声出《おおごえだ》してカラ〳〵と笑《わら》われた。「ハッ〳〵〳〵、御望《おのぞ》みとあれば何遍《なんべん》でも申《もう》しましょう。さて〳〵世《よ》の中《なか》に馬鹿者《ばかもの》も沢山《たくさん》ある、是《こ》れなる札《ふだ》の……」「コリャッ、まだ申《もう》すか無《ぶ》ッ、無礼者《ぶれいもの》……」「モシ、そりゃ怒《おこ》るのはお門《かど》が違《ちが》って居《お》ります」「ナッ、何《なに》ッ……」「何《なに》もカもございません。貴郎《あなた》の御言葉《おことば》によって申《もう》しましたのではございませんか」「サッ、左様《さよう》なことは此方何時差図《このほういつさしず》を致《いた》した」「何時《いつ》……ハ……、まだ御年《おとし》の若《わか》いのに物覚《ものおぼ》えのよくない御方《おかた》でございますなア。今《いま》の先私《さきわたし》へ今一応申《いまおうもう》して見《み》よと仰言《おっしゃっ》たではございませんか。ですから御言葉《おことば》によって……」「ダッ、黙《だま》れッ、怪《け》しからぬ奴《やつ》じゃ。さア一応此方《おうこなた》へ参《まい》れ」「行《ゆ》く先《さき》によれば参《まい》りますが一体《たい》何処《どこ》まで参《まい》ります」「エヽイ、愚図々々《ぐずぐず》申《もう》さずと兎《と》も角詰所《かくつめしょ》へ来《こ》いッ」「ハイ〳〵畏《かしこ》まりました。詰所《つめしょ》には何《なに》か面白《おもしろ》いものでもございますかナ」「無《ぶ》ッ、無礼者《ぶれいもの》めッ、出家《しゅっけ》と思《おも》い寛大《かんだい》の処置《しょち》を取《と》ればいよ〳〵此方《このほう》を愚弄《ぐろう》いたすなア」「決《けっ》して愚弄《ぐろう》は致《いた》しませぬが、只《ただ》自分《じぶん》の心《こころ》の内《うち》にあることを申《もう》しましたまでゞございます」「だッ、黙《だま》れッ、さア此方《こっち》へ参《まい》れッ」

寺侍《てらさむらい》は相手《あいて》は真逆禅師《まさかぜんし》と云《い》うことを知《し》らぬからプン〳〵怒《おこ》って自分《じぶん》の詰《つ》め所《しょ》へ引《ひ》きずッて行《ゆ》くと是《こ》れを見《み》た上役《うわやく》の者《もの》「ヤヽ島田《しまだ》、見《み》れば其奴《そいつ》は出家《しゅっけ》の風体《ふうてい》を致《いた》して居《お》るが自体《じたい》何《なに》を致《いた》したのじゃ。殊《こと》に老年《ろうねん》とも見受《みう》くるから大抵《たいてい》なれば許《ゆる》してやれ。それとも又《ま》た僧形《そうぎょう》に身《み》を扮《やつ》し、参詣者《さんけいしゃ》を苦《くる》しめる誤魔《ごま》の灰《はい》ともあるか」

日本《にほん》の名僧《めいそう》も泥棒《どろぼう》と間違《まちが》えられるとは大変《たいへん》な違《ちが》いであるが其頃《そのころ》はいろ〳〵の姿《すがた》に変装《へんそう》して遠国《えんごく》からの参詣者《さんけいしゃ》を附《つ》け狙《ねら》い、路用《ろよう》の金《かね》を巻《ま》きあげる悪漢《わるもの》は随分《ずいぶん》あったから、常々《つねづね》参詣《さんけい》者《しゃ》の沢山《たくさん》ある寺社《じしゃ》には是《こ》れが警戒《けいかい》の為《た》めに寺侍《さらさむら》いを置《お》いておったのである。

とすると禅師《ぜんし》は引《ひ》ッ捕《とら》えられながらも其上役《そのうわやく》の顔《かお》を眺《なが》め「流石《さすが》は上役《うわやく》のお方《かた》は慈悲心《じひしん》があって豪《えら》い」と喋言《しゃべ》られたから捕《とら》えた島田《しまだ》は益々《ますます》怒《おこ》った。「ダッ、黙《だま》れッ、無礼者《ぶれいもの》……時《とき》に申《もう》し上《あ》げます。是《こ》れなる者《もの》は斯《か》よう〳〵に悪口雑言《あくこうぞうごん》を致《いた》します怪《け》しからぬ奴《やつ》でございます」

処《ところ》が此《こ》の役人達《やくにんたち》は元来前《がんらいまえ》に述《の》べた通《とお》り悪漢《わるもの》の警戒《けいかい》を主《しゅ》として居《お》るのであるから其他《そのた》の出《で》来《き》ごとは五月蝿《うるさい》と云《い》うので成《な》るべく扱《あつか》わず、よく〳〵のことのある場合《ばあい》でも大抵《たいてい》一片《ぺん》の説《せっ》諭《ゆ》くらいで許《ゆる》すのが常《つね》であった。それで上役《うわやく》の者《もの》も其《その》つもりで扱《あつか》おうと思《おも》うてヒョイと見《み》ると寺僧《じそう》が其側《そのそば》に立《た》って居《お》るから仕方《しかた》が無《な》い。それも他《た》の事《こと》なれば兎《と》も角《かく》、寺《てら》に取《と》っては容易《ようい》ならぬ暴言《ぼうげん》であるだけ寺僧《じそう》の手前《てまえ》聞《き》き捨《ず》てにならぬ。が其内《そのうち》にも成《な》るべく穏便《おんびん》にと計《はか》おうと云《い》う主旨《しゅし》から、「フム……コレ〳〵出家《しゅっけ》、見《み》れば其方《そのほう》も老年《ろうねん》ではあり且《か》つは俗人《ぞくじん》ならぬ身《み》を以《もっ》て真逆信徒《まさかしんと》の悪口《あくこう》は云《い》うまい。何《なに》かの間違《まちが》いであろうが何《ど》うじゃ」

穏《おだ》やかに訊《たず》ねる言葉《ことば》を聞《き》いた禅師《ぜんし》は「お情《なさけ》ある御言葉《おことば》有《あ》り難《がと》う存《ぞん》じます。元《もと》より出家《しゅっけ》の身《み》を以《もっ》て人《ひと》の悪口《あくこう》を申《もう》しましょう」と云《い》うと襟頭《えりがみ》捕《とら》えた島田《しまだ》は元来《がんらい》意地《いじ》のよくない男《おとこ》で中々《なかなか》承知《しょうち》をせん。「恐《おそ》れながら上役《うわやく》へ申《もう》し上《あ》げます。決《けっ》して間違《まちが》いではございません。殊《こと》に夥《あま》多《た》の参詣者《さんけいしゃ》が居《お》りますに拘《かか》わらず殊更《ことさら》大声《おおごえ》を上《あ》げて悪口《あくこう》を申《もう》しましてございます……サア其方包《そのほうつつ》まず申《もう》し上《あ》げい」と焦気《やっき》となって云《い》いたてたから上役《うわやく》も仕方《しかた》が無《な》い。キッと禅師《ぜんし》の方《かた》を睨《にら》まえた。

◎馬鹿《ばか》も馬鹿《ばか》も大馬鹿《おおばか》だ

禅師《ぜんし》は又《ま》た夫《そ》れ位《くら》いのことを元《もと》より屁《へ》とも思《おも》われては居《お》らぬ。「恐《おそ》れながら上役《うわやく》の方《かた》へ申《もう》し上《あ》げます。是《こ》れなる御役人《おやくにん》は前刻《せんこく》から私《わたくし》が悪口《あくこう》を申《もう》したかのように申《もう》し上《あ》げますが此《この》儀《ぎ》は決《けっ》して覚《おぼ》えはございません」「フム、然《しか》らば馬鹿者《ばかもの》と大声《おおごえ》で罵《ののし》ったとか、夫《そ》れは何者《なにもの》に向《むか》って言《い》われた」「それは寄進者《きしんしゃ》の姓名札《せいめいふだ》を見《み》まして申《もう》しました」「夫《そ》れでは、寄進者《きしんしゃ》の姓名札《せいめいふだ》に向《むか》って馬鹿者《ばかもの》と申《もう》したとか」「左様《さよう》でございます。強《あなが》ち姓名札《せいめいふだ》に向《むか》って申《もう》した訳《わけ》ではございませんが姓名札《せいめいふだ》を眺《なが》めましてホト〳〵世《よ》の中《なか》に馬鹿者《ばかもの》が沢山《たくさん》あると感《かん》じましたものでございますから思《おも》い通《どお》りに申《もう》しましたのでございます」「ナニッ、夫《そ》れでは取《と》りも直《なお》さず寄進者《きしんしゃ》を馬鹿者《ばかもの》と申《もう》すことに相成《あいな》るナ。是《こ》りゃッ、此処《ここ》を何処《どこ》と心得居《こころえお》る」「ヘッ、申《もう》す迄《まで》も無《な》く我国有数《わがくにゆうすう》の霊地《れいち》、那智山普陀落寺《なちさんふだらくじ》でございます」「夫《そ》れ程承知致《ほどしょうちいた》し居《お》りながら其霊地保存《そのれいちほぞん》の為《た》め寄進致《きしんいた》した奇篤者《きとくしゃ》に対《たい》して何故馬鹿者呼《なにゆえばかものよば》わりを致《いた》した。是《こ》れも俗人《ぞくじん》なれば兎《と》も角《かく》、僧侶《そうりょ》の身《み》として有《あ》るまじき言葉《ことば》。夫《そ》れとも弁解《べんかい》の道《みち》あれば致《いた》して見《み》よ」「イヤ、左様御取《さようおと》り頂《いただ》きましては聊《いささ》か迷惑《めいわく》に感《かん》じまする。出家《しゅっけ》の身《み》と致《いた》しましては当山《とうざん》は元《もと》より国内至《こくないいた》る処《ところ》の仏閣《ぶっかく》は宗旨《しゅうし》の如何《いかん》に拘《かか》わりませず其振興《そのしんこう》こそ望《のぞ》ましけれ何《ど》うして遺恨《いこん》を含《ふく》む如《ごと》きことがござりましょう。況《ま》して是《こ》れを補助致《ほじょいた》されまする奇篤《きとく》なる寄進者《きしんしゃ》に向《むか》いましては」「黙《だま》れ、然《しか》らば何故馬鹿者《なにゆえばかもの》と罵《のの》しった」「左様《さよう》でございます。恐《おそ》れながら申《もう》し上《あ》げまするが、誠《まこと》の心《こころ》を以《もっ》て寄進致《きしんいた》されましたる者《もの》にございますれば元《もと》より奇篤《きとく》にはございますれど、世《よ》の寄進者《きしんしゃ》の多《おお》くは誠《まこと》の心《こころ》は元《もと》よりのこと、仏法《ぶっぽう》の何者《なにもの》とも存《ぞん》ぜず只《た》だ訳《わけ》も無《な》く大金《たいきん》を寄進致《きしんいた》しまするように存《ぞん》じまするが是《こ》れでは何等《なんら》の功徳《くどく》にもなりませぬのみか大切《たいせつ》なる天下《てんか》の宝《たから》を全《まった》く無駄《むだ》に使《つか》い果《はた》すものと申《もう》さねばなりますまい。されば是《こ》れこそ天下《てんか》の大馬鹿者《おおばかもの》かと存《ぞん》じましたる為《た》め思《おも》わず口走《くちばし》りましたる次第《しだい》にございます」

禅師《ぜんし》の言葉《ことば》に耳《みみ》を傾《かた》むけた上役人《うわやくにん》は更《さ》らに言葉《ことば》を次《つ》いで「然《しか》らば今《いま》一応《おう》尋《たず》ぬるが寄進《きしん》者《しゃ》の姓名札《せいめいふだ》を掲《かか》げたものに……対《たい》しても馬鹿者《ばかもの》と申《もう》したとか、是《こ》れも確《しか》と相違《そうい》は無《な》いか」「如何《いか》にも申《もう》しましてございます」「然《しか》らば取《と》りも直《なお》さず当山《とうざん》の寺僧《じそう》を罵《ののし》ったるものと相成《あいな》るが何故《なにゆえ》是《こ》れは馬鹿者《ばかもの》である。さア其訳《そのわけ》を申《もう》せ」「畏《かしこ》まりました。が先《ま》ず御伺《おうかが》い致《いた》しまするが只今《ただいま》の奇篤者《きとくしゃ》の心意《しんい》に就《つ》きましては御認《おみと》め頂《いただ》きましてございますか」「コリャ、左様《さよう》なる儀《ぎ》は其方《そのほう》より尋《たず》ねるに及《およ》ばぬ。夫《そ》れよりも先《ま》ず只今《ただいま》の云《い》い訳《わけ》があるなれば申《もう》して見《み》よ」「では已《やむ》を得《え》ませぬから申《もう》し上《あ》げまする。只今申《ただいまもう》し上《あ》げましたる通《とお》りでございますれば大金《たいきん》を寄進致《きしんいた》しましたるものは悉《ことごと》く奇篤《きとく》なりと申《もう》し難《がと》うございますれば又《ま》た聊《いささ》かの寄進《きしん》の為《た》め自然奇篤《しぜんきとく》なる志《こころざ》しも薄《うす》きとは申《もう》せませぬ。一身《しん》を捧《ささ》げてまでもと思《おも》う者《もの》にも所有《しょゆう》の金子《きんす》がございませねば已《やむ》を得《え》ず少額《しょうがく》の寄進《きしん》に止《とど》まるものもございまする。恐《おそ》れながら御上《おかみ》の思召如何《おぼしめしいかん》にございましょうや。此儀先《このぎま》ず御伺《おうかが》い致《いた》しまする」

上役人《うわやくにん》を初《はじ》め他《た》の者《もの》まで「ムヽ……」と云《い》うたまゝ目《め》をパチつかせて居《お》ると又《ま》た禅師《ぜんし》は言葉《ことば》をついで「御言葉下《おことばさが》りませぬは此儀御認《このぎおみと》めの事《こと》と存《ぞん》じます。就《つ》きましては当山御掲示《とうざんごけいじ》の札《ふだ》を見受《みう》けまするに金高《きんだか》の額高《がくだか》によって順序《じゅんじょ》を拵《こしら》えたようにございますが、仏《ほとけ》の望《のぞ》み給《たま》うは金銭《きんせん》よりも誠《まこと》の心《こころ》でございます。然《しか》らば是《こ》れ等《ら》寄進者《きしんしゃ》の順序《じゅんじょ》を拵《こしら》えるに当《あた》りましても金銭《きんせん》の多寡《たか》に拘《かかわ》りませず仏《ほとけ》の御心《みこころ》に適《かな》いしものをこそ首列《しゅれつ》に致《いた》すべきに当山《とうざん》は反《かえ》って金高《きんだか》によりましたのは畢竟其見分《ひっきょうそのけんぶん》が出来得《できえ》ませぬ為《た》め已《やむ》を得《え》ず斯様《かよう》なる順序《じゅんじょ》に致《いた》したるものと存《ぞん》じまする。俗人《ぞくじん》なれば兎《と》も角《かく》、苟《いや》しくも仏《ほとけ》に仕《つか》え居《お》る身《み》を以《もっ》て是《こ》れ等《ら》の見分《みわ》けの出来得《できえ》ませぬは取《と》りも直《なお》さず大馬鹿者《おおばかもの》と申《もう》すより外《ほか》はございますまい」

キッパリ云《い》い切《き》った言葉《ことば》は随分乱暴《ずいぶんらんぼう》と云《い》えば乱暴《らんぼう》であるが理《り》の当然《とうぜん》に役人《やくにん》は何《ど》うすることも出来《でき》ず只《ただ》だ寺僧《じそう》のほうへ気《き》をかねてウロ〳〵して居《お》る。と寺僧《じそう》は今《いま》までジッと、聞《きい》て居《お》ったとは云《い》え最早《もはや》たまらなくなった様子《ようす》。突然横合《とつぜんよこあい》から上役人《うわやくにん》へ言葉《ことば》を掛《か》けて「恐《おそ》れながら最早《もはや》一通《とお》りの御調《おしら》べが付《つ》きましたるよう見受《みう》けまする。就《つ》きましては是《こ》れなる出家《しゅっけ》、愚僧《ぐそう》より聊《いささ》か取《と》り訊《ただ》したき儀《ぎ》ございますにより何卒愚僧《なにとぞぐそう》に御引《おひ》き渡《わた》しのほど願《ねが》い上《あ》げまする」

是《こ》れを聞《きい》て役人《やくにん》もホッと重荷《おもに》を下《おろ》した心持《こころもち》。「オヽ、事《こと》は当山《とうざん》の儀《ぎ》より起《おこ》ったのでござれば此上《このうえ》は如何《いか》ようとも御勝手《ごかって》にせられるがよろしかろう」「ハヽッ」と云《い》い捨《す》てヽ禅師《ぜんし》に向《むか》われた。「ヤイ出家《しゅっけ》、よくも今当山《いまとうざん》の我々《われわれ》を大馬鹿者《おおばかもの》と吐《ぬか》したな。夫《そ》れほどの大口《おおぐち》を開《あ》く以上《いじょう》は貴様《きさま》のほうに夫《そ》れだけの心得《こころえ》はあるだろう。さア今愚僧《いまぐそう》の尋《たず》ねることは返答出《へんとうで》来《き》るか」

凄《すさ》まじい権幕《けんまく》で禅師《ぜんし》の側《そば》へジリ〱と詰《つ》めよせたが禅師《ぜんし》は相変《あいかわ》らず平気《へいき》な体度《たいど》でカラ〱と笑《わら》われた。「ハッ〱〱〱、井《い》の内《うち》の蛙大海《かわずたいかい》を知《し》らずとか。愚僧浅学《ぐそうせんがく》とは申《もう》せ御身《おんみ》の尋《たず》ねられることは何事《なにごと》でも返答致《へんとういた》して進《しん》ぜる。さア何《な》んなりとも云《い》わっしゃい」「ウッ、うぬッ、舌長《したなが》き一言《ごん》。夫《そ》れでは尋《たず》ぬるが万《まん》一返答《へんとう》の出来《でき》ぬ時《とき》には一命《めい》を所望致《しょもういた》すが何《ど》うじゃ」「ハヽヽヽ、出家《しゅっけ》の身《み》を以《もっ》て殺生戒《せっしょうかい》を破《やぶ》られるとか……イヤ、それもよし、如何《いか》にも進《しん》ぜる。御身《おんみ》のような馬鹿者《ばかもの》と問答《もんどう》を致《いた》して破《やぶ》られるとすれば此世《このよ》に生《い》きておるべき甲斐《かい》は無《な》い。殊《こと》に年《とし》も年《とし》であれば……ハヽヽヽヽ」「まッ、まだ吐《ぬか》すか、さッ、それでは返答《へんとう》をして見《み》ろ……」「ハヽヽヽ、言葉《ことば》も出《だ》さずに何《なん》の返答《へんとう》じゃ、慌《あわ》てさっしゃるな。此節《このせつ》は大分日《だいぶんひ》が永《なが》いぞ」

怒《おこ》れば怒《おこ》るほど此方《こっち》は落付《おちつ》き払《はら》って冗言《からか》うのでカッ〱と頭《あたま》から湯気《ゆげ》を立《た》て出《だ》した寺僧《じそう》は「さア、夫《そ》れでは仏法《ぶっぽう》とは何《ど》んなものじゃ。さア是《こ》れを返答《へんとう》して見《み》ろ」「ハヽヽヽ、御《ご》自《じ》分《ぶん》が誰《た》れかに問《と》われて返答《へんとう》に困《こま》ったでござろう」「馬《ば》ッ、馬鹿《ばか》云《い》え。さア何《ど》うじゃ返答《へんとう》が出来《でき》るか」「ハヽヽヽ、お前《まえ》さん方《かた》には無《な》かろうが乃公《わし》の胸《むね》にはチャーンと畳《たた》み込《こ》んであるぞ」「ナニッ……」「見《み》せてあげたいが少々《しょうしょう》勿体《もったい》ない……」「ウヌッ、人《ひと》を愚弄《ぐろう》しよるナ。さア最早《もはや》許《ゆる》すことは出来《でき》ぬ、夫《そ》れでは貴様《きさま》の胸《むね》を割《わ》って出《だ》してやるッ」と寺役《てらやく》人《にん》の持《も》って居《お》った刀《かたな》を取《と》ると見《み》るまに禅師《ぜんし》の胸《むね》を刺《さ》そうとする。とヒラリと飛《と》びのかれた禅師《ぜんし》「ハヽヽ………大分《だいぶん》怒《おこ》ったな。さア夫《そ》れでは此《こ》の歌《うた》を知《し》って居《お》るか、まア聞《き》け」と口詠《くちずさま》れたのは、

春《はる》ことに咲《さく》や吉野《よしの》の山《やま》ざくら
木《き》をわりて見《み》よ花《はな》のありかを

「乃公《わし》の胸《むね》に納《おさ》めてあるからと云《い》うて其胸《そのむね》を割《わ》れば見《み》られると思《おも》うか、春《はる》になれば爛漫《らんまん》と咲《さ》く桜《さくら》の樹《き》も其幹《そのみき》の中《なか》には花《はな》はあるまい」「フウ……」

少々《しょうしょう》気《き》を呑《の》まれて立《た》ちすくむと、禅師《ぜんし》は其隙《そのひま》に懐紙《かいし》と矢立《やたて》を取《と》り出《だ》され、何事《なにごと》かスラ〳〵と認《したた》められて「さア序《ついで》に是《こ》れも見《み》ておけ。馬鹿《ばか》の訳《わけ》も判《わか》るであろう」とツヽと渡されるを不思議《ふしぎ》そうに受《う》けた寺僧《じそう》はまだカッ〳〵と怒《おこ》りながら読《よ》み下《くだ》すと、

金持《かねもち》を十人《にん》よせてながむれば
中《なか》に五人《にん》は無学文盲《むがくもんもう》

と認《したた》められた後《あと》に一休老和尚《きゅうろうおしょう》と記《しる》されてあるのを見《み》て「エッ、一休《きゅう》……」と驚《おどろ》きながらも俄《にわ》かに其場《そのば》へベタ〳〵と平伏《へいふく》し「さては貴君《あなた》は大徳寺《だいとくじ》の大禅師様《だいぜんしさま》でございましたか。存《ぞん》じませぬことゝは申《もう》せ誠《まこと》に思《おも》わざる無礼《ぶれい》、平《ひら》に御容赦願《ごようしゃねが》いあげまする」「ハ……、悪戯《いたずら》は愚僧《ぐそう》が致《いた》したのであれば容赦《ようしゃ》は此方《こっち》から願《ねが》わねばなりませぬ」「恐《おそ》れ入《い》りまする。が兎《と》も角《かく》も坊《ぼう》まで是非《ぜひ》に御立《おた》ち寄《よ》りを御願《おねが》い致《いた》しまする」

いろ〳〵と勧《すす》める言葉《ことば》に本坊《ほんぼう》へ伴《とも》なわれると下《した》にも置《お》かぬ歓待《かんたい》。それで禅師《ぜんし》も非常《ひじょう》に悦《よろこ》ばれて此処《ここ》に両《りょう》三日滞在《にちたいざい》せられ、寺僧《じそう》の案内《あんない》によって彼方此方《あなたこなた》の見物《けんぶつ》を済《す》ましていよ〳〵出立《しゅったつ》と云《い》うことになられた。

◎蛸《たこ》じゃ〳〵

処《ところ》が道意《どうい》の心《こころ》では一日《にち》も早《はや》く大徳寺《だいとくじ》へ帰《かえ》りたいと云《い》う気《き》はあるが迂闊《うかつ》に夫《そ》れを言《い》い出《だ》す

と例《れい》の禅師《ぜんし》の気性《きしょう》であるから又《また》もや反対《はんたい》をせられて何処《どこ》へ行《ゆ》こうなぞと云《い》い出《だ》されるかも知《し》れぬ。と云《い》うて黙《だま》って居《お》れば是《こ》れも又《ま》た頗《すこぶ》る便《たよ》り無《な》い話《はなし》と云《い》うのでいろ〳〵と気《き》を揉《も》んだ末《すえ》、出立間際《しゅったつまぎわ》に其裏《そのうら》を掻《か》く心算《つもり》か恐《おそ》る〳〵云《い》い出《だ》した。「お師匠様《ししょうさま》、此処《ここ》は紀州《きしゅう》の南《みなみ》の端《はし》でございますが是《こ》れから何方《どっち》へ御越《おこ》し遊《あそ》ばされます。或《あるい》は此《こ》の浜辺《はまべ》から船《ふね》にでも御召《おめ》しなされますか」「されば、それもよかろう」「エッ、して何方《どちら》へ……」「何処《どこ》と云《い》う目途《あて》は無《な》いが風《かぜ》に任《まか》せて先《ま》ず天竺《てんじく》へでも行《い》って見《み》ようかな」「ゲエーッ、天《てん》、天竺《てんじく》……」「ハ……、併《しか》し道意《どうい》、其方《そち》は久々《ひさびさ》で都《みやこ》の土《つち》を踏《ふ》みたくは無《な》いか」「ハッ……」と云《い》うたものゝ禅師《ぜんし》の気《き》を計《はか》りかねて怪訝《けげん》な顔付《かおつき》でソッと見《み》あげると禅師《ぜんし》は相変《あいかわ》らずニコ〳〵顔《がお》。「ハ……、何《ど》うじゃ踏《ふ》みたいだろう。夫《そ》れともまだ〳〵何《いず》れへでも参《まい》るとあれば一緒《しょ》に行《ゆ》こう」「メッ、滅相《めっそう》な、ソッ、それには……」「ハヽヽヽ、それでは何《ど》うする」「ハッ、願《ねが》わくば一応大徳寺《おうだいとくじ》へ御帰山《ごきさん》のほど……」「帰《かえ》れとか、乃公《わし》は帰《かえ》らんぞ」「エッ、それでは如何《いかが》遊《あそ》ばします」「帰《かえ》らぬが一応大徳寺《おうだいとくじ》へ久々《ひさびさ》で参《まい》って見《み》ようと思《おも》うが何《ど》うじゃ」「ケッ、結構《けっこう》でございます。定《さだ》めて一同《どう》が心配致《しんぱいいた》し居《お》りますれば……」「ハヽヽヽ、併《しか》し伊勢《いせ》の御大廟《ごたいびょう》だけへ参拝《さんぱい》する筈《はず》であったのが存外長《ぞんがいなが》くなったの」「御意《ぎょい》にございます、既《すで》に御《ご》出立《しゅったつ》以来《いらい》二月余《ふたつきあま》りにも相成《あいな》りますれば」「ハヽヽヽ、それでは兎《と》も角都《かくみやこ》に向《む》うことにしよう」と云《い》うことになって那智《なち》を出発《しゅっぱつ》せられ、道《みち》を紀州《きしゅう》の沿岸《えんがん》である大辺路街道《おおへちかいどう》に取《と》られた。

此《こ》の街道《かいどう》には有名《ゆうめい》な熊野《くまの》四十八坂《さか》の山々《やまやま》もあるが途次《とじ》の風光《ふうこう》を探《さぐ》る箇所《かしょ》は尠《すくな》く無《な》く、又《ま》た名所旧蹟《めいしょきゅうせき》にも富《と》んで居《お》る。夫《そ》れで那智出発以来《なちしゅっぱついらい》の禅師《ぜんし》は別段急《べつだんいそ》ぎもされずブラ〳〵と諸方《しょほう》を見物《けんぶつ》して漸《よう》く泉州《せんしゅう》の堺《さかい》の町《まち》へ着《つ》かれたのは夫《そ》れから数《すう》十日後《にちご》の夕方《ゆうがた》であった。

「道意《どうい》、久々《ひさびさ》で重兵衛《じゅうべえ》を訪《たず》ねて見《み》ようかな」「ハッ……重兵衛《じゅうべえ》と仰《おお》せられますると……」「それ、其方《そなた》も存《ぞん》じて居《お》るであろう薬種屋《やくしゅや》の小西重兵衛《こにしじゅうべえ》じゃ」「ヘーン、モシ彼《あ》れは此《こ》の辺《へん》でございますか」「フム如何《いか》にも、都《みやこ》には店《みせ》を構《かま》えて居《お》るが堺《さかい》に本宅《ほんたく》がある筈《はず》。最早《もはや》日《ひ》の暮《くれ》るに間《ま》もあるまい、是《こ》れから浪華《なにわ》まで歩《ある》くは大儀《たいぎ》じゃ。兎《と》も角《かく》も訪《たず》ねて見《み》よう」「でございますか、左様《さよう》なれば御供《おとも》を致《いた》しましょう」と小西《こにし》の本宅《ほんたく》を訪《たず》ねた。

此《こ》の小西《こにし》と云《い》うのは当時堺《とうじさかい》に薬種商《やくしゅしょう》を営《いとな》んで居《お》る中々《なかなか》の名家《めいか》で都《みやこ》を初《はじ》め諸方《しょほう》に支店《してん》を置《お》き非常《ひじょう》に手広《てびろ》くやって居《お》ったが、重兵衛《じゅうべえ》と云《い》うのは既《すで》に息子《むすこ》に世《よ》を譲《ゆず》って自分《じぶん》は隠居《いんきょ》をなし、かね〴〵禅師《ぜんし》の教《おし》えを受《う》けて仏道《ぶつどう》に帰依《きえ》して居《お》ったのである。

夫《そ》れで禅師《ぜんし》はフト其者《そのもの》の事《こと》を思《おも》い出《だ》され、突然《とつぜん》ながら訪《たず》ねられると大変《たいへん》な悦《よろこ》び。「是《こ》れは〳〵大禅師様《だいぜんしさま》にはよく御越《おこ》し下《くだ》されました。実《じつ》は此程大徳寺様《このほどだいとくじさま》を御尋《おたず》ね致《いた》しましたる処《ところ》、何《いず》れへか御越《おこ》し遊《あそ》ばされたとやらにて皆様《みなさま》が非常《ひじょう》に御心配《ごしんぱい》をせられて居《お》られましたが……」「ハヽヽヽ……、一寸俄《ちょっとにわか》に思《おも》い立《た》ちまして伊勢参宮《いせさんぐう》と熊野参詣《くまのさんけい》をして参《まい》りました」「エッ、お伊勢様《いせさま》と熊野《くまの》……ヘーエそれは〳〵」「ですが一同《どう》の者《もの》は左迄騒《さまでさわ》いで居《お》りましたかナ」「ヘエ〳〵、大禅師様《だいぜんしさま》と道意様《どういさま》が突然何《とつぜんいず》れかへ御出《おで》まし遊《あそ》ばして既《すで》に二月《ふたつき》ほどになられますのに少《すこ》しのお便《たよ》りも無《な》いと申《もう》しまして」「ハッ〳〵〳〵、僅《わず》かな旅《たび》に左程《さほど》まで騒《さわ》ぐようでは万《まん》一無常《むじょう》の風《かぜ》が吹《ふ》けば何《ど》うするであろう」「恐《おそ》れ入《い》りまする。兎《と》も角《かく》も都《みやこ》のほうへは御《ご》一同《どう》に御安心《ごあんしん》のせられますよう明朝手前《みょうちょうてまえ》の方《ほう》より早速使《さっそくつかい》を差《さ》し立《た》てますれば此度《このたび》は何《ど》うかゆるりと御滞在《ごたいざい》のほどお願《ねが》い致《いた》しまする」「イヤ〳〵殊更《ことさら》使《つかい》を出《だ》して貰《もら》わずとも宜《よろ》しい。乃公《わし》は其代《そのかわ》り暫《しば》らく厄介《やっかい》になります」「ヘエ〳〵何日《いつ》までなりとも御滞在《ごたいざい》を御願《おねが》い致《いた》しまする」「けれども重兵衛殿《じゅうべえどの》、嫌《いや》になれば明日《あす》とも云《い》わず今晩《こんばん》にでも出発《しゅっぱつ》するかも知《し》れませぬぞ」「是《こ》れは思《おも》いもよらぬ御言葉《おことば》、何《なに》か御気《おき》に逆《さか》らうようなことでもございますか」「されば、長々《ながなが》の旅路《たびじ》に何処《どこ》へ行《い》っても出家扱《しゅっけあつか》いにせられて困《こま》りましたがお前《まえ》さんのほうでも何《ど》うやら矢《や》ッ張《ば》り大禅師様《だいぜんしさま》なぞと云《い》われてはなア」「ヘッ……」「……さゝ、夫《そ》れが不可《いか》ぬ。乃公《わし》が何《なに》か一言《ひとこと》云《い》うと切口上《きりこうじょう》でヘッと云《い》われるが成程寺《なるほどてら》に居《お》る時《とき》は夫《そ》れでもよい。けれども在家《ざいけ》へ来《く》れば在家《ざいけ》らしくして貰《もら》いたい。まア早《はや》い話《はな》しが大禅師様《だいぜんしさま》なぞと云《い》わずにモット軽《かる》く呼《よ》んで貰《もら》いたい。其代《そのかわ》り乃公《わし》のほうでも重兵衛殿《じゅうべえどの》と云《い》わずにオイ重公《じゅうこう》とでも云《い》うことにしよう」「イヤ、是《こ》れは何《ど》うも恐《おそ》れ入《い》りまする。夫《そ》れでは余《あま》りに……」「イヤ……そうしてくれぬと乃公《わし》のほうでも気儘《きまま》が出来《でき》ぬ。仮《か》りに大禅師様《だいぜんしさま》などと云《い》われて居《お》る内《うち》は此《こ》の通《とお》り苦《にが》い茶《ちゃ》だとか立派《りっぱ》な菓子《かし》なぞを突《つ》き付《つ》けられるであろう。けれどもモット軽《かる》く呼《よ》んで貰《もら》うと此方《こっち》からもオイ重公一寸《じゅうこうちょっと》一杯《ばい》飲《の》みたいなアなぞと云《い》えるからなア」「イヤ、其儀《そのぎ》なれば決《けっ》して御斟酌《ごしんしゃく》に及《およ》びませぬ。失礼《しつれい》ながら只今用意《ただいまようい》を致《いた》して居《お》りますれば……」「ナニ、用意《ようい》を……ハヽヽ、酒《さけ》かの……」「ヘッ、その……般若湯《はんにゃとう》のほうで……」「般若湯《はんにゃとう》……ハヽヽ、それ〳〵、出家《しゅっけ》と思《おも》えばこそ般若湯《はんにゃとう》なぞと持《も》って廻《まわ》ったことを云《い》わねばなりますまい。乃公《わし》はそんなことを言《い》うのは嫌《きら》いじゃ。矢《や》ッ張《ば》り酒《さけ》じゃ〳〵」「恐《おそ》れ入《い》りまする」「処《ところ》で今《いま》一ツ頼《たの》みがあります」「ヘッ、如何《いか》ようの……」「其用意《そのようい》をしてくれて居《お》るとあれば定《さだ》めて料理《りょうり》も如才《じょさい》はござりますまいな」「ヘエ〳〵、実《じっ》は前刻来直様《せんこくらいすぐさま》差《さ》し上《あ》げようと存《ぞん》じましたが夫《そ》れが為《た》め少々隙《しょうしょうひま》が入《い》りまして申《もう》し訳《わけ》はございません」「ヤッ、流石《さすが》は重兵衛殿《じゅうべえどの》は粋者《すいしゃ》じゃ。では沖《おき》へでも漁《と》りに行《い》って居《お》る為《た》めに暇《ひま》が入《い》りますかナ」「ヘッ……」「イヤ、今肝腎《いまかんじん》の品《しな》が調《とと》のい兼《かね》る為《た》めに暇《ひま》がかゝりますかナ。夫《そ》れなれば何《なに》も今晩《こんばん》でなくとも明日《あす》ゆる〳〵頂戴《ちょうだい》すればよろしい。兎《と》も角《かく》も御酒《ごしゅ》を頂《いただ》きましょう」「恐《おそ》れ入《い》りまする。が最早料理人《もはやりょうりにん》も参《まい》って居《お》りますれば直様《すぐさま》……」「ナニ料理人《りょうりにん》……モシ〳〵そんな大層《たいそう》なことをせずとも塩《しお》で揉《も》んでギュッと湯《ゆ》の中《なか》へ浸《つ》ければ宜《よろ》しいと聞《きい》て居《お》りますが」「恐《おそ》れながら御伺《おうかが》い致《いた》します。大禅師様《だいぜんしさま》の仰《おお》せられますは自体何《じたいな》んでございます」「ホヽー、夫《そ》れ位《くらい》のことは其方《そなた》も御存《ごぞん》じの筈《はず》じゃ。それ〳〵泉州《せんしゅう》の名物《めいぶつ》じゃ」「ヘッ、名物《めいぶつ》とは……」「ハヽヽ、蛸《たこ》じゃ〳〵」

何《なに》がさて大徳寺《だいとくじ》の生仏様《いきぼとけさま》とまで呼《よ》ばれて居《お》る禅師《ぜんし》へ差《さ》し上《あ》げるのであるから鰹節《かつおぶし》の一搔《ひとかき》は愚《おろ》か、使用《つか》う器具《きぐ》さえ万《まん》一生嗅気《なまくさけ》があっては不都合《ふつごう》と是《こ》れも殊更《ことさ》ら新調《しんちょう》し、料理人《りょうりにん》も堺《さかい》の町《まち》で特《とく》に精進料理《しょうじんりょうり》に名《な》のあるものを呼《よ》び迎《むか》えた程《ほど》の重兵衛《じゅうべえ》は禅師《ぜんし》の口《くち》から蛸《たこ》と云《い》う注文《ちゅうもん》を聞《きい》て呆《あき》れるよりも驚《おどろ》いた。「タッ、蛸《たこ》でございますか」「ハヽヽヽ、如何《いか》にも足《あし》の八本《ほん》ある蛸《たこ》じゃ。彼《あ》れは此地《ここ》の名物《めいぶつ》と聞《きい》て居《お》りますが、彼《あ》れさえあれば外《ほか》のものは一切無用《さいむよう》にして下《くだ》され」「ヘーン……」「それとも今晩調《こんばんととの》いかねますれば明日《あした》ゆる〳〵御馳走《ごちそう》になりましょう」「まッ、まったく召《め》し喰《あが》られますか」「ハヽヽ、出家《しゅっけ》が蛸《たこ》を喰《た》べますに何《なに》も不思《ふし》議《ぎ》はございますまい。然《しか》も乃公《わし》は至《いた》っての大好物《だいこうぶつ》でございますからナ」「畏《かしこ》まりました、夫《そ》れでは早速差《さっそくさ》し上《あ》げましょう」

重兵衛《じゅうべえ》は早速勝手元《さっそくかってもと》へ引《ひ》き下《さが》ると暫《しば》らくあって見事《みごと》な飯蛸《いいだこ》五六尾《びき》、チャンと湯煮《ゆで》たのを大《おお》きな鉢《はち》へ盛《も》って持《も》って来《き》て禅師《ぜんし》の前《まえ》へソッと置《お》いた。「大禅師様《だいぜんしさま》、大層御待《たいそうおまた》せ致《いた》しまして申《もう》し訳《わけ》はございません。就《つ》きましては是《こ》れを召《め》し上《あが》る前《まえ》に一つの御願《おねが》いがございます」「ホヽー、如何《いか》ようのことでございますかナ」「余《よ》の儀《ぎ》にはございませんが、かね〴〵承《うけたま》わり居《お》りますには出家《しゅっけ》は五戒《かい》を保《たも》たねばならぬもの、殊《こと》に生嗅《なまくさ》を一切口《さいくち》に致《いた》さぬものとございます。然《しかる》に大禅師様《だいぜんしさま》ともあろう御方《おかた》が斯様《かよう》なものを召《め》し喰《あが》られましても宜《よろ》しゅうございますか此儀《このぎ》先《ま》ず御申《おんもう》し聞《き》けのほど願《ねが》いあげまする」「ハヽヽ、よくも申《もう》された、如何《いか》さま是《こ》れを喰《た》べると見《み》られては成程其御不審《なるほどそのごふしん》は御尤《ごもっと》もでございますが乃公《わし》は喰《た》べるのではございません」「ヘーエ、それでは如何《いかが》なさいます」「されば、喰《た》べはしませぬが腹《はら》の中《なか》へ葬《ほうむ》ってやるまで」「是《こ》れは異《い》なる仰《おお》せ、仮令御葬《たとえおほうむ》り遊《あそ》ばすに致《いた》した処《ところ》が口《くち》へ御入《おい》れになるのでございませんか、さすれば……」「ハヽ……、口《くち》へ入《い》れてこそ初《はじ》めて成仏《じょうぶつ》は出来《でき》ます。死人《しにん》を葬《とむら》うに寺《てら》の門前《もんぜん》へ捨《す》ておきはしますまい。何《ど》うしても寺内《じない》へ入《い》れて引導《いんどう》を授《さず》け葬《ほうむ》らねば成仏《じょうぶつ》はしませぬものじゃ。さゝ、すれば乃公《わし》の身体《からだ》は一つの寺《てら》、口《くち》は寺《てら》の門前《もんぜん》でございますから口《くち》を通《とお》して腹《はら》の中《なか》へ葬《ほうむ》り、何《いず》れは高野《こうや》へ送《おく》ってやるつもり」「へヽヽ、イヤ何《ど》うも恐《おそ》れ入《い》りました。就《つ》きましては死人《しにん》を葬《ほうむ》りますには是非《ぜひ》とも引導《いんどう》を御授《おさず》け遊《あそ》ばすことゝ存《ぞん》じまするが是《こ》れなる蛸《たこ》には引導《いんどう》は要《い》りませぬか」「ハッ〳〵、如何《いか》にも引《いん》導《どう》を授《さず》けてやりますぞ」「でございますか、夫《そ》れでは如何《いか》ようの御引導《ごいんどう》で……」「フム、まア聞《き》かっしゃれ、斯《こ》うじゃ」と一段声《だんこえ》を高《たか》められて、

千手観音蛸手多《せんじゅかんのんたこのておおし》、斬懸柚酢拝如何《ゆずをきっていかにはいせん》、佐州一味天然別《さしゅういちみてんねんのべつ》、他禁戒任老釈迦《たのきんかいろうしゃかにまかす》「ハヽヽ……、是《こ》れなればよかろう」

と早速側《さっそくそば》に取《と》り合《あわ》してあった柚《ゆ》酢《ず》を掛《か》けて喰《く》ろ終《おわ》られた。

◎見《み》て恐《おそ》ろしき地獄《じごく》かな

禅師《ぜんし》は其後《そのご》引《ひ》き続《つづ》いて滞在《たいざい》されて居《お》ると重兵衛《じゅうべえ》は又《ま》た大悦《おおよろ》こび、毎日《まいにち》〳〵彼方此方《あなたこなた》へ行《い》っては「私《わた》しのぼうに大徳寺《だいとくじ》の生仏様《いきぼとけさま》が泊《とま》ってござる。生仏様《いきぼとけさま》は私《わた》しの御師匠様《おししょうさま》じゃ」なぞと自慢半分吹聴《じまんはんぶんふいちょう》するので忽《たちま》ち内《うち》に禅師《ぜんし》の滞在《たいざい》して居《お》られることが堺《さかい》の町《まち》にパッと伝《つた》わった。

処《ところ》が或《あ》る旅籠屋《はたごや》に地獄太夫《じごくだゆう》と云《い》う遊女《ゆうじょ》があった。尤《もっと》も其頃《そのころ》の堺《さかい》には公《おおやけ》に遊廓《ゆうかく》と云《い》うのは無《な》く、只《た》だ或《あ》る区劃《くかく》を限《かぎ》って旅籠屋《はたごや》に遊女《ゆうじょ》を抱《かか》えることを許《ゆる》されてあったものである。夫《そ》れで地獄太夫《じごくだゆう》も同《おな》じく或《あ》る処《ところ》に抱《かか》えられて居《お》ったが、此《こ》の太夫《たゆう》、女《おんな》に似気《にげ》なく頗《すこぶ》る風変《ふうがわ》りな性質《たち》で常々禅学《つねづねぜんがく》に心《こころ》を傾《かたむ》けても居《お》れば又《ま》た歌《うた》の道《みち》にも堪能《たんのう》であった。夫《そ》れが或日《あるひ》フト禅《ぜん》師《し》が此《こ》の土地《とち》に滞在《たいざい》して居《お》ると聞《き》いたので、一ツ禅師《ぜんし》に一本《ぼん》参《まい》って見《み》ようと云《い》う処《ところ》から

山居《やまい》せば深山《みやま》の奥《おく》に住《す》めよかし
こゝは浮世《うきよ》のさかい近《ちか》きに

と一首《しゅ》の狂歌《きょうか》を認《したた》めて禅師《ぜんし》の許《もと》へ送《おく》ったから、禅師《ぜんし》も女《おんな》にしては面憎《つらにく》き仕方《しかた》と云《い》うて其《その》まゝに打《う》ち捨《す》てゝおくは卑怯《ひきょう》なと早速《さっそく》、

一休《きゅう》が身《み》をば身《み》ほどに思《おも》わねば
　　市《いち》も山家《やまか》も同《おな》じ住家《すみか》よ

と返歌《へんか》を出《だ》された。けれども女《おんな》にして是《こ》れほどのことを云《い》うのは中々《なかなか》の者《もの》、或《ある》いは誰《た》れか名《な》のあるものが殊更《ことさら》女《おんな》の名前《なまえ》で此《こ》の一休《きゅう》を試《ため》そうとするのではあるまいかとの疑念《ぎねん》が無《な》いでも無《な》いので、夫《そ》れとなく聞《き》き合《あわ》して見《み》ると「地獄太夫《じごくだゆう》と云《い》えば遊女風情《ゆうじょふぜい》でこそあれ斯様《かよう》々々《かよう》な者《もの》で此《こ》の土地《ところ》でも有名《ゆうめい》な女《おんな》」と云《い》うことが判《わか》ったから「ハヽア、それは感心《かんしん》なものじゃ、夫《そ》れでは此方《こっち》からも一応《おう》御見舞《おみま》いをしてやろう」と今度《こんど》は禅師《ぜんし》から、

聞《き》きしより見《み》て恐《おそ》ろしき地獄《じごく》かな

と上《かみ》の句《く》を地獄太夫《じごくだゆう》のほうへ送《おく》られると、太夫《たゆう》も中々《なかなか》負《ま》けては居《お》らない。引《ひ》ッ返《かえ》して、

しにくる人《ひと》の落《おち》ざるは無《な》し

と下《しも》の句《く》を付《つ》けて返《かえ》して来《き》たので、流石《さすが》の禅師《ぜんし》も舌《した》を巻《ま》かれ「さても遊女《ゆうじょ》には惜《お》しき女《おんな》じゃ」と云《い》われたそうであるが、是《こ》れは禅師《ぜんし》の一代中《だいちゅう》でも有名《ゆうめい》な地獄問答《じごくもんどう》である。

さて禅師《ぜんし》は小西《こにし》の宅《たく》で思《おも》わず一月《つき》ばかりも滞在《たいざい》し附近《あたり》も隈《くま》なく見物《けんぶつ》したので或日《あるひ》いよ〳〵此処《ここ》を出立《しゅったつ》せられた。堺《さかい》の大通《おおどお》りから安立村《あんりつむら》も過《す》ぎ、住吉神社《すみよしじんじゃ》へも参詣《さんけい》して更《さ》らに街《かい》道《どう》を北《きた》に向《む》かおうとすると、ツカ〳〵と其側《そのそば》へ進《すす》んだ二十前後《ぜんご》の穢《みにく》き風体《ふうてい》の若者《わかもの》、禅師《ぜんし》の袖《そで》を摑《つか》まえんばかりにして突然《とつぜん》「生仏様《いきぼとけさま》へ御願《おねが》い致《いた》しまする」と云《い》う声《こえ》に禅師《ぜんし》は驚《おどろ》かれて顔《かお》を見《み》られたが一向《こう》に見覚《みおぼ》えは無《な》い。「是《こ》れは〳〵何《なに》か御用《ごよう》かナ」「ヘッ、誠《まこと》に申《もう》し兼《かね》ますが都《みやこ》の生仏様《いきぼとけさま》と御見《おみ》とめ申《もう》しまして是非《ぜひ》に御願《おねが》いが……」「ホヽー、して如何《いか》ようのこと」「ヘッ、外《ほか》ではございませんが死《し》んだ者《もの》は引導《いんどう》さえ御授《おさず》け頂《いただ》きますれば別《べつ》に御葬《おとむら》いをせずとも仏《ほとけ》となるものでございましょうか何《ど》うか此儀《このぎ》御教《おおし》えを願《ねが》いまする」「ハヽヽヽ、是《こ》れは異《い》なことを聞《き》かれるものじゃの。して其方《そなた》は夫《そ》れを聞《きい》て何《な》んとさっしゃる」「ヘッ、実《じつ》は……」と語《かた》り出《だ》したのは斯《こ》うであった。

此《こ》の者《もの》は住吉《すみよし》の少《すこ》し南《みなみ》のほうに居《お》る又二郎《またろう》と云《い》うものゝ息子《むすこ》であるが、親父《おやじ》の又二郎《またろう》は此《こ》の四五日以前《にちいぜん》に鰒《ふぐ》を喰《く》った為《た》めにトー〳〵死《し》んで仕舞《しま》ったが、さて其《その》お葬《とむら》いをするにも坊《ぼう》さんに渡《わた》すお礼《れい》の金《かね》が無《な》い。と云《い》うて自分勝手《じぶんかって》に其《その》まゝ埋《う》めて仕舞《しま》えば親父《おやじ》は成仏《じょうぶつ》仕兼《しか》ねて定《さだ》めて怨《うらむ》だろうと思《おも》われる。さア、是《こ》れが為《た》め何《ど》うしたことゝいろ〳〵心配《しんぱい》をして居《お》る

見て恐ろしき地獄かな

折柄《おりから》、フト或人《あるひと》から堺《さかい》に斯《こ》う〳〵した生仏様《いきぼとけさま》が御滞在《ごたいざい》になって居《お》られて此間《このあいだ》も蛸《たこ》に引導《いんどう》を御授《おさず》けになって成仏《じょうぶつ》させられたそうなと云《い》う話《はなし》を聞《きい》たので大悦《おおよろこ》び、早速《さっそく》駈《か》け付《つ》けては見《み》たものゝさて其滞在《そのたいざい》されて居《お》る小西《こにし》の家《いえ》は中々《なかなか》の大家《たいか》であるから穢《むさくろ》しい者《もの》が案内《あんない》を乞《こ》うた処《ところ》が到底許《とうていゆる》されぬのは当然《とうぜん》のこと。夫《そ》れで仕方《しかた》なしに毎日《まいにち》〳〵其附近《そのふきん》を彷徨《うろつい》て居《お》って生仏様《いきぼとけさま》の御出《おで》ましを待《ま》って居《お》った処《ところ》が漸《ようや》く今日《こんにち》御目《おめ》にかゝることを得《え》たのである。それで前刻来《せんこくらい》早速御願《さっそくおねが》いをしようとは思《おも》ったけれども余《あま》りに恐《おそ》れ多《おお》く思《おも》われ、夫《そ》れが為《た》めツイ云《い》い遅《おく》れた訳《わけ》、と云《い》うことを語《かた》って、

「斯様《かよう》な次第《しだい》でございますれば、叮重《ていちょう》にさえ埋《う》めますれば親父《おやじ》も成仏《じょうぶつ》を致《いた》すものでございましょうか、又《ま》た引導《いんどう》さえ御授《おさず》け頂《いた》だけば後《あと》は捨《す》てておいても成仏《じょうぶつ》するものでございましょうか。何《ど》うか御聞《おき》かせを御願《おねが》い致《いた》しまする」と云《い》う言葉《ことば》をツクヅク禅師《ぜんし》は聞《き》かれて「夫《そ》れは誠《まこと》に気《き》の毒《どく》じゃ。如何《いか》ほど立派《りっぱ》な引導《いんどう》を授《さず》けられた処《ところ》で其《その》まゝ打《う》ち捨《す》て置《お》く訳《わけ》にはゆくまい。又《ま》た死人《しにん》として引導《いんどう》を授《さず》けられぬのもよくはあるまい。ドレ〳〵夫《そ》れでは乃公《わし》が引導《いんどう》を授《さず》けてやりましょう」「ヘッ、誠《まこと》に有《あり》がとうはございますが、夫《そ》れにしても御愧《おはずか》しい事《こと》ではございまするが御礼《おれい》が……」「ハヽヽ、左様《さよう》なものは無《な》くてもよい。夫《そ》れよりも

仏《ほとけ》の後《あと》を叮嚀《ていねい》に祭《まつ》るのが何《なに》よりのこと。さ、夫《そ》れでは其方《そなた》の家《いえ》へ早《はよ》う案内《あんない》をさっしゃれ」

「ドッ、何《ど》うも恐《おそ》れ入《い》りまする」

軈《やが》て其者《そのもの》の案内《あんない》につれて其住家《そのすみか》へ赴《おもむ》かれると、住居《すまい》と云《い》うよりも陋《むさく》ろしい番小屋《ばんごや》のような処《ところ》へ殊《こと》に時候《じこう》は既《すで》に夏《なつ》の初《はじ》めであるから中《なか》を覗《のぞ》けばムッとしそうなばかりか四五日以前《にちいぜん》に死《し》んだ死骸《しがい》が片隅《かたすみ》に寝《ね》かしてある為《た》めに此《こ》の嗅気《しゅうき》が何《な》んとも云《い》えぬ程《ほど》に鼻《はな》を突《つ》く。是《こ》れには道意《どうい》もムカッとして這入《はい》りかねて居《お》ると禅師《ぜんし》はツカ〳〵と死骸《しがい》の側《そば》へ立《た》ち寄《よ》られ

「ア丶是《こ》れかナ、さて〳〵気《き》の毒《どく》なことじゃ。して年《とし》は幾歳《いくつ》じゃの」「ハイ、五十四でございます」「五十四……五十四、オ丶是《こ》れなれば成仏《じょうぶつ》をしまするぞ。安心《あんしん》さっしゃれ。ドレ〳〵引導《いんどう》を授《さず》けて進《しん》ぜよう」と容《かたち》を改《あらた》められて声《こえ》も高々《たかだか》と、

海中有毒魚《かいちゅうどくぎょあり》　名云河豚魚《なをふぐという》
面腹白背斑《めんふくしろくせなまだら》　人不食此魚《ひとこのうおをくらわず》
嗚呼痛哉《ああいたましきかな》　又二郎喰之忽死矣《またじろうこれをくってたちまちしす》
彼《かれ》年《とし》五十四　彼《かれ》年《とし》五十四

合《あわ》せて珠数《じゅず》一連《れん》百八煩悩《ぼんのう》の絆《きずな》をふつッと切《き》って行《ゆ》きたいほうへつッつとゆけ

木曾《きそ》十七寅《とら》の年角《としつの》のないこそ添《そい》よけれ

「さア〳〵是《こ》れでよい〳〵」「アッ、有《あ》り難《がと》う存《ぞん》じます。就《つ》きましては最早埋《もはやうず》めましても宜《よろ》しゅうございますか」「フン〳〵、埋《うず》めるのは仏《ほとけ》の為《た》めには何《なん》にもならぬが畢竟《ひっきょう》他人《ひと》に見《み》られぬ為《た》めじゃ。埋《う》めなりと焼《や》きなりと又《ま》た河《かわ》へ捨《す》てなりとするがよい」「ヘーン、河《かわ》へ……」「そうじゃ〳〵、何《な》んなれば犬《いぬ》に喰《く》わすもよいぞ。だが後《あと》の弔《とむら》いだけは怠《おこた》らずやらっしゃい。人間《にんげん》の身体《からだ》は魂《たまし》いが抜《ぬ》ければ土瓦《つちかわら》と少《すこ》しも変《かわ》りが無《な》いからなア。判《わか》りましたか、さア〳〵それなれば参《まい》りまするぞ。道意《どうい》ブラ〳〵出《で》かけよう」

若者《わかもの》の呆《あき》れて居《お》るのを後《あと》にブラ〳〵と出掛《でか》けられた禅師《ぜんし》は其夜《そのよ》は浪華《なにわ》に一泊《ぱく》せられて、翌朝《よくちょう》は川船《かわぶね》で伏見《ふしみ》へ、伏見《ふしみ》から久々《ひさびさ》で都《みやこ》の土《つち》を踏《ふ》んで紫野《むらさきの》に帰《かえ》られたが、夫《そ》れも暫《しば》らくで又《また》もや妙《みょう》なことが動機《どうき》となって北国《ほくこく》から東国行脚《とうごくあんぎゃ》に出立《しゅったつ》せられ、彼《か》の有名《ゆうめい》な妖怪問答《ばけものもんどう》を初《はじ》め塔婆問答《とうばもんどう》、さては其他種々《そのたしゅじゅ》の珍談奇説《ちんだんきせつ》を相変《あいかわ》らず残《のこ》されることゝなるのであるけれども、最早本巻《もはやほんかん》には残念《ざんねん》ながら紙面《しめん》が尽《つ》きたので更《さ》らに筆《ふで》を改《あら》ため「一休禅師東北漫遊記《きゅうぜんしとうほくまんゆうき》」として上梓《じょうし》する筈《はず》であるから是《こ》れも相変《あいかわ》らず御愛読《ごあいどく》あらんことを願《ねが》っておく。

凡例

一、本書は『立川文庫』第四十一編「一休禅師頓智奇談」（立川文明堂　大正二年刊）を底本とした。

一、「仮名づかい」は、「現代仮名遣い」にあらためた。送り仮名については統一せず底本どおりとした。おどり字（「ヽ」「ゝ」「〱」等）は、底本のままとした。

一、漢字の表記については、原則として「常用漢字表」に従って底本の表記を改め、表外漢字は、底本の表記を尊重した。ただし人名漢字については適宜慣例に従った。

一、漢字については、現代仮名遣いでルビを付した。ただし漢数字については一部をのぞきルビを付していない。

一、誤字・脱字と思われる表記は適宜訂正した。会話の「」や、句点（「。」）読点（「、」）については、読みやすさを考慮して、あらためたり付け足したりした箇所がある。

一、今日の人権意識に照らして不当・不適切と思われる語句や表記がみられる箇所もあるが、時代的背景と作品の価値に鑑み、修正・削除はおこなわなかった。

一、地名、人名、年月日等、史実と異なる点もあるが、改めずに底本のままとした。

立川文庫について

立川《たちかわ》文庫は、明治四十四年（一九一一）から、関東大震災後の大正十三年（一九二四）にかけて、大阪の立川文明堂《たつかわぶんめいどう》（現・大阪府大阪市中央区博労町《ばくろうまち》）から刊行された小型の講談本シリーズである。発行者は、兵庫県出身の出版取次人で立川文明堂の社主・立川熊次郎《たつかわくまじろう》。したがって、一般には「たちかわ」と言い慣《なら》わされているが、「たつかわ」と読むのが正しい。

当初は、もと旅回りの講釈師・玉田玉秀斎《ぎょくしゅうさい》（二代目　本名・加藤万次郎）の講談公演を速記した「速記講談」であった。が、やがてストーリーを新たに創作し、講談を書きおろすようになる。いわゆる、「書き講談」のはしりであった。

立川文庫では、著者名として雪花山人《せっかさんじん》、野花《のばな》（やか、とも）散人《さんじん》など、複数の筆名が用いられているが、すべては大阪に拠点をおいた二代目・玉田玉秀斎のもと、その妻・山田敬《けい》、さらには敬の連れ子で長男の阿鉄《おてつ》などが加わり、玉秀斎と山田一族を中心とする集団体制での制作、共同執筆であった。

その第一編は、『一休禅師』。ほかには『水戸黄門』『大久保彦左衛門《おおくぼひこざえもん》』『真田幸村』『宮本武蔵』など、庶民にも人気のある歴史上の人物が並んでいたが、何といっても爆発的な人気を博したのは、第四十編の『真田三勇士　忍術之名人　猿飛《さるとび》佐助《さすけ》』にはじまる〝忍者もの〟であった。

猿飛佐助は架空の人物である。しかしこの猿飛佐助をはじめとする忍者は、それぞれのキャラクターと、奇想天外な忍術によって好評を博し、立川文庫の名を一躍、世に知らしめるとともに、映画や劇作など、ほかの分野にもその人気が波及して、世間に忍術ブームを巻き起こした。

判型は四六半切判《はんぎり》、定価は、一冊二十五銭（現在なら九百五十円〜一千円ぐらい）だった。総刊数二百点近く、のべ約二百四十の作品を出版し、なかには一千版を重ねたベストセラーもあった。

青少年や若い商店員を中心とした層に、とくに歓迎され、夢や希望、冒険心を培い、ひいては文庫の大衆化、大衆文学の源流の一つとも成った。立川文庫の存在は、その後の文学のみならず、演劇・映画（日本で大規模な商業映画の製作が始まったのは明治四十五年、日活の創業から）など、さまざまな娯楽分野にも多大きな影響を与えている。

解　説

加来耕三
（歴史家・作家）

『立川文庫』第一号

『立川《たちかわ》文庫』の創刊は、明治四十四年（一九一一）五月とされている。創刊第一冊目に選ばれた、『諸國漫遊　一休禅師《いっきゅうぜんじ》』の奥付に、同月十日発行とあるからだ。

ところがこの文庫シリーズ、奥付はまことにいい加減で、巻頭に刷り込んだ講述者と、奥付が違うものも少なくなく、重版した場合、初版発行年月を記していないものすらあった。版を重ねてから出てくる初版も、前のものを追い抜いたものさえ見受けられる。

当初の著述者は、加藤玉秀《ぎょくしゅう》こと講談師・三代目（生前は二代目を名乗る）玉田玉秀斎《ぎょくしゅうさい》であった。

東京で出版され、好評だった『袖珍《しゅうちん》文庫』から着想して、小型本として企画したものの、玉秀が大阪の版元に持ち込んでも軒並みに断られ、最後に立川文明堂《たつかわぶんめいどう》に日参して、ようやく実現の運びとなった。

実はこの『立川文庫』、それ以前に講談小説として発行されたものを、改めて刊行したもののようだ。ラインナップは知れているのだが、残念なことにその原形になったと思われるシリーズが、いまだ発見されていない。

ただ、『立川文庫』に受け継がれた特徴は、そのラインナップから容易に推測することができた。『一休禅師』がそうであるように、世の権力に反抗して、これをやっつけたり、揶揄《やゆ》したりする人物が多くを占めた。

併せて、強大な力へ単身で立ち向かう姿勢も、共通項にあげられよう。

〝諸国漫遊もの〟も、多くの作品に見られる共通点といえる。意外なのは、講談の定連《じょうれん》ともいうべき、人情噺がなく、色気もない。俠客や義賊も登場しなかった。この特徴の中にこそ、本シリーズ空前絶後の成功の鍵があったのかもしれない。

ちなみに、冒頭に「諸国漫遊」と冠した一休のタイトルを述べたが、本書に収められた『一休禅師頓智奇談』は『立川文庫』第四十一編として、世に出されたものであった。

第一冊目の『諸國漫遊　一休禅師』とは内容がまったく異なっている。

創刊の『諸國漫遊　一休禅師』は、一休禅師の生涯とそのエピソードをまとめる体裁をとっているが、後者で本書の『一休禅師頓智奇談』は、弟子を伴って旅に出た一休禅師が、その先々で体験する出来事を中心としていた。あるいは後者のほうが、より『立川文庫』の特徴の一つ、「漫遊記」らしさを描いているといえる。

反骨の僧侶

――さて、史実の一休である。

正月元旦に、頭骸骨《ずがいこつ》を竹の杖にゆわえつけ、家々の門口に立って、「ご用心、ご用心」とふれてまわった、と伝えられている。正月から縁起でもない、と顔を曇らせ怒る人々に、なおも、

「この髑髏《どくろ》よりほかに、めでたきものなし。目出たる穴のみ残りしをば、めでたしというなるぞ」

　といったという。また、

〝門松や冥途《めいど》の旅の一里塚　めでたくもあり　めでたくもなし〟

と謡《うた》って歩いたとも。

後世の人々は、頓智の〝一休さん〟を思い浮かべるかもしれないが、その目は生死の無常を見つめ、眼光は鋭く光り、生を見つめず死を凝視せぬ一般の人々への、痛烈な警告に光り輝いていた。

そもそも、小僧の頃から大人をやり込め、長じて奇行をもって世人を警醒《けいせい》した高僧――こういった一休のイメージは、江戸時代に成立した『一休咄《ばなし》』『一休関東咄《かんとうばなし》』『一休可笑《かしょう》記《き》』といった、流布本がつくり出した無責任な虚構であり、実際の一休和尚はまったく異なった、より以上に途方もない、見方によっては壮絶ともいえる生涯をおくっていた。

天災と戦乱が人々を襲っていた室町時代の最中――明徳五年（一三九四年・七月に「応永《おうえい》」と改元）の正月元旦に、一休は後小松《ごこまつ》天皇（第百代）の子として生まれた、と『一休和尚年譜』にある。一休本人は己《おの》れの出生について、生涯、何ひとつ語っていない。

ただ、『一休和尚年譜』は、示寂《じじゃく》（死去）ののち、時を置かずに、一休の弟子である祖《そ》心紹越《しんじょうえつ》や没倫紹等《もつりんじょうとう》らによって編纂されたものであり、その信憑性は高かったといえる。

それによれば、一休の母は南北朝の南朝に仕えた、藤原氏の流れをくむ女《ひと》であったようだ。南朝出身であるがため、「後小松帝の生命《いのち》を狙っている」などと、謂《いわ》れなき讒言《ざんげん》をされ、宮廷を追われて、庶民の戸籍に入り、そのなかで一休を出産したという。

彼の生まれる少し前——二年前の閏十月に、南北朝合一《ごういつ》は実現していた。が、五十六年余に及んだ両朝間の感情的対立は、その余韻をいまだ引きずっていたようだ。

そうした時代背景の中、生《せい》を受けた一休は、六歳で京都の安国寺・像外集鑑《ぞうがいしゅうかん》のもとに童行《ずいなん》（得度《とくど》していない少年僧）となった。侍童《わらべ》である。師の像外は夢窓国師《むそうこくし》（名は疎石《そせき》）の流れをくむ人で、彼は一休に「周建《しゅうけん》」の法名を与えた。

この頃、南朝方の皇族や公家の出家が相次いだところから考えて、おそらくは北朝主体の、ときの室町幕府は、一休をも監視する目的で安国寺に入れたものと推測される。

少年時代の一休は、勤勉な毎日を送ったようだが、天龍寺地蔵院をはじめ、幾つかの寺を転々としている。どうやら彼は、若くしてその学才を高く評価される一方、当時の京都五山をはじめ、幕府の庇護を受ける禅宗の大寺院——その僧侶たちに、大いなる反発を抱いていたようだ。公家や武家の、貴種の子弟である僧たちは、各々の家柄を自慢し合い、己れが大寺においていかに栄達するか、出世のみに汲々《きゅうきゅう》としていた。一休はそれらを聞くと、耳をふさいでその場を立ち去ったという。

すこし禅がわかるようになると、一休は厳しい修行を求めて、師を自ら探し、西金寺《さいこんじ》の謙翁宗為《けんおうそうい》に師事した。謙翁は名門・妙心寺から幾度も招きをうけながら、応じずに門を閉ざして隠遁生活をつづけていたというから、一休の肌合いと同質の人であったのだろう。五年間、禅の修行を積んだが、二十一歳になった一休は、この最愛の師を寿命で失ってしまった。落胆した彼は、琵琶湖に身を投げて死のうとする（のちに、五十四歳のおりにも一休は自殺をはかっている）。

ところがその時、六歳で別れた母の面影が現われ、からくも死を思い止《とど》ったという。

死にそこなった一休は、琵琶湖のほとりの堅田《かただ》にあって、峻厳《しゅんげん》をもって世に聞こえた華《か》叟宗曇《そうそうどん》の門を叩く。何度も追い返された末、ようやくの入門を許された。

華叟和尚は臨済の正統を受け継ぐ人で、大徳寺二十二世となった身でありながら、本人は本山大徳寺に住することなく、権門栄達をはなれて、堅田に結んだ小さな庵《いおり》に、清貧のまま生涯を終えた人でもあった。なるほど、一休好みであったようだ。三年間、その弟子として仕えた一休は、ここで「一休」の名前を華叟から授けられる。

もっとも本人は、自らを「狂雲《きょううん》」と称していた。これから派手やかになる一休の奇矯《ききょう》の言動は、この時期、すでにその反骨精神を大いに充電していたのではあるまいか。

五年後、悟りを開いた僧侶に与えられる証明書「印可状」が、華叟から授けられた。

ところが一休は、この価値のある証明書を、何と火中に投じ、焼き捨ててしまう。

「印可状は権威にすぎない。それにおもねってはならぬ」

一休の声が、聞こえてきそうだ。

破戒僧の正体

一休にすれば、己れの小さな達成をよろこんでいるどころではなかった。

世の中は飢餓、貧困、戦《いくさ》がかさなり、室町の秩序が崩れ始めていた。庶民は日々の生活におそれ、おののき、多くは仏教にすがりつこうとしたが、肝心の仏教をつかさどる人々は、己れの栄誉栄華に酔い痴《し》れていた。一休は徐々に、その天衣無縫ぶりを発揮する。

堺の町を木刀を携えて徘徊し、そのわけを聞かれた彼はいう。

「今、諸方の贋《にせ》知識はこの木剣に似たり。収《おさ》めて室に在《あ》れば、則《すなわ》ち殆《ほと》んど真剣に似たり。

抜いて室を出ずれば、則ちただ木片のみ」

庶民を救おうとしない僧侶たちへの怒りが、一休を型破りな言動へと駆り立てた。その矛先を向けられた一人が、兄弟子・養叟《ようそう》であった。彼は権門の保護を失い、没落する大徳寺をなんとか防ごうと、財政再建のため、寄付によって印可状を出すという苦肉の策を実践していたのだが、一休にすればこれは許し難いことであった。

「今より後は、養叟をば大胆厚面《だいたんあつづら》禅師と云ふべし。面皮《つらのかわ》厚くして、牛の皮七、八枚はりつけたるが如し。紫野の仏法はじまりてよりこのかた、養叟ほどの異高の盗人はいまだきかず」（『自戒集』）——罵倒と嫌悪は、養叟だけに向けられたものではなかった。

災害に苦しむ庶民をよそに、朝廷も幕府の高官たちも、己れの遊びにうつつを抜かしていた。一休は己れの、狂おしい思いを、破戒僧としての行動に移す。

一休の詩をまとめた『狂雲集《きょううんしゅう》』には、「同門の先輩がわたしの婬犯《いんぼん》と肉食とに対して警告し、寺内の僧たちも憤慨している」というくだりがあるが、酒はいうまでもなく、一休は肉食も平気であった。加えて、公然と女郎屋通いをやり、ほかに男色と音曲と曲舞もやったとか。なかでも、田楽節と猿楽節の謡《うたい》、尺八が得意だった、と自らも回想しているし、一休には隠し子の岐翁紹禎《ぎおうしょうてい》すらいた。

「美人の雲雨《うんう》、愛河深し、楼子老禅《ろうしろうぜん》、楼上の吟《ぎん》」（『狂雲集』）

とある。美女との情交は河よりも深く、その愛欲に溺れて、老禅（一休自身）は遊女屋でうたっている、との意である。「美人の婬水《いんすい》を吸う」「美人の陰《いん》に水仙《すいせん》の香あり」というのもあった（ともに同上）。事実、一休は妾を囲っていた。

晩年には愛情を傾けた「森（森女《しんじょ》、森侍者《しんじしゃ》）」という名の妾が、存在したことが確認される史料もある。「森」は三十代であろうか、出会った時、一休は七十八歳であった。

そんな一休が、死に臨んで認《したた》めた遺言状（『真珠庵文書《しんじゅあんもんじょ》』）には、

「老僧（一休）が亡くなったあと、わが門弟のうちで、山ごもりして独善的な修行にふけり、飲み屋とか女郎屋とかに行ったり、禅や道を説くのだと人前でしゃべり散らすような者は、仏法にとっての盗賊であり、わが法統にとっては怨敵とみなす」

己れのことは棚に上げて、厳しい戒めを書き残している。

身勝手であり、一休の実体を知れば知るほど、そのいい加減さに腹立たしくなるが、どうもこれにはさらにもう一段、裏があったように思われる。彼の破戒行為が、あまりに公

然すぎるのが、何よりも気にかかった。少し、検証してみる必要があろう。

一休の生きた時代、寺僧、とくに禅僧の堕落が甚だしく、本来の禅から離れる者があとを絶たなかった。そうした者に対して、一休はすさまじい憤《いきどお》りを示している。

彼らを「魔宮《まぐう》」と評し、「師弟凡情共姦党《していのぼんじょうかんとうをともにす》」と断言して憚らなかった。

「婬坊頌以辱得法知識《いんぼうのこうをもってとくほうのちしきをはずかしむ》」と題する詩には、

話頭古則長欺謾（昔の偉い禅師たちの文句を口にするけれど偽物ばかり）
日用折腰空対官（いつも権力に対しておべっかをつかい、修行はそっちのけだ）
栄衒世上善知識（世間的な名誉を得た「高僧」もよく考えれば）
婬坊男女着金襴（金襴《きんらん》を着ているだけのことで、女郎たちと変わらない）

表面的には仏法の「真理」を説きながら、その実は裏切る行為をなしている。こうした僧たちに対して、一休は離脱宣言すらおこなっているのだが、如何せん、一休の敵とした勢力はあまりに巨大でありすぎた。一方の、一休には味方が少なすぎた。

結局、批判者として一休は孤立し、敵に降るか、自ら死をもって更《さら》なる諫言をおこなうか、の選択を迫られる。武士なら死を賭《と》して切腹と引き換えに世を批判したかもしれないが、彼は仏教の徒であった。死のうとして死ねなかった過去もある。

筆者は思う。一休は自らを地獄の業火の中に投げ込むことで、世間の注目をわが身に集め、形の上で堕落した自分と、心底、堕落した周囲を比較させるという奇策を選択したのではあるまいか。その時から彼は、「頓智坊主」にされる宿命を背負った、ともいえる。

一休は仏教でいう「貪《とん》」（むさぼる心）、「瞋《じん》」（怒りの心）、「痴」（愚かな心）の「三毒《さんどく》」が人々を苦しめると考え、三毒をもつ心にとらわれず、それを超える＝「大正覚《だいしょうがく》」（真の悟り）を説いた。では、一休の教えは、世間に認められたのであろうか。

今に伝えられる「一休像」をみるかぎり、少なくも完敗はしなかったと思いたい。

芸道に残った一休の教え

文明六年（一四七四）、八十一歳の一休は、勅命を受けて大徳寺四十八世の住持となっている。なぜ、なれたのか。彼は仏教界の叛逆児ではあったが、後花園《ごはなぞの》天皇（第百二代）、後土御門《ごつちみかど》天皇（第百三代）をはじめ、六角氏や朝倉氏など室町幕府の守護や守護代、さらには堺の新興商人たち、能楽師の金春禅竹《こんばるぜんちく》、連歌師の飯尾宗祇《いいおそうぎ》、茶人の村田珠光《むらたじゅこう》などの、少数ながら熱烈な支持者をもっていた。彼らは揃って、俗世を斜交《はすか》いに見る、それでいて人間の生き方を懸命に考える、共通の性癖を持っていた。

たとえば、村田珠光である。能阿弥《のうあみ》によって創案され、指導された東山時代の茶の湯は、それ以前の茶事とはまったく、面目を一新するものであったといってよい。

かつての闘茶会にみられた、豪奢猥雑《わいざつ》な遊芸でもなければ、禅寺での厳格な茶礼でもない。華麗高雅な書院飾りを背景に、卓越した鑑識眼で精選した茶道具を、極真台子《だいす》飾りの手順と、一定の約束ごとのもとに置き合わせ、規定された服装に身を拵《こしら》え、厳粛複雑な動作によって点茶する、といった茶事——。

この東山流茶道の開祖を能阿弥とすれば、村田珠光は奈良流茶道の開祖とも伝えられている。二人はその出身からして、極めて対照的であった。

能阿弥が越前朝倉家の家来・中尾真能《なかおしんのう》という武士であったのに対して、珠光は僧侶の出身、しかも身分は下僕であった。奈良の御門《みかど》に住した村田杢市検校《もくいちけんぎょう》の子に生まれた珠光は、幼名を茂吉といい、十一歳で仏門（称名寺）に入った。十八歳のとき、同寺の法林庵に住んだが、二十歳の頃から俗業を好み、しばしば寺役を怠っては、ついに破門となっている。珠光は、相当の放蕩者《ほうとうもの》であったようだ。

諸所を漂泊した彼は、二十四、五歳で京都へ出ると、先の能阿弥の立花《りっか》（初期の生け花）の弟子となった。一休と出会ったのは三十歳の頃、大徳寺の真珠庵であったと伝えられている。

もっとも、珠光が一休と縁があったことは確かだが、珠光が参禅したとの立証はない。ただ、能阿弥と異なって珠光には、「仏の教え」――わけても一休の思想があった。なによりも、珠光が茶の湯の改革を志した点が、一休の言動と酷似していた。

時代はこれまた一休のファンである、後花園《ごはなぞの》天皇（第百二代）の治世。救われない「庶民」が、巷に満ち溢《あふ》れていた。荒廃した現実と人間性の崩壊にどう対処すべきか、珠光も一休同様に苦悩した末に、彼の場合は茶道を極めようと考えた。

「万事に嗜《たしなみ》、気遣《きづかい》」

茶湯者《ちゃのゆしゃ》は何事についても嗜《たしな》みを能《よく》し、細かく気を配らなくてはならない、と思い至った。改めて述べるまでもないが、能阿弥の東山流茶道にも礼式と美はある。が、それは外形上の礼と美にすぎず、心の問題「悟道」にはほとんど触れていない。

茶を嗜む者は、相手に対する心遣《こころづか》いを忘れてはならない。現実に、東山流を嗜んでいるはずの武士たちが、連日、街外で武装して、せめぎ合いをやっているではないか。

どうすれば人間は救われるのか、珠光がすがったのが一休であったところに、茶道の歴史上の大きな意味合いがあった。

一休は珠光の参禅を嘉賞《かしょう》し、印可《いんか》の証として、かつて大応国師が持ち帰った、宋の大寧《たいねい》寺の園悟《えんご》禅師の墨蹟を授けたというが、これにより珠光は、「茶禅一味」の心境＝極意に達し得た。換言すれば、「仏の教え」は日常茶飯《さはん》のうちにあることを悟ったのだ。

それまでの茶の湯にも、釈迦や観音の像を掛幅に使うことはあったが、珠光は高僧の墨蹟を茶掛に用いた最初の人となる。

この珠光は、一休の気迫に勝るとも劣らぬ、のちの武士道にも通じる、凄《すさ》まじい言葉を後世に残した。

「藁屋《わらや》に名馬つなぎたるがよし」

みすぼらしい藁屋に名馬がつながれているのは、趣《おもむ》きが深い、との意。この名言には、「然《しか》れば則《すなわ》ち、粗相《そそう》なる座敷に名物置きたるがよし。風体、猶以《なおもっ》て面白きなり」

という言葉がつづく。

藁屋や粗末な屋敷は、名馬や名物道具の立派さと対照的である。そのコントラストがいい。趣が深く、面白いのだ、と珠光はいう。侘びと見事さとの取り合わせ――これが〝茶《ちゃ》味《み》〟だ、というのだ。すべては、師の一休につながっていたように思われてならない。

支持者の中で、一休には独特の人気があった。その人気をもって、戦火で荒廃した大徳寺を再建せよ、ということになったようだ。ここで一休らしいのは、彼はこの栄光＝位の高い僧侶の象徴である、紫の衣を消え入るように恥じていた点であろう。

「五十年来蓑笠《みのかさ》客　愧慙《きざん》今日紫衣僧」

権威に生涯、背を向けつづけた人物の、苦渋のほどが窺《うかが》える。

文明十三年十一月二十一日、一休はこの世を去っている。八十八歳であった。


（かく・こうぞう）

一休禅師頓智奇談　〔立川文庫セレクション〕

2019年2月10日　初版第1刷印刷
2019年2月20日　初版第1刷発行

著　者　野花散人
発行者　森下紀夫
発行所　論 創 社
〒101-0051　東京都千代田区神田神保町2-23　北井ビル
tel. 03（3264）5254　fax. 03（3264）5232　web. http://www.ronso.co.jp/
振替口座　00160-1-155266
装幀／宗利淳一
印刷・製本／中央精版印刷　組版／フレックスアート
ISBN978-4-8460-1800-9